ÍNDIGO AYER

Sete bruxas e um gato temporário

1ª edição

GALERA
junior
RIO DE JANEIRO
2024

REVISÃO
Jean Marcel Montassier
Anna Clara Gonçalves

CAPA
Caroline Veríssimo

DIAGRAMAÇÃO
Abreu's System

CIP-BRASIL. CATALOGAÇÃO NA PUBLICAÇÃO
SINDICATO NACIONAL DOS EDITORES DE LIVROS, RJ

A977s

Ayer, Índigo
　　Sete bruxas e um Gato Temporário / Índigo Ayer. – 1. ed. – Rio de Janeiro : Galera Júnior, 2024.

　　ISBN 978-65-84824-36-2

　　1. Ficção. 2. Literatura infantojuvenil brasileira. I. Título.

24-88016　　　　　　　　　　　　CDD: 808.899282
　　　　　　　　　　　　　　　　CDU: 82-93(81)

Meri Gleice Rodrigues de Souza – Bibliotecária – CRB-7/6439

Copyright © 2024 by Índigo

A autora recebeu, para escrita deste livro, o apoio do Governo do Estado de São Paulo, da Secretaria do Estado de São Paulo e do ProAC.

Todos os direitos reservados.
Proibida a reprodução, no todo ou em parte, através de quaisquer meios.
Os direitos morais da autora foram assegurados.

Texto revisado segundo o Acordo Ortográfico da Língua Portuguesa de 1990.

Direitos exclusivos de publicação em língua portuguesa somente para o Brasil adquiridos pela
EDITORA GALERA RECORD LTDA.
Rua Argentina, 120 – Rio de Janeiro, RJ – 20921-380 – Tel.: (21) 2585-2000, que se reserva a propriedade literária desta tradução.

Impresso no Brasil

ISBN 978-65-84824-36-2

Seja um leitor preferencial Record.
Cadastre-se e receba informações sobre nossos lançamentos e nossas promoções.

Atendimento e venda direta ao leitor:
sac@record.com.br

Para Jeeves, meu amado guardião.

"Malandro é o gato, que já nasce de bigode."

Toda bruxa tem um gato. Mas nem todo gato tem a sorte de pertencer a uma bruxa. Bijoux não teve essa sorte, o que não significa que ele fosse um gato comum, do tipo doméstico. Na verdade, ele nem se chamava Bijoux. Seu nome original era Élvio, mas ao longo da vida ele ganhou outros nomes, e isso nos leva a uma pergunta essencial: qual é o verdadeiro nome de um gato? Aquele que recebe ao ser adotado? O último? Ou o que perdurou por mais tempo? Nas próximas páginas ele receberá outros nomes, mas para que não reste dúvida, saiba que estamos falando sempre da mesma criatura.

A função de Élvio era substituir temporariamente o gato oficial da bruxa. Sua sina era nunca pertencer, nunca desfrutar do aconchego de um lar com uma poltrona velha que pudesse chamar de sua; uma com as marcas das suas garras, com seu cheiro, seus tufos de pelo grudados no estofado, com sua almofadinha encardida... quem sabe uma coberta para os dias de frio. Tudo seu, pois Élvio seria parte da casa. Só que ele não tinha casa, muito menos uma poltrona. Não tinha uma bruxa a quem dedicar a vida. Élvio não teve essa sorte.

Gatos temporários servem a várias bruxas, do lugar que for, com personalidades diversas, tendo afinidade com elas ou não. Sendo um Gato Temporário, você não pode recusar o chamado de uma bruxa. Quando convocado, é sua obrigação ir. Não é como Uber, que lhe dá a possibilidade de se fazer de desentendido. Se Élvio fosse Uber, poderia olhar para a cara da bruxa e optar. Ele não teve esse privilégio. Quando a bruxa chamava, e se calhasse de ele ser o GT mais próximo, era seu dever comparecer ao endereço e ocupar o lugar do gato oficial. Podia ser um serviço de horas, dias, semanas ou até meses. Élvio só ficava sabendo quando chegava. Não havia tempo de se preparar, ou um banco de dados onde pudesse consultar o histórico da figura, nem pedir referências a colegas que tivessem passado por lá antes.

Também não é recomendável que se apeguem às bruxas que estão atendendo. Gatos temporários não devem criar laços. Isso é tão proibido que certas bruxas se recusam a pegar GTs no colo. Assim, evitam complicações depois. Tem bruxa que nem permite que eles durmam dentro de casa. De certa maneira, GTs são tratados feito cachorros.

Você deve estar se perguntando o porquê disso. Eu explico. Nós, bruxas, não podemos ficar desamparadas enquanto nossos gatos oficiais estão fora de casa. Se queremos sair do corpo para nos materializarmos em outro lugar, por exemplo, precisaremos de um gato que fique a postos, de vigia, até que retornemos. Se queremos abrir um tarô para esclarecer impasses da vida, se esquecemos onde deixamos os óculos e não conseguimos encontrá-los, justamente porque estamos sem óculos... quem acode? Quem embaralha as cartas do tarô? Se acaba o gás, se dá pau na internet, se tem vírus no computador, se queremos editar um vídeo, se precisamos retirar uma caixa de marimbondos do canto da varanda, se tropeçamos e torcemos o pé, se o pneu fura, se o zíper enrosca, se esquecemos de levar a toalha para o banheiro, se chove e tem roupa no varal, se tem que assinar o aviso de recebimento, se tem que anotar o número de protocolo, quem você acha que chamamos? Adivinhou.

1

𝒜 𝒷𝑜𝓁𝒶 𝓇𝑜𝓁𝑜𝓊 pelo meio das pernas do goleiro e bateu em cheio na mureta da casa de número 13, onde a bruxa morava.

— Eeeee, Ezequiel! Agora vai lá pegar!

A placa ao lado da porta dizia "Clínica de quiropraxia — Dra. Caliandra Mortimer".

Dra. Caliandra era a moradora mais antiga da rua. O sobrado de tijolinhos, última casa daquela rua sem saída, sempre foi uma clínica de quiropraxia no térreo, com a residência da doutora no andar de cima. Mas as crianças desconfiavam do disfarce. Reparavam no jeito dos clientes, antes e depois da sessão de quiropraxia e percebiam que coisas estranhas aconteciam ali. Ezequiel era um dos que nunca acreditaram nos modos polidos da Dra. Caliandra, na maneira como cumprimentava a vizinhança com um sorrisinho doce, como se fosse uma mulher comum, de meia-idade, sem nada a esconder.

Ele se virou a tempo de ver a bola quicar uma, duas vezes e, rezou para que não, mas a bola caiu do lado de dentro da casa de número 13.

— Vai lá, Ezequiel!

Um gato preto estava sentado na mureta, lambendo a patinha dianteira. Ezequiel estranhou. Nunca tinha visto aquele gato antes. Aproximou-se devagar. Encarou o bicho e se virou para os amigos.

— E esse gato?

— Não enrola, Ezequiel!

Élvio farejou o medo do garoto. Compreensível. Entrar no jardim de uma bruxa sem permissão é uma péssima ideia. Mesmo que seja só para pegar a bola. Ele mesmo não entraria, se fosse humano. Ele, sim, tinha sido convidado para entrar. Mais que isso, tinha sido recrutado para servi-la na função de Gato Temporário, coisa que faria com gosto. Élvio era bom de serviço. Orgulhava-se do seu profissionalismo. Um dos GTs mais recrutados da Disk Katz, com excelente pontuação e avaliações elogiosas por parte das clientes.

Embora Élvio nunca tivesse ouvido falar em "quiropraxia", aquilo lhe soou como coisa de bruxa. Prestativo como era, resolveu que assim que entrasse, buscaria entender do que se tratava, para melhor atender às necessidades da Dra. Caliandra.

Aguardou Ezequiel resgatar a bola enroscada nos galhos do cipreste para depois se aproximar. O menino já estava se borrando de medo, e Élvio não quis assustá-lo ainda mais. Não que ele fosse assustador. Era apenas um gato preto comum, de olhos verdes, nem gordo nem magro, pelos lustrosos, esbelto e clássico. Mesmo assim, podia antecipar o tipo de pensamento que passaria pela cabeça do menino, pelo simples fato de sua aparência remeter a uma série de estereótipos tolos, e por ele estar empoleirado em cima da mureta da casa de número 13, se aprumando antes de se apresentar para o serviço.

— Vai, Ezequiel!

Ezequiel, um menino alto, magro e pálido, abriu com cautela o portãozinho de ferro para que não rangesse.

Rangeu.

Feito um animal ferido, o portãozinho soltou um queixume esganiçado que podia ser ouvido do começo da rua. Agora Ezequiel teria de agir rápido. Invadiu o quintal, rumo à bola enganchada no cipreste. Na janela do sobrado, uma cortina de renda cor de palha bloqueava parcialmente a visão do interior da clínica de quiropraxia.

— Anda logo, Ezequiel!

Élvio, com sua audição aguçada, ouviu o tum-tum-tum do coração acelerado do menino. Isso lhe deu uma ideia. Farejando o ar, percebeu que a Dra. Caliandra ia se aproximando da porta, pronta para pegar Ezequiel no flagra. Calculou o momento exato.

Assim que a porta da frente se abriu, ele saltou da mureta num voo certeiro, direto no cangote de Ezequiel. Soltou um berro medonho, quase matando o menino do coração.

O vozeirão da Dra. Caliandra reverberou pela rua. Ela já tinha dito mil vezes que não era para entrar no quintalzinho sem tocar a campainha primeiro! Ezequiel virou-se para ela, já com a bola debaixo do braço. Não conseguiu pedir desculpas. Só arregalou os olhos. Tampou a boca com as mãos, e encarou a doutora, em choque.

Caliandra então bateu a porta atrás de si. Se segundos antes ela estava brava pela invasão do quintalzinho, agora espumava de ódio pelo próprio vacilo. O menino tinha visto!

— Ezequi...el? — disse ela, mudando subitamente o tom. Não mais gritando, e sim cautelosa.

Fez menção de ir em direção ao garoto. Ezequiel deu um passo para trás. Depois outro. Parecia alheio ao fato de ter um gato fincado em seu cangote. Só queria se afastar da imagem que tinha flagrado no interior da clínica. Teria conseguido se afastar sem escândalo, não fosse pelo gato. Élvio cravou as unhas na pele do menino como se fosse um caubói montado num cavalo bípede, magro e pálido. Sabia que estava sendo observado por sua nova dona temporária. Achou que sua atitude causaria uma boa impressão com a bruxa. Nem chegou a machucar o tal do Ezequiel. Sabia muito bem como e onde cravar as unhas sem rasgar a pele de uma criança esquelética como aquela.

— Entra, gato! — gritou Caliandra para ele.

Imediatamente, Élvio se soltou dos ombros de Ezequiel e pulou para o chão. Correu para a clínica de quiropraxia e entrou pela frestinha mínima da porta. O suficiente para que ele passasse, sem que ninguém mais conseguisse ver o que o garoto tinha visto lá dentro.

Ezequiel, ainda atordoado, porém livre do gato, saiu pelo portãozinho. Sempre andando de costas, trêmulo. A bola debaixo do braço. Os amigos aguardando na rua.

Cercado por um silêncio macabro.

Assim que o rabo do gato passou para o lado de dentro, a porta se fechou com um baque seco.

A clínica de quiropraxia era composta por uma antessala com duas poltronas, mesa de centro, abajur num canto, um pufe e uma pequena estante de livros com títulos que variavam sobre o mesmo tema. *Viva bem com a coluna que você tem, A importância dos tornozelos* e *O peso que você carrega.*

— Sente-se, por favor. — Caliandra apontou para uma das poltronas.

Élvio se acomodou.

Ela vestia um conjunto de moletom branco, com o zíper do agasalho fechado até o pescoço. Era baixa e troncuda. Calçava botinhas de cano baixo, estilo boxeador. Seus cabelos eram curtos, grisalhos, e ela usava óculos de aro fino. Caliandra parecia uma mistura de enfermeira experiente com professora de educação física aposentada.

Ela se sentou na poltrona ao lado da de Élvio, bem na pontinha, e apoiou as mãos nos joelhos.

— Nunca contratei um Gato Temporário antes — disse.

Isso, Élvio já sabia. Bruxas acostumadas a usar os serviços do Disk Katz nunca pedem para o GT se sentar, muito menos numa poltrona aconchegante como era o caso daquela em que ele se encontrava. Elas vão direto ao ponto, falam do serviço a ser prestado e fazem um monte de recomendações desnecessárias e enfadonhas.

— Você toma leite? — Caliandra perguntou.

Bruxas que recorrem aos serviços de GTs também jamais oferecem leitinho.

Mas já que o universo estava dando uma agradável folga para Élvio, colocando-o nas mãos de uma bruxa totalmente ingênua, ele apenas respondeu que sim e agradeceu, fingindo que aquilo era normal. A cumbuquinha foi colocada na sua frente e ele bebeu rápido, lambuzando-se com aquele mimo especial. Nem lembrava a última vez em que havia tomado leite na vida. Integral, ainda por cima. Lambeu os bigodes.

— Qual o seu nome?

Élvio explicou que gatos temporários atendem pelo nome mais conveniente para a contratante. A maioria nem se dá ao trabalho de lhes dar um nome. Chamam de "gato" mesmo, para não ter perigo de se apegarem depois.

— Posso te chamar de Bijoux? — perguntou ela.

Élvio assentiu. Gostou da sonoridade de "Bijoux". Ele poderia ser Bijoux por alguns dias. Por que não?

Aqui devo explicar que muitas bruxas consideram a contratação de um GT como uma traição com o gato oficial. No começo, quando o serviço era uma novidade, houve grande indignação. Acusações sobre a mercantilização de animais, revolta contra o conceito de prestação de serviços num ambiente mágico, questionamentos sobre a falta de ética e a banalização de um dos aspectos mais secretos para uma bruxa, que é a relação que ela estabelece com seu Animal Guardião. Pois, embora esse seja um termo arcaico, toda vez que nos referimos ao gato de uma bruxa, estamos na verdade falando do seu Animal Guardião.

Antigamente, seria inimaginável a mercantilização desse tipo de relação. Animais Guardiões são de propriedade exclusiva, não podem ser emprestados, alugados e nem terceirizados. Até alguns anos atrás, se alguém aventasse a possibilidade de um aplicativo oferecendo a contratação de gatos temporários, bruxa nenhuma acreditaria. Antigamente, quando uma bruxa precisava enviar seu gato numa missão externa, ela ficava sob a proteção do seu Animal de Poder e pronto. Porém, nas últimas décadas, por conta de mudanças de paradigma em relação ao Animal de Poder, os dois deixaram de ser intercambiáveis. Hoje em dia, a ideia de que tanto o Animal de Poder quanto o Animal Guardião podem exercer as mesmas funções é risível. Antes, a terminologia era nebulosa. Ambos eram criaturas que acompanhavam bruxas para servi-las e protegê-las. Sempre em duplas. Um gato e uma coruja; um gato e uma serpente; um gato e uma aranha; um gato e um morcego; um gato e uma águia. A combinação dependia da ancestralidade da bruxa, do local onde ela nasceu, onde vivia. Isso, em tempos passados. Atualmente, Animais de Poder não têm nada a ver com Animais Guardiões. Nada. Eles operam em terrenos opostos. Enquanto o Animal Guardião exerce a função do companheiro fiel, subordinado e pronto para atender a todas as necessidades da bruxa (quaisquer que sejam), o Animal de Poder foi elevado ao status de entidade. Às vezes, pode estar um grau acima da bruxa, na escala de poderes mágicos.

Animal Guardião é para a vida prática, do dia a dia. Animal de Poder é coisa sofisticada, envolta em mistérios. Um sai para a rua e resolve pepinos, o outro tem que ser conjurado. Um apaga incêndios, o outro os causa. O Animal Guardião será sempre um gato, que pode até passar por um bichinho de estimação. Ele pode ser visto no parapeito da janela, em cima do telhado, tirando soneca na mureta na frente da casa. Ninguém desconfia. Aliado a isso, cabe também explicar que o fortalecimento do mercado dos pets contribuiu para desfazer a antiga associação entre gatos e bruxas. Conforme eles foram ganhando espaço na publicidade, estampando capa de caderno, roupa de criança, mochilas, estreando em desenhos animados, histórias em quadrinho, transformados em bichinhos de pelúcia, aparecendo em papéis simpáticos em filmes de Hollywood, deixaram de ser exclusividade de bruxa.

À medida que lacinhos cor de rosa foram colocados em suas cabeças, feito uma tiara, perderam a identidade original. Viraram adesivo. Nas campanhas de adoção, posam ao lado de cachorros como se fossem bons amigos. No imaginário popular, viraram um brinquedinho, um animalzinho que pode ser criado em apartamento, sem perigo algum. Dóceis e submissos.

Era nisso que Caliandra pensava enquanto observava o GT à sua frente, perguntando-se se teria coragem de seguir adiante com o que precisava fazer.

Bijoux farejou o nervosismo da bruxa em relação a ele. Havia ali uma falta de traquejo na lida com GTs. Mas nem lhe passou pela cabeça que, ao contratar um GT, Caliandra estivesse violando um juramento do nosso clã. Sentado na poltrona aconchegante, Bijoux achou que estava seguro. Bastava olhar para ela para ver que Caliandra não era do tipo malvada, sem escrúpulos. A mulher era quiroprata, tratava de gente comum e o chamava de Bijoux. A única coisa que lhe causava um pouco de desconforto era a visão de um senhor de meia-idade pendurado de cabeça para baixo, apenas de cueca, do outro lado do vidro que separava a antessala da clínica de quiropraxia propriamente dita.

2

O *homem estava* ficando roxo.

Bijoux achou melhor dar um toque em Caliandra. A quiroprata girou o pescoço para trás, com a elegância de quem tem consciência total da cervical e dos seus pontos fracos. Então voltou-se para Bijoux e disse:

— Fica aí que eu já volto.

Bijoux espremeu os olhos e fez que sim com a cabeça, dando a entender que a visão de um senhor pendurado de cabeça para baixo, apenas de cueca, com os pés enganchados numa barra de metal rente ao teto, era algo com que estava acostumado em suas andanças como GT.

Quando o assunto é estadia em casa de bruxas, ele de fato tinha visto coisas de arrepiar os cabelos. Mas num estabelecimento comercial, como era o caso da clínica, era algo inédito.

Uma vez ele havia dado expediente na clínica de uma dentista com métodos pouco ortodoxos, mas mesmo então, ela mantinha os pacientes na cadeira, e era discreta com os procedimentos. A recepcionista, por exemplo, nem desconfiava. O que mais causava incômodo era a presença de um gato no consultório. Alguns clientes consideravam anti-higiênico, mas como o resultado era rápido e indolor, e a dentista não demonstrava a menor boa vontade em discutir o assunto "gato", acabavam aceitando como parte do pacote.

Caliandra fechou a porta de vidro ao passar para o outro lado. Estava implícito que, na frente daquele senhor, Bijoux deveria se comportar como um gato qualquer, um gato mundano. Assim o fez. Acomodou-se melhor na poltrona, fingindo estar tirando uma soneca enquanto continuava atento ao entorno.

— Ah-lá! Ah-lá! — Bijoux reconheceu a voz do Ezequiel.

Os quatro meninos e a menina de boné que antes jogavam bola na rua agora espiavam pela janela. Testas encostadas contra o vidro, tentando enxergar através do vazado da cortina de renda.

— Credo!!!

— Aquilo é um homem pendurado?

— Eu não falei?! Eu falei!

— Ele tá morto?

Caliandra empurrou uma maca para junto do corpo do homem, posicionando-a bem embaixo dele, de modo que o topo da sua cabeça quase encostou na cabeceira.

— Tá.

— Duvido.

— Claro que tá! Olha a cor dele!

— Mas então por que ela tá falando com ele?

— Ele deve estar semimorto.

— Tipo zumbi?

21

— Tipo isso.

— Aquilo é um zumbi?!

— Claro que não. Ainda não. Ela está preparando o corpo para virar zumbi.

— Como você sabe?!

— Ó lá! Ó lá! Ó lá!

Caliandra apertou um botão vermelho numa caixa metálica acoplada à parede. O cabo de aço ao qual o homem estava preso foi descendo em direção à maca, fazendo com que seu corpo se acomodasse de barriga para cima, feito uma geleia, sem resistência. Caliandra ajeitou os braços e as pernas para que não escorregassem para os lados e colocou uma almofadinha sob a cabeça.

— Tá morto, sim! Olha aí.

— Morto não dobra. Esse aí tá molinho.

— Vamos embora, vai.

— Tá com medo? Agora que vem a melhor parte!

— Como você sabe?

Bijoux ficou em dúvida se deveria avisar Caliandra que tinha crianças espiando pela janela. Quanto ao estado do homem, ele era da opinião de que estava vivo.

Inconsciente, mas ainda respirando.

— Vamos embora?

— Só mais um pouco.

— Ela vai ver a gente.

— Eu tô com medo. Vamos, vai.

— Cala a boca, Ezequiel.

Caliandra empurrou a maca até um canto afastado da janela.

— Agora não dá pra ver mais nada!

— Vamos embora, então!

— Espera só mais um pouco.

Ezequiel não queria ver mais nada. Estava dando graças a Deus por a maca com o corpo estar fora do campo de visão. Da turma, ele era o único que vivia naquela rua sem saída desde que tinha nascido. As histórias envolvendo a quiroprata o acompanhavam desde que se entendia por gente. Eram boatos, informações desconexas que os adultos sussurravam e calavam assim que ele se aproximava. Se ficava ali espiando com os amigos era porque não queria ganhar fama de medroso. Mas preferia não saber, não ouvir e muito menos ver. Ezequiel tinha certeza de que por trás da cortininha de renda cor de palha, Caliandra fazia coisas que criança nenhuma deveria testemunhar. Se o resto da turma lhe desse ouvidos, teriam o bom senso de se afastar de fininho e sair dali o quanto antes. Agora, se arrependia por ter contado do homem pendurado de cabeça para baixo. Estava pagando o preço. "Parecia um pedaço de carne do açougue", dissera para a turma depois que retornou com a bola debaixo do braço. E quando lhe perguntaram se o homem estava fatiado, ele respondeu que sim.

Por que tinha inventado isso...?

Por um desejo bobo de piorar a visão que pertencia somente a ele, e para atiçar a curiosidade da turma. Agora estavam todos tão fascinados pela imagem do homem pendurado que nem se lembravam mais do detalhe da mentira envolvendo um corpo fatiado. Mas Ezequiel, sim. Sua imaginação sempre ia além do que ele gostaria.

Bijoux não tinha nada contra crianças. Também não tinha nada a favor. Ele não era como certos gatos que atacam crianças, mas também não gostava que pegassem nele e fizessem afagos em seus pelos, como se ele fosse um brinquedinho. Ele mantinha uma distância respeitosa. Seu negócio era com as bruxas. Ele as defenderia sempre. Entre crianças e bruxas, preferia mil vezes bruxas. Por isso, conforme a conversinha ao pé da janela foi ficando mais sombria, Bijoux resolveu que precisava, sim, defender Caliandra e botar os moleques para correr.

— Aposto que ela vai cortar ele em pedacinhos e guardar no freezer. Minha mãe disse que ela tem um freezer — comentou um dos meninos.

— Na sua casa também tem freezer — argumentou Ezequiel, numa busca desesperada de retorno à normalidade.

— Mas eu tenho três irmãs, são seis pessoas em casa. A Dra. Caliandra mora sozinha. Por que ela precisa de freezer, hein?

— Sei lá. Talvez ela faça comida pra fora.

— Só se for coxinha humana.

Bijoux, em posição de bote, concluiu que a conversinha tinha ido longe demais. Como GT em expediente de trabalho, nem precisou que Caliandra lhe desse o comando. Era preciso enxotar os bisbilhoteiros dali.

Num salto certeiro, desgrudou da poltrona com as patas estiradas em frente ao corpo, soltou um berro esganiçado e ficou parado no ar, de cara com a turma de crianças, todas com expressão de pânico, apavoradas pela criatura voadora que surgiu do nada, encarando-as feito uma assombração.

Quando Caliandra se aproximou da janela e afastou a cortininha, tudo que viu foi um tumulto de crianças se atropelando, pulando por cima da mureta, caindo e levantando, aos berros, cada uma correndo na direção de uma casa diferente. Bijoux, empoleirado no parapeito, recebeu um cafuné gostoso no cangote.

— Muito bem, garoto! Gostei.

Em seguida, Caliandra pegou Bijoux no colo e disse:

— Agora vou precisar de você. Vamos.

Subiram por uma escada.

— É aqui que eu moro — Caliandra disse ao colocá-lo no sofá.

O relógio marcava cinco e meia da tarde. Por ser inverno, o dia já ia escurecendo. Caliandra comentou que estavam tranquilos quanto ao horário. Disse que, primeiro, ela só precisava tomar um banho e se preparar.

— Você espera aqui quietinho? — perguntou ela.

Bijoux assentiu com um movimento de cabeça.

O andar de cima do sobrado era composto por um único ambiente, estilo loft. Do sofá onde foi colocado, Bijoux tinha uma boa visão da cozinha com seu balcão americano, do cantinho com mesa de trabalho e do janelão na frente; da televisão e da cama de casal, embora a essa altura já estivesse evidente que Caliandra era solteira e que sua única companhia era a gata oficial, que atendia pelo nome de Djanira.

O nome da gata estava bordado numa almofada vermelha e sua presença era ostensiva: nas fotos nos porta-retratos pendurados na parede, na bolinha de tênis, nos tufos de pelos debaixo do sofá e num bebedouro high-tech de água corrente. Djanira estava por todo canto, mesmo ausente.

Ela também havia deixado recados. Bastou uma voltinha pelo ambiente para entender que Djanira não queria que ninguém mexesse em seus brinquedos, nem que utilizassem sua caixinha de areia, deitasse em sua almofada ou usasse seus objetos pessoais. Bijoux também encontrou recados explicando o que aconteceria se ela voltasse e descobrisse que ele tinha desrespeitado seus avisos.

Bijoux conhecia esse tipo de gata. Gorda, velha e dominadora. Era o xodó da Caliandra. As duas na meia-idade, numa relação duradoura. Ocupavam todo o espaço, deixando claro que não havia chance para mais ninguém além delas naquele loft.

Bijoux retornou ao canto do sofá, fechou os olhos e escondeu a cabeça entre as patas. Ouviu quando a porta do banheiro se abriu. O aroma adocicado da loção hidratante de baunilha chegou numa lufada. Fingindo dormir, observou quando Caliandra passou pelo sofá e seguiu até o armário. Ela usava um vestido longo, azul-escuro, de mangas compridas e sem adorno.

— Você deve estar com fome, né? — Ela pegou o potinho da Djanira e serviu uma porção de ração. — Vem comer.

Bijoux não foi.

Caliandra sacudiu o potinho, fazendo com que o aroma de peixe se espalhasse pelo ambiente. Por um segundo Bijoux ficou tentado a desconsiderar as proibições de Djanira e cair de boca na comida. Mas se conteve. Explicou que preferia não usar o potinho da gata oficial. Essa era uma das regras do Disk Katz: nunca usar o potinho dos gatos oficiais. Passível de justa causa.

Caliandra vasculhou os armários da cozinha. Ficou em dúvida entre um pote de porcelana e um de plástico meio velho, porém limpinho. Optou pelo segundo e Bijoux comeu devagar, para não fazer sujeira e não engasgar.

Ela se sentou no sofá, observando o jeito do gato. Esperou que terminasse e limpasse os bigodes com o dorso da pata. Então bateu duas vezes com as mãos nas coxas, chamando-o.

— Vem cá, vem, Bijoux.

Bijoux foi.

Não que ele tivesse escolha.

Acomodou-se no colo da mulher. Sentiu suas unhas escovando seus pelos. Foi gostoso.

Encostou a cabeça contra sua barriga, sabendo que bruxas gostam disso. Então, guiando-se pelas sutis oscilações do seu ventre, tratou de investigar quem era Caliandra.

Ela não era uma especialista em natureza animal. Tinha conhecimentos básicos, como qualquer bruxa, mas esse não era seu forte. Seu forte era anatomia humana.

Muitos anos atrás, no comecinho da internet, Caliandra foi programadora e chegou a trabalhar por dez horas seguidas, sentada na frente do computador, criando sites. Amava o serviço, a possibilidade de desenvolver um mundo virtual que seduzisse as pessoas a ponto de elas nunca mais quererem sair da frente da tela. Na época, a ideia lhe pareceu desafiadora. Naquele tempo, ninguém imaginaria que conseguiriam fazer com que as pessoas passassem horas em frente a um computador, abduzidas por um conteúdo virtual.

Certa de que esse era um objetivo delirante, contribuiu na estruturação da internet brasileira. Durante anos dizia, com orgulho, que tinha sido uma das pioneiras do ciberespaço. Ciberespaço!, um termo que agora só denunciava sua idade. O fascínio de estar construindo um mundo novo, combinado às horas excessivas de trabalho, má postura, cadeira inadequada e puro desleixo com o próprio corpo levaram a uma lesão na cervical. Naqueles tempos Caliandra não se alongava, não se levantava para mexer as pernas, não dava descanso para a vista. Era uma nerd convicta que vivia de pizza, hambúrguer e refrigerante, sem finais de semana, sem amigos, sem contato com sua magia pessoal. Maravilhada com a nova tecnologia que estava nascendo, achou que seria o fim das bruxas. Não enxergava espaço para magia num mundo cada vez mais tecnológico e interativo, onde todos se conectariam com todos. A magia, a seu ver, estava obsoleta. Foi desdenhando, desdenhando, deixando de praticar até o ponto em que seus poderes definharam de vez. Foi numa manhã de sexta-feira, no ponto mais crucial do projeto que estava desenvolvendo, que Caliandra perdeu os movimentos do braço esquerdo.

Passou por massagistas, acupuntura, pomadas para equinos, ventosas, fisioterapia, Salonpas, nada resolveu. Parecia que o braço ia simplesmente cair. A cada vez que tinha de explicar a um terapeuta ou massagista ou acupunturista que a dor vinha do fato de estar trabalhando doze horas por dia sentada, sem alongamento, sem sair da frente do computador nem para comer, sentia-se uma desnaturada.

Desnaturada era um bom termo, pois nesse tempo Caliandra perdeu a conexão com sua natureza mágica e justamente por isso nenhum tratamento surtia efeito. Ela já começava a encarar o episódio como uma grande maldição quando, graças a uma busca na própria internet, obteve o contato de Ludmila. Então sua vida mudou.

Lembrando de Ludmila, Caliandra retesou o corpo.

Bijoux sentiu a agitação nervosa no baixo ventre e não conseguiu mais acessar as memórias gravadas no corpo de Caliandra. Mas entendeu que Ludmila era a líder do clã, e agora que Caliandra pensava nela, sua energia estava mais densa. Seus músculos abdominais tensionaram. Empertigou a coluna. Cessaram os afagos na nuca.

Ela se levantou do sofá, de supetão. Desceu rapidamente as escadas e retornou à clínica. Puxou o lençol sobre a maca, revelando o corpo do homem de cueca. Virou-o de barriga para cima, e subiu na maca. Apoiou um pé no seu tórax, outro no meio das pernas e se agachou. Pegou os braços e os puxou acima da cabeça. Então abriu a boca do homem, inspirou e expirou longamente, e grudou a boca na boca dele. Sugou o ar com toda a força e, com cara de nojo, virou--se para Bijoux. Suas bochechas estavam estufadas de ar, ou do que parecia ar. Caliandra catou o gato pelo pescoço e, num gesto abrupto, meteu o dedo em sua boca. Virou-o de lado e, num sopro forte, cuspiu o espírito do homem para dentro do seu corpinho.

Bijoux tentou voar pela janela.

Bateu com a fuça no vidro.

Claro que a janela estava fechada. Assim como a porta, o vitrô do banheiro, a porta da cozinha, a janela da clínica e a porta do escritório particular de Caliandra. Não havia por onde escapar. Bijoux ficou paralisado no balcão da cozinha, enquanto o espírito invasor se espalhou da ponta do seu rabo até seus pensamentos mais íntimos, de modo que tudo o que restou foi a certeza de que já não era mais dono de si.

3

Hélio Zanini era o nome do homem espremido dentro do corpinho de Bijoux. Casado há quinze anos. E esse último já era o seu terceiro casamento, após dois relacionamentos conturbados em seus tempos de juventude. Personalidade introspectiva. Cético e ateu. Teve dois filhos, mas depois que saíram de casa e se formaram na faculdade, o contato se tornou esporádico. Viam-se nos aniversários e pareciam estranhos cumprindo uma obrigação social. No campo profissional, vivia um morno momento de estagnação sem visão de futuro. Um caso banal de homem recém-aposentado em crise. Não sabendo o que fazer com seu tempo livre, matriculou-se num centro de ioga que estava com uma promoção anual generosa, e ficava na rua da sua casa. Comprou os livros e o tapetinho. Leu a biografia do mestre yogi como quem lê um thriller distópico.

Depois, nas aulas, ficava se perguntando se alguém ali acreditava realmente nos pseudomilagres do tal mestre.

Levitação? Projeção astral? Telepatia? Observando os colegas concentrados em seus tapetinhos, de olhos fechados, estáticos feito tótens desfrutando de um segredo que ele não alcançava, bateu uma ansiedade. Quando a professora pediu que encostassem as mãos no chão e levassem a cabeça em direção aos joelhos, Hélio Zanini travou.

Os músculos da lombar pinçaram de um jeito que ele achou que nunca mais conseguiria se erguer. As tentativas de retorno à posição ereta foram um martírio acompanhado de gemidos e pedidos de socorro. Teve de se apoiar nas costas da professora, que se enganchou debaixo dos seus ombros. Outro aluno deu apoio do outro lado. Foi arrastado para fora da sala como uma letra "L" virada de lado. A esposa foi buscá-lo de carro.

Durante três dias Hélio Zanini caminhou pela casa feito um quadrúpede sem as patas dianteiras, amaldiçoando todos os deuses hindus, mesmo que eles não tivessem nada a ver com isso, mas que na cabeça dele eram uns picaretas, a começar por Shiva com seu abdômen definido, penteado modernoso, pele azul e aquela cara serena de que está tudo sob controle. Foi com muita raiva de Shiva, da professora de ioga e de todo o panteão de divindades que Hélio chegou à clínica de quiropraxia da Dra. Caliandra.

Cidinha, sua esposa, era adepta da medicina alternativa e nunca ficava doente. Nunca tinha problemas musculares e aparentava vinte anos a menos do que os seus sessenta. Sabia de Caliandra por causa das amigas, pois ela mesma nunca precisou dos serviços de uma quiroprata. Para destravar o marido, achou que seria uma boa. Deixou-o ali e voltou para casa. Retornaria depois de uma hora e meia, conforme as instruções de Caliandra.

Agora, confinado dentro do corpo de um gato, Hélio pensava em Cidinha, no amor que sentia por ela, e na sua incapacidade de expressar seus sentimentos. Ele sempre fora travado emocionalmente. A novidade era que agora estava travado por inteiro.

E Bijoux, como hospedeiro de toda essa história, sentia tudo o que Hélio sentia. Pensou em Cidinha, sempre tão positiva e alegre, uma pessoa tão fácil de amar, vivendo há tantos anos ao seu lado. Por que ele nunca conseguiu declarar o que sentia por ela? Por que nunca comemoraram bodas? Por trauma de relacionamentos passados? O azedo da alma de Hélio fez o corpo de Bijoux estremecer. Ambos sentiram um desconforto profundo. Hélio gemeu. Bijoux miou num tom esganiçado.

Caliandra acomodou o gato no colo e acariciou seus pelos como teria feito com Djanira.

— Calma, Bijoux — disse, baixinho. — Eu só preciso que você fique com ele para mim um pouquinho. É rápido. Não precisa ter medo.

Bijoux já havia passado do ponto de medo. Era pânico que sentia. O tratamento tinha sido ideia da Cidinha, mas quem era Cidinha? E desde quando ele tinha problemas na lombar? Bijoux recapitulou sua vida, sempre saudável, ágil como só um gato consegue ser. Mas que loucura era essa de se comparar a um gato, se ele já era gato? Ou não era? Bijoux ficou em dúvida sobre sua natureza felina. Olhou para as patas dianteiras e não as reconheceu. Sentiu falta dos dedos. Do polegar. Pensou na importância do polegar como característica única dos primatas. Em seguida, achou insana a ideia de ser um primata.

Bijoux estava confuso.

— Calma, calminha. Eu já vou resolver isso — sussurrou Caliandra, enquanto afagava seus pelos.

As palavras ditas em tom baixo, repetidas três, quatro, cinco vezes, como que ditas a um bebezinho, foram aplainando a agonia de Hélio, e ele mentalizou um Shiva amoroso e onipotente, capaz inclusive de destravar as colunas dos seus devotos. O rancor foi dando lugar a uma serenidade oriental. Para Hélio Zanini, o tratamento estava funcionando. Para Bijoux, não. A cada afago, só aumentava a certeza de que o carinho não era para ele, nem o colinho, nem as palavras sussurradas. Como GT, ele nunca teria isso. Nunca seria amado como Hélio Zanini era amado pela esposa Cidinha. Nunca receberia um tratamento curativo como aquele que Caliandra oferecia ao homem travado. Sua vida era servir de substituto, sendo enviado de casa em casa, sem lar, sem uma companheira, sem cuidados especiais.

Bijoux sentiu saudades da Cidinha e um desespero de voltar para casa, ao mesmo tempo que se perguntava quem era Cidinha e sentia-se feliz por entender que sim, ele tinha uma casa!

Animado por essas ideias desconexas, e mesmo assim inspiradoras, tentou se desvencilhar dos braços da quiroprata. Era humilhante ser tratado como um gato, deitado no colo de uma profissional que ele mal conhecia. Ao mesmo tempo, sentia-se obrigado a ser polido e obedecer à ordem de ficar quietinho.

Bijoux agonizou. Conteve-se enquanto deu, repetindo a si mesmo que aquilo que estava acontecendo com ele devia ser algo banal na vida de um gato de bruxa, mesmo que temporário, mesmo que com ele nunca tivesse acontecido, apesar de toda a sua experiência atendendo às demandas delas. Essa era uma das maiores queixas entre os GTs, nunca sabiam o tipo de serviço que as bruxas exigiriam deles. Quando achavam que já tinham passado pelo pior, vinha outro chamado e a possibilidade de algo ainda mais apavorante, pois bruxas não seguem um padrão. Estão constantemente evoluindo em suas práticas, amam novidades e experimentos. Tanto que Bijoux nunca tinha ouvido falar em GTs sendo usados como receptáculo de espíritos. Caso tivesse, não teria acreditado. No entanto, ao mesmo tempo que pensou nisso, se questionou se era verdade. O ateu e cético ali era Hélio Zanini, não o gato. Ele, Bijoux, teria acreditado. Ele não duvidava do poderio das bruxas.

Era confuso. Bijoux já não conseguia discernir qual pensamento era dele e qual era do homem alojado dentro de si.

Recorrendo ao restinho de autocontrole que ainda tinha, manteve os olhos fixos em Caliandra, na esperança de que ela encerrasse logo aquele martírio. Ele estava a serviço, só precisava confiar no discernimento dela. Sabia que, em hipótese alguma, deveria se rebelar.

Esperou.

Caliandra aproveitou que o gato tinha se acalmado e retornou ao corpo estirado na maca. Virou-o de barriga para baixo. Segurando um dos braços, foi puxando-o para trás enquanto pressionava a cabeça para baixo. Então respirou fundo, tomou bastante fôlego, e puxou com toda a força. Bijoux ouviu o estalo seco dos ossos.

— Muito bom! — disse Caliandra, embora Bijoux não soubesse discernir com quem ela estava falando.

Com ele? Com o Hélio Zanini dentro dele? Com o corpo oco, sem ninguém dentro?

Caliandra segurou a cabeça do homem entre as mãos. Fincou bem os pés no chão. De novo, respirou fundo. Tomou fôlego e puxou com toda a força, como quem quer arrancar a cabeça fora. Mais um estalo alto, de ossos mexendo.

— A-hã — disse Caliandra.

A cada estalo, Bijoux virava a cabeça, aflito. Parte dele sabia que o corpo na maca não era exatamente o seu. Outra parte queria voltar para dentro do corpo, mesmo com a lombar travada, mesmo com os ossos estalando, mesmo que a bruxa estivesse fazendo todo tipo de malabarismo em sua coluna vertebral.

Bijoux aguentou o quanto pôde até o momento em que a doutora meteu o cotovelo bem no cóccix do corpo. Seu lado felino falou mais alto. Num salto instintivo ele voou para cima dela e fincou as garras em seu braço. Rasgou sua pele deixando três riscos vermelhos, feito um tridente.

Caliandra enxotou o gato num gesto brusco e Bijoux zarpou pela escada. Rodopiou por toda a clínica, em busca de uma saída. Escalou paredes, saltou da mesa de atendimento para a bola de pilates, da bola para o parapeito da janela, para o lustre, para as barras de metal acopladas ao teto, para o varão da cortina, até derrubar um mancebo. Tentou abrir a maçaneta do escritório de Caliandra.

— Aí não!!! — berrou ela, descontrolada.

Mas Bijoux, pendurando na maçaneta, abriu.

Entrou.

Avistou um armário de madeira que ocupava a parede toda. Continha várias gavetinhas e portas de vidro.

— Sai daí!!

O grito foi tão agudo que Bijoux saltou no ar, bateu as costas contra o armário e voou na direção contrária, rumo à porta da frente. Trancada, lógico. Caliandra implorava a Bijoux que se acalmasse. Estava furiosa com o comportamento do gato e mais ainda consigo mesma, pois aqui é preciso explicar que, assim como cada bruxa tem habilidades mágicas, nós também temos nossas limitações. Caliandra era péssima em pontaria. Seus feitiços nunca pegavam nos alvos em movimento. Tentou. Acabou queimando a lâmpada do teto e incendiando a bola de pilates, provocando um cheiro horrível de borracha queimada que acabou por disparar o alarme de incêndio.

Minutos depois a campainha tocou. Caliandra não sabia como desligar o alarme. Revirou gavetas em busca de um manual, um número 0800, qualquer coisa. A campainha não parava, acompanhada de batidas na porta. Batidas de quem ameaça chamar a polícia.

Atordoada, Caliandra atendeu. Era Ezequiel, acompanhado da mãe. A mulher queria saber se estava tudo bem.

Dia sim, dia não, na clínica de quiropraxia de Caliandra, alguma situação fora do padrão fazia com que a mãe de Ezequiel ameaçasse chamar a polícia. A bruxa já havia explicado mil vezes que gritos, choro, urros e ganidos humanos faziam parte do tratamento alternativo que ela oferecia, e que sua clientela se submetia de livre e espontânea vontade, sempre com bons resultados. Ninguém estava sendo torturado e a vizinha seria muito bem-vinda numa sessão, cortesia da casa. Assim ela ia entender melhor o que acontecia ali durante os atendimentos terapêuticos, e deixaria de cisma.

Dava para ver a cisma estampada na cara da mãe e do filho.

— Está tudo bem aqui? — repetiu a vizinha, enquanto Ezequiel tentava espiar dentro da clínica.

A mãe de Ezequiel tinha um jeito solícito que era ao mesmo tempo bastante invasivo. Com uma mão segurava um prato de cookies. Com a outra ia empurrando a porta, já com um pé para dentro, puxando o filho pela mão.

— Sentimos cheiro de queimado, e seu alarme de incêndio está tocando.

Empurrou a porta um tiquinho mais, o suficiente para que Bijoux escapasse para a rua, disparasse em direção à avenida e sumisse de vista.

Caliandra, sem pensar no que estava fazendo, lançou um feitiço de cegueira passageira na vizinha e no Ezequiel, para em seguida lançar feitiços em todas as direções possíveis, mirando no gato e ignorando a mulher. Mas tudo que conseguiu fazer foi tombar um poste da rede elétrica e colocar um carro em movimento. O carro foi deslizando para trás até trombar numa lixeira, esparramando o lixo pela calçada.

Encolhido debaixo do último banco do ônibus intermunicipal, Bijoux ofegava com a língua de fora, assustado com a vibração do motor e a velocidade com que o motorista acelerava pela faixa da direita.

Hélio Zanini estava tão apavorado quanto o gato. Bijoux não tinha noção do que estava fazendo, e Hélio não tinha noção do que estavam fazendo com ele. O gato, irritado com aquele hospedeiro humano incrustado nele; e o humano, zonzo com a velocidade desvairada do gato. Os dois incapazes de dialogar. Ambos se achando no direito de tomar as rédeas da situação, até que o humano assumiu o controle do gato.

Hélio explicou a Bijoux que eles desceriam no ponto final. Espiando pela janelinha, através da visão do gato, foi entendendo onde estavam e para onde iam. Tinham dado sorte. Bijoux havia se atirado dentro de um ônibus cuja rota Hélio conhecia. O ponto final ficava perto da casa dele e da Cidinha. Bijoux sentiu-se confortado ouvindo o nome da Cidinha. Ou era o próprio Hélio que se sentia confortado, e Bijoux só absorveu a tranquilidade dele? Difícil discernir.

Fosse como fosse, foi bom ter alguém no comando. O que não significava que Bijoux se renderia às ordens do homem. O corpo ainda era dele, afinal. Hélio, por sua vez, estava eufórico por ter recuperado a flexibilidade da sua boa e velha coluna vertebral. Ou seria a coluna do gato? Difícil saber. Em todo caso, era boa demais a sensação de saltar e correr, como há anos não conseguia.

Hélio considerou explicar a Bijoux que era melhor ele não contar com o amor da Cidinha porque, bem... porque ela era casada com um homem e por mais que ele, Bijoux, tivesse olhos verdes e bigodes fartos, não era quem Cidinha estava esperando. Mas achou melhor não. Um dos dois precisava permanecer confiante e tomar decisões vitais para a sobrevivência deles.

Num grandioso gesto de abnegação, Bijoux se recolheu. Espremeu a porção gato num cantinho inativo do cérebro felino para que Hélio Zanini conduzisse a situação. Desceram no ponto certo e correram para a casa da Cidinha, pularam o muro e entraram pela porta da lavanderia. Hélio mal acreditou na sua habilidade de pular o muro da casa num único impulso. Lembrou da professora de ioga. Gostaria que ela estivesse vendo. O velho Hélio teria precisado de uma escada, e mesmo assim seria um vexame. Hélio teve vontade de pular de novo, feito uma criança brincando num tobogã. Mas se conteve quando ouviu a voz da esposa falando ao telefone.

— Mas... espera aí, Dra. Caliandra, eu não estou entendendo. Ele está bem?

Escondido atrás da máquina de lavar roupa, Hélio-Bijoux foi se inteirando da situação.

— Eu quero falar com o Hélio — disse Cidinha ao telefone.

Em seguida, silêncio. Cidinha ouvia e soltava uns resmungos. *Sei... A-hã... Tá... Ah, é?*

Mas o tom era de quem não estava gostando nada nada do que ouvia.

— Acho melhor eu ir até aí! — protestou a mulher.

De novo, mais um longo momento de silêncio. Cidinha só ouvia e torcia um pano de prato, um gesto que Hélio conhecia bem. Ela não estava nada feliz.

— Entendi — disse ela, por fim.

Complementou:

— Eu acho estranho, mas se a senhora prefere assim, tudo bem.

Depois desligou sem dizer "tchau", e ficou parada em frente à pia da cozinha, olhando para a parede de azulejos, pensativa.

Bijoux deu dois passinhos para trás e se recolheu no vão entre a lavadora e a secadora. Hélio finalmente havia se dado conta de que não poderia simplesmente chegar e pular no colo de Cidinha. Ele não seria bem-recebido. Longe disso. Provavelmente seria enxotado. A esposa tinha pavor de gatos.

Eram quase onze horas da noite quando Caliandra conseguiu convencer a vizinha de que tudo que tinha acontecido naquela noite estava dentro da normalidade. Não foi fácil. A mãe de Ezequiel torcia o nariz para termos como "energia", "vibração" e "ressonância". Soavam como pura picaretagem. Como que uma "ressonância" explode um quadro de luz? E que energia é essa que puxa o freio de mão de um carro que está estacionado, com o alarme ligado e o IPVA em dia? O carro, por sinal, era dela, que tinha preguiça de guardá-lo na garagem toda vez que saía, e deixava na rua durante o dia. Só guardava na hora de ir dormir, alegando que esse era um direito dela.

Caliandra tinha dificuldade em entender por que uma pessoa precisa sair de casa diversas vezes ao dia, sempre de carro, sem a mínima consideração pela camada de ozônio. A vizinha devia usar transporte público, isso sim. Ou então, que fizesse uma única saída diária e resolvesse tudo de uma vez. E que importância tem se o IPVA está em dia? Caliandra não tinha carro e nem entendia direito o que era um IPVA. Isso tudo para explicar que a conversa entre as duas não foi simples. Desembocava em questões que desviavam do problema principal que era, basicamente, o fato de uma bruxa estar vivendo num bairro residencial onde as pessoas não entendiam bulhufas de bruxaria.

No meio da discussão Caliandra também se perguntou o que a vizinha estava fazendo ali.

Quanto a isso, a resposta é simples.

A mãe de Ezequiel era o tipo de vizinha proativa. Sempre disponível, sempre oferecendo ajuda e se sentindo muito à vontade na casa dos outros. Sempre com um prato de cookies recém-assados, quentinhos, com as gotinhas de chocolate ainda derretendo. O pior é que Caliandra amava cookies e toda vez que a vizinha chegava com uma bandeja, era incapaz de resistir.

Ezequiel, sentado ao lado da mãe, na recepção da clínica de quiropraxia, só reparava na estranha vestimenta de Caliandra. Ele nunca a tinha visto de vestido antes. Um vestido de um tom azul, mas que não combinava nadinha com ela, que vivia de moletom branco. Ezequiel esperava pelo momento em que sua mãe fosse comentar alguma coisa sobre aquela vestimenta bizarra. Ouvindo a conversa das duas, logo percebeu que enquanto Caliandra explicava as consequências da manipulação de energia, a mãe balançava a cabeça de um jeito que ele conhecia bem. Ela não acreditava.

Ezequiel também estranhou a ausência da gata Djanira. A gata nunca saía do lado de Caliandra. Vivia grudada, olhando feio para os vizinhos. Às vezes até rosnava, que nem cachorro. Onde estava Djanira agora? Não... tinha algo muito errado acontecendo ali e sua mãe, apesar de todo o blá-blá-blá, não estava fazendo as perguntas certas. Ezequiel teria perguntado sobre o gato preto que fugiu pela porta no instante em que eles chegaram. Teria perguntado sobre o vestido comprido, e por que Caliandra estava descalça. E também... por que ela comeu o pratinho inteiro de cookies sem culpa, quando das outras vezes ela pegou apenas três e disse que guardaria o resto para depois? Agora Caliandra comia e falava e comia, às vezes engasgando no meio de uma frase, fingindo o tempo todo. Nada do que ela dizia era verdade. Para Ezequiel, isso era óbvio.

41

Caliandra tinha consciência absoluta dos pensamentos que atravessavam a cabeça do menino, e isso, mais do que tudo, era o que a deixava nervosa. Ela só queria poder lançar um bom e velho feitiço de amnésia, mandar os dois embora e ir tomar as providências para que o corpo no andar de cima ficasse bem. Conhecia bruxas que teriam feito isso sem o menor pudor. Bruxas mais confiantes em seu poder. Caliandra não era assim. Tinha medo das consequências. Ela era uma bruxa urbana, preferia contornar as situações com o uso mínimo de magia. Já bastavam todas as indiscrições que havia cometido com o poste, a lixeira e o carro da vizinha.

Foi cansativo e estressante, como seria para qualquer pessoa. Para uma bruxa capaz de resolver o assunto num estalar de dedos, foi um desafio extra. Mas Caliandra conseguiu encaminhar Ezequiel e a mãe de volta para casa. Desejou-lhes boa-noite e até um "Vai com Deus" para eliminar suspeitas de paganismo ou coisa pior.

Ao sair, Ezequiel deu uma última olhada para trás antes de fechar o portãozinho do quintal da frente da casa. Sua mãe saía mais tranquila porque Caliandra prometeu arcar com os custos da funilaria do carro e os demais estragos causados pelo "descarrego energético". Ezequiel saía convicto de que Caliandra tinha um segredo.

O portãozinho soltou o mesmo rangido queixoso de quando ele havia entrado ali para desenroscar a bola dos ciprestes. Só que, dessa vez, soou como um apelo para que ele mantivesse segredo de tudo o que havia visto e ouvido ali.

Enfim Caliandra pôde ajeitar o corpo do Hélio Zanini em cima da maca. Um corpo molinho e maleável, do jeitinho que ela sempre quis. Há anos Caliandra vinha sonhando com o momento em que poderia botar as mãos num "corpo liberado", sem uma personalidade traumatizada dentro que só servia para atrapalhar o serviço.

Olhou nos olhos do paciente e, pela primeira vez, não se sentiu intimidada. Um par de olhos neutro, sem apreensão, sem medo, sem dúvida ou desconfiança. Aquele era o paciente perfeito. Ela agarrou a cabeça do Hélio entre os braços e fez a sequência de estalos para cá e para lá, girando com vigor, sem temer quebrar o pescoço ou machucar ainda mais uma pessoa que já estava com dor. Foi delicioso poder trabalhar sem a personalidade que sempre vinha embutida em cada corpo. Essa era a dificuldade da prática de quiropraxia. Botar as partes do corpo no lugar correto era baba. O problema era fazer com que a personalidade relaxasse, confiasse e se entregasse.

Os pacientes de Caliandra nunca relaxavam o suficiente. Ficavam tensos e a tensão atrapalhava o serviço, que caso contrário seria megarrápido. Se não fossem as frescuras das personalidades, ela poderia atender quarenta pacientes por dia, sem estresse. Mas cada um chegava cheio de mi-mi-mi e medinho de se submeter aos seus métodos. Eles a encaravam com olhar de coitadinhos, sendo que sua obrigação era pegar aquelas cabeças com as mãos e girar com toda a força, sem dó.

Por causa do dramalhão dos pacientes, e suas ideias estapafúrdias do que seria a quiropraxia, ela sempre se via arrancando cabeças. As visões duravam uma fração de segundo, mas eram tão gráficas que Caliandra até ouvia o baque seco do osso do crânio batendo no chão, ao lado dos seus pés, rolando feito uma bola de boliche pelo piso da clínica. Então ela perdia a confiança em tudo o que tinha aprendido e tratava de acalmar o paciente. Grande erro. Quanto mais ela tentava acalmá-los, mais tensos ficavam, e de quarenta por dia, ela conseguia atender no máximo quatro, sempre com resultados que deixavam a desejar. Os pacientes não saíam cem por cento aliviados da dor, e ainda ficavam duvidando de suas habilidades. Não retornavam para completar o tratamento. Caliandra ficava péssima, imaginando se teria machucado ainda mais uma pessoa que já estava mal. Ela ligava, mandava mensagens. Eles não atendiam, e ela concluía o óbvio: que não levava jeito para aquilo.

Tinha sido ingênua ao achar que conseguiria mexer com gente. Ela era uma ótima programadora de internet por entender a lógica dos sistemas. O corpo humano também segue uma lógica, com seus órgãos interconectados, com funções específicas, tudo isso sustentado por um esqueleto padronizado. Como em qualquer máquina, acontecem os desgastes e deslocamentos. A quiropraxia ensinava a colocar as coisas no lugar.

Nunca imaginou que, mesmo com dor, pessoas seriam inconvenientes a ponto de atrapalharem um tratamento que era para o próprio bem delas. Nunca imaginou que uma pessoa seria tola o suficiente para se autoboicotar e ficar tensa quando a ordem era para relaxar. Foi um choque quando pegou pacientes fazendo tudo ao contrário do que pedia, desfazendo a postura corporal segundos depois que ela havia colocado tudo no devido lugar, pessoas sem nenhuma consciência do próprio corpo, pessoas tão desequilibradas por dentro que acabavam por danificar a própria coluna vertebral, talvez numa tentativa de harmonizar o físico com o psíquico. A verdade é que Caliandra não gostava de gente. Ela gostava de corpos.

Caliandra manipulou os ombros, o pescoço e a coluna de Hélio, confirmando que tudo nele tinha voltado ao lugar de origem. Tudo encaixadinho. Se ele estivesse ali, ficaria agradecido. Giraria o quadril, maravilhado com o sumiço da dor. Caliandra cobriu o corpo com um lençol, dando essa parte por resolvida. A experiência tinha sido um sucesso. Sem a personalidade para atrapalhar o serviço, ela havia resolvido a questão em cinco minutos. Estava satisfeita com o experimento. Que o hospedeiro tivesse fugido era um problema, evidente. Mas, ela estava aprendendo. Hélio Zanini tinha sido o primeiro. Nas próximas vezes, antes de transferir a substância etérea para dentro do assistente, enfiaria o GT numa gaiola e problema resolvido.

Caliandra ligou para o SAC do Disk Katz e explicou o caso. Sem entrar em detalhes, claro. A atendente respondeu que eles estavam enviando outro GT imediatamente e pediu que ela anotasse o número de protocolo.

— Mas eu não quero outro GT! Eu quero o gato que já estava aqui.

— Senhora, um novo GT já está a caminho. Posso ajudar em algo mais?

Caliandra implorou para que mandassem o mesmo gato. Não era questão de outro gato. Ela queria o mesmo. Era só rastrear. Os gatos não eram chipados?! Gritou, apelou e esperneou. Foi transferida, esperou para falar com a supervisora, apertou a opção "1", e depois a "5" e a "3", conforme solicitado. Forneceu seus dados, CPF, endereço, telefone, e-mail, foi transferida de novo, recomeçou todo o processo e quando finalmente achou que estava conseguindo fazer com que reenviassem o mesmo gato, a ligação caiu.

Caliandra desabou no sofá. E agora? A única solução que lhe ocorreu àquela altura era exatamente o que *não* queria fazer de jeito nenhum. Caliandra massageou a testa como quem tenta arrancar uma ideia do próprio cérebro. Qualquer coisa menos ter de pedir ajuda para... A bruxa puxou o lençol e encarou o paciente. Não parecia morto. A cor da pele não tinha mudado. Mas era questão de tempo.

Pegou o celular por impulso, ou por nervosismo, e se deparou com várias mensagens de Cidinha. Caliandra havia dito que a mulher poderia voltar para buscar o marido assim que amanhecesse. Inventou uma explicação rocambolesca, que Cidinha até que aceitou. Disse que passar a noite em observação era parte do tratamento. Cidinha era adepta de tratamentos esotéricos. Já tinha ouvido falar de pessoas que "demoram para voltar", e entendeu que no caso do esposo o procedimento tinha sido muito intenso. Ter conseguido aquelas horas adicionais foi providencial, mas agora Caliandra precisava devolver um Hélio completo para Cidinha, e o único jeito de fazer isso era com a ajuda do clã.

Caliandra tomou coragem e ligou para Ludmila. Depois voltou a desabar no sofá, derrotada.

4

Caliandra não estava sozinha nesse mundo; ela fazia parte de um clã, que é como uma irmandade, só que mais exigente. Irmandades são acolhedoras. Dão apoio. São femininas e amorosas.

O clã é um conjunto de mulheres comprometidas a salvarem a pele uma da outra, mas não necessariamente amigas. Em um clã as verdades mais difíceis são ditas na cara. Clã não é lugar onde você encontra a sua best. É o lugar onde você convive com mulheres que te desafiam. Elas te conhecem melhor do que você mesma, e você é incapaz de mentir para elas. Caliandra tinha questões com seu clã. Preferia mil vezes ficar só. Apenas ela, com sua magia, sua gata Djanira como companhia, uma boa conexão de internet e seu Animal de Poder para os momentos de apuro.

Era isso o que passava por sua cabeça nesse momento, sentada em frente a um aquário, encarando uma tartaruga entocada no casco. Caliandra fechou os olhos e conjurou

Frida. Aguardou. Frida tinha seu tempo próprio, mas quando conjurada, sempre atendia.

Frida também tinha o dom de adivinhar os pensamentos de Caliandra, o que adiantava o assunto. A bruxa tinha pressa. A tartaruga, não.

Vagarosamente, Frida esticou a cabeça para fora do casco. Sua expressão era de enfado.

Bufou.

Então, disse:

— Não queira ficar só, Caliandra. Você precisa do seu clã.

Caliandra inclinou a cabeça em sinal de respeito ao seu Animal de Poder.

Não retrucou.

Frida sempre tinha razão.

— Olhe para mim — ordenou Frida.

Caliandra encarou a tartaruga posicionada acima do monitor, numa altura estratégica para que as duas conseguissem se ver. Estava bem acomodada numa almofada de cetim, num aquário espaçoso. Era a personificação da realeza, com seus quatrocentos e quinze anos recém-completados.

— Agora entre na reunião e faça conforme eu mandar — disse Frida.

Enquanto aguardava autorização para entrar na sala, Caliandra fez uma breve meditação. Estava atrasada e sabia que levaria uma reprimenda por isso. Podia até antever as palavras de Ludmila. *Meia-noite é meia-noite. Não é meia-noite e dez e nem meia-noite e quinze.* Ela conhecia o discurso. Mas agora não tinha volta. Teria de encarar as feras.

Ludmila estava falando quando Caliandra entrou na sala.

— ... tudo isso é reflexo do Portal de Leão que nós abrimos no dia oito do oito, e quem ainda não entendeu as consequências, faça o favor de abrir os olhos e prestar atenção. Ela entrou. Meia-noite e quinze. Que a Grande Mãe receba sua filha Caliandra de braços abertos. Bem--vinda, Caliandra, mas o horário era meia-noite. Meia-noite é meia-noite. Não é meia-noite e dez e nem meia-noite e quinze. Se você não consegue se autoprogramar para entrar à meia-noite, coloca um alarme, dá um jeito, mas os astros não podem retardar suas rotas só por você. Se marcamos meia-noite é por uma questão de alinhamento planetário. Temos todo um sistema solar pra levar em consideração. Fui clara?

— Foi.

— Estávamos falando sobre o Portal de Leão enquanto esperávamos por você.

"Ok", Caliandra digitou no chat.

— Você mandou mensagem dizendo que tinha um assunto urgente, confere?

Caliandra ergueu o polegar. Tinha mutado o microfone, apenas observando as colegas de clã, cada uma no seu retângulo. O dela, na fileira superior, espremida entre Ludmila e Valquíria. Caliandra considerou a formação bem auspiciosa. Ludmila e Valquíria funcionavam como uma dupla implacável, e estar espremida no meio das duas era um péssimo sinal do que aconteceria com ela depois que fizesse a revelação bombástica. No mínimo, seria trucidada.

Caliandra deu graças às deusas por o encontro ser on--line. Ela era sempre muito grata por não ter de encontrar as outras pessoalmente.

— Caliandra, você está ouvindo? — perguntou Ludmila.

Caliandra ouvia perfeitamente, mas aproveitava as oscilações da conexão de internet para ganhar tempo. Fingiu se atrapalhar com a ativação do microfone. As outras bruxas aguardavam, nenhuma caindo naquela encenação abobada.

Aproveito esse momento de enrolação da Caliandra para dizer que eu sei que vocês estão esperando que eu apresente as demais bruxas, já que elas estão on-line, aguardando. Mas num livro sobre bruxas, não é de bom-tom apresentarmos todas de uma vez, como se fôssemos um bloco. Por enquanto, vamos nos concentrar em Valquíria, que terá um papel crucial daqui em diante. Já entendemos que Ludmila é a líder, e em relação às demais iremos nos manifestar no momento apropriado.

Então Ludmila prosseguiu.

— Estou passando a palavra para Caliandra. Peço que seja clara na sua comunicação, conforme o nosso juramento.

— Gratidão. Honrada sou por pertencer ao Clã da Sutileza — Caliandra repetiu as palavras de ordem e fez uma pausa.

Encarou Frida, posicionada estrategicamente acima do monitor.

A tartaruga a encarou de volta e Caliandra prosseguiu da forma mais objetiva possível.

— Eu quebrei nosso juramento e contratei um GT do Disk Katz.

Desviou o olhar da tela do computador e voltou a encarar a sábia tartaruga silenciosa, companheira da vida toda, e antes disso, companheira da sua mãe; e antes disso, da sua avó; e antes disso, da sua bisavó. Passada de geração em geração como Animal de Poder de uma longa linhagem de bruxas, Frida sempre despertava o que Caliandra tinha de melhor. Neste caso, a capacidade de admitir um erro e dizer logo a verdade.

Dos microfones mutados, quatro foram abertos e as bruxas começaram a berrar simultaneamente enquanto a que permaneceu mutada optou por fechar a câmera, ocultando sua reação à notícia, talvez por ter entrado em choque, mas as outras deixaram mais do que claro que contratar um GT era inadmissível e que Caliandra havia cometido uma traição gravíssima.

Ludmila mutou todas, alterou para "speaker view" e tomou a palavra. Mas Caliandra precisava contar a verdade por completo e a interrompeu, desfazendo magicamente o "speaker view", e retomando a palavra.

— Só que ele fugiu — anunciou.

Ludmila permaneceu em silêncio, considerando as consequências. Então um sorrisinho cínico foi se formando em seu rosto, e ela disse:

— Então o problema está resolvido! Agora o serviço de aplicativo que trate de encontrá-lo. Mas o que eu não entendo é como *você* deixa um gato fugir. Uma bruxa que não consegue controlar um gato?!

Ludmila revirou os olhos em desdém.

— Não é tão simples assim. Ele levou o espírito do meu paciente junto, e agora eu preciso trazê-lo de volta.

Caliandra girou o monitor para o lado, puxou o lençol estirado em cima da maca e mostrou o corpo de Hélio Zanini, inerte. Contou a história toda.

Ao final do relato, o silêncio era absoluto. Todas incrédulas. Ludmila encarou Caliandra como se a visse pela primeira vez.

Caliandra, estática feito uma tartaruga inabalável, aguardou a reação do clã. Alguém se pronunciaria. Como uma tartaruga centenária, ela esperou, austera feito uma pedra.

Valquíria foi a primeira a se pronunciar.

— Quer dizer que você consegue extrair espíritos de corpos humanos?!

Caliandra baixou os olhos, toda a sua austeridade caindo por terra frente à necessidade de encarar Valquíria. Bruxa nenhuma gostava de encarar Valquíria, mesmo que fosse on-line. Presencialmente era ainda mais difícil.

Valquíria estava com um vestido de seda verde-escuro, decote canoa, muito elegante, com ombros à mostra. Seus cabelos estavam presos num coque volumoso no topo da cabeça e ela usava uma gargantilha de esmeraldas. Estava em seu palacete. No divã da biblioteca, deitada de lado, sem dúvidas bebericando champanhe numa taça de cristal.

Ao seu lado, uma bandeja com ovinhos de codorna com palitos de dente fincados. Conforme ela mexeu o braço para pegar um ovinho, seu vestido escorregou pelo ombro, deixando um seio à mostra, mas Valquíria não se importou com isso. Nem ajeitou o vestido. Estava mais interessada na recém-revelada habilidade de extrair espíritos de corpos humanos. Seus olhos brilhavam, sedentos por mais detalhes.

Ludmila, em seu escritório de paredes de vidro, prezava por lealdade e compromisso acima de tudo. Mesmo com o microfone fechado, Caliandra adivinhou suas palavras quando ela deu um soco no tampo da mesa e gritou, apelando por mais profissionalismo. Ludmila administrava o clã como se fosse uma empresa.

Participava dos encontros on-line através de um telão imenso que permitia que ela caminhasse pelo escritório, fizesse esteira, bicicleta, enquanto conduzia as reuniões. Mas naquela noite ela estava com seu terninho preto, de corte perfeito. Uma workaholic convicta, que se orgulhava de ser assim. Ludmila deu a volta na mesa de trabalho e se virou de costas para a câmera. Encostou a testa na parede de vidro do escritório, tendo ao fundo uma vista da Baía de Guanabara.

De todas, havia uma única bruxa em quem Caliandra confiava para salvar sua pele naquele momento. Ela nem precisou mentalizar o chamado, e o socorro da colega veio prontamente.

Numa tentativa de transmutar o clima, sua única amiga de verdade sugeriu que entoassem um cântico para a Lua Nova.

Entoaram.

Cantando, elas sempre se acalmavam. Cantando, Ludmila relaxava. Quase conseguia esquecer que aquilo não era uma empresa, e sim um clã. As melodias aplainavam as arestas entre as bruxas, como uma canção de ninar que embala uma criança. Não era de cara que isso acontecia. Naquela noite, foram necessários sete longos cânticos para que elas se harmonizassem. Cantaram para a Lua Nova, para a Estrela do Oriente, para o Jaguar, para a Mãe d'Água, para a Pantera Ancestral, para a Transcendência Imediata e para a Musa da Harmonia.

Ao fim da cantoria, Ludmila tinha desabotoado a jaqueta do terninho. Estava sentada em sua cadeira giratória, em posição de lótus. Valquíria, empertigada no divã, estava sentada com a coluna ereta, olhos fechados, com um sorriso sereno no rosto. E Caliandra, na clínica de quiropraxia, encarava sua querida Frida com a alma cheia de esperança. No fim, tudo ia se resolver. Ela não estava sozinha nesse mundo.

A reunião terminou com a deliberação de que Caliandra permaneceria em casa, quieta, banida do uso de magia até o amanhecer do dia. Valquíria traria o GT de volta. As demais estavam dispensadas até que uma próxima reunião fosse convocada. Ludmila retomou a palavra dizendo que, caso ninguém tivesse algo a acrescentar, ela daria o encontro por encerrado.

Nenhuma de nós quis se manifestar. Claro que as perguntas eram inúmeras. A começar por uma curiosidade geral sobre como Valquíria ia encontrar e capturar o GT. No entanto, ninguém foi ingênua a ponto de questionar. Valquíria tem métodos próprios que preferíamos nem conhecer. Uma coisa era certa: para serviços de alto risco, em que falhar não é uma opção, Valquíria é a única de nós em quem Ludmila confia. As duas se entendem tão bem que dispensam palavras. Uma lê o pensamento da outra e basta uma troca de olhares para que cheguem a acordos. Se minutos antes Ludmila escolheu verbalizar em voz alta que Valquíria resolveria a questão, foi apenas para oficializar a decisão e deixar registrado.

Antes de desligar, Caliandra se concentrou na sua amiga pessoal, praticamente uma fada no meio de um bando de bruxas. Foi por causa dela e do seu ativismo em defesa dos direitos dos animais que todas nós concordamos com o juramento de jamais contratarmos Gatos Temporários através de aplicativos. Sua querida amiga julgava esse tipo de serviço um sacrilégio, mercantilização da magia, e não poderia pertencer a um clã que compactuasse com isso. Todas concordamos e o pacto tinha sido feito. Caliandra só queria poder se explicar para a amiga, mas ali não era o lugar e nem a hora, e ela saiu da reunião ciente de que precisava resolver esse mal-entendido o quanto antes.

Caliandra aguardou que a amiga mandasse uma mensagem primeiro. Ela não é boa em pedir desculpas. Prefere até receber uma bronca para depois responder se explicando. Esperou.

Mesmo uma mensagem furiosa seria preferível ao nada que se seguiu. Nenhuma de nós a procurou depois do encontro, nem para pedir satisfação, nem para dizer como estávamos decepcionadas com o seu comportamento.

Caliandra recolocou o aquário da Frida no lugar, à frente de um vitral, no ponto mais alto do sobrado, de onde a tartaruga tinha uma boa visão da rua. Aguardou, com a expectativa de que a sábia tartaruga tivesse uma mensagem de esperança para aliviar o peso daquele dia tenebroso.

Nada.

Frida já havia se recolhido para dentro do casco. Às vezes, sabedoria é isso. É permitir que a pessoa tenha um gostinho daquilo que tanto desejou.

Olhando pelo vitral, Caliandra observou a rua deserta e as casas com as luzes apagadas, exceto uma. A luz vinha do quarto de Ezequiel. De pijama, e travesseiro debaixo do braço, ele a encarava. Caliandra ergueu a mão e acenou um tchauzinho, mas o menino não respondeu. Apenas apagou a luz do quarto, de modo que não soube dizer se ele continuava a observá-la ou não.

Em toda a sua vida, nenhuma criança jamais tinha conseguido enxergar através do seu disfarce de pessoa comum. Ezequiel seria a primeira?

Caliandra encostou a mão no aquário de Frida e lhe desejou boa-noite. Estava prestes a apagar a luz do abajur quando notou uma movimentação na rua. Encostou o rosto no vitral. Era um gato cinza e magro. Estava empoleirado na mureta da sua casa. Ergueu a pata dianteira e olhou em sua direção. O novo GT, conforme a atendente do Disk Katz havia prometido.

Caliandra ignorou o bicho, enfiou-se debaixo das cobertas e cobriu a cabeça com um travesseiro.

5

Caliandra acordou com o toque estridente da campainha. Ao abrir a porta, viu uma caixa de papelão lacrada com fita isolante. Havia um bilhete de duas letras: "Tó!", com a assinatura inconfundível de Valquíria. Um desenho gótico cheio de curvas, sendo que a perna do "q" se esticava até a base da folha e o "l" subia até o outro extremo. O acento no "i" era um risco que mais parecia um rasgo na folha.

Caliandra carregou a caixa para dentro da clínica. Havia cancelado todos os pacientes do dia. Passaria uma impressão ruim atender com o corpo do Hélio inerte na maca. E mesmo que o deixasse guardado no armário, ou debaixo da cama, era arriscado. Só agora ela pensava em como seria o retorno da pessoa Hélio ao próprio corpo. Não tinha considerado essa parte. No seu planejamento inicial, o procedimento todo teria sido super-rápido. Extrai espírito, transfere para gato, aplica a quiropraxia, bota o corpo no eixo, tira o espírito do gato e devolve para o corpo. Cinco minutos, no máximo. Seu erro foi não ter previsto que o gato entraria em desespero. Como poderia saber? Ela nunca tinha contratado um GT antes!

Caliandra se considerava uma bruxa curadora, bem-intencionada, uma profissional que morava num bairro residencial, num sobradinho discreto, quase nunca incomodando os vizinhos, tendo como Animal de Poder uma tartaruga silenciosa e quatrocentona, que não despertava suspeita alguma. E apesar de toda essa racionalização, Caliandra tinha passado a noite em branco, sentada ao lado da maca com o corpo estendido, ignorando as mensagens de Cidinha e sentindo-se a mais incompetente das bruxas.

Suspirou aliviada ao abrir a tampa da caixa de papelão e constatar que Bijoux estava vivo. Trêmulo, ofegante, mas vivo. Pegou-o nos braços como quem pega um bebê. Fez um leve carinho atrás da sua orelha e pediu para que ele expelisse Hélio Zanini.

— Chega, Bijoux. Solta o homem, vai.

Caliandra espremeu o gato bem próximo às narinas do corpo estendido na maca e ele tossiu, soltando um tanto de fumaça verde.

Conforme planejado, a fumacinha migrou diretamente para as narinas do homem, e ela achou bonito ver como o espírito, por si só, retornou ao corpo correspondente, como que dotado de uma inteligência própria.

— Vai, Bijoux. Bota o resto do homem pra fora! — ordenou Caliandra.

Embora ele tivesse expelido um bom tanto, não era o suficiente. Ainda havia um restinho a ser devolvido.

Bijoux se contorceu em seus braços. Resistia. Estrebuchava. Miava, agonizava com falta de ar. Caliandra ficou em dúvida se deveria forçar mais ou se isso ia acabar machucando o gato e o homem dentro. Ficou tensa. Bijoux arfava.

— Vamos lá, Bijoux. É pro seu bem. Tosse ele, tosse.

Caliandra sacudiu Bijoux, agora com mais força, tombando-o de cabeça para baixo.

Bijoux não gostou, e mostrou isso como pôde.

— Vai, gato!

Só que o resto da fumacinha verde não saía. Ela deu mais alguns tapas no traseiro, na nuca, na barriga. Bijoux não gostou, botou as unhas para fora. Soltou um chiado irado que surtiu efeito. Caliandra afrouxou o aperto.

— Você precisa respirar um pouquinho, né? Espera aí.

Caliandra soltou Bijoux e ele correu para debaixo da poltrona.

Exausta, ela desabou na poltrona, pensando no que fazer. Esperaria o gato se acalmar. Uma hora ele ia sair dali e pularia no seu colo. Daí ela o pegaria de jeito e espremeria o resto do homem para fora do bicho. Não ia deixar o serviço pela metade. Ela era uma bruxa. Bijoux era um GT. Óbvio que ela era mais poderosa do que ele. Só precisava pegar o jeito. Era a primeira vez que fazia o procedimento, ainda não tinha prática. Aliás, essa é uma dificuldade bastante comum nos rituais de magia. Com esforço e dedicação, a maioria das bruxas consegue realizar feitiços, mesmo dos mais sofisticados. Já o contrafeitiço é que é o nó. Antídotos, reversões, cancelamento, desmanche... aí é que a coisa complica. São raríssimas as bruxas com habilidade para desfazer sem destruir.

Caliandra já começava a considerar a possibilidade de simplesmente exterminar o GT e tirar o espírito a fórceps. Ela não seria a primeira bruxa a não devolver o gato nas mesmas condições em que contratou. Óbito de GTs devia ser algo até comum num serviço como aquele.

Haveria multa? Caliandra consultou o contrato que havia assinado sem ler. Lá estava.

Havia multa, sim, e não era pequena.

— Vem, Bijoux, vamos acabar logo com isso — disse, esticando a mão ao lado da poltrona, estalando os dedos para atrair o pobre coitado.

Sem reação.

— Eu não vou te machucar, mas nós precisamos tirar esse homem de dentro de você — continuou ela.

Caliandra esperou. Óbvio que ele ouvia, e entendia perfeitamente.

— Você quer passar o resto da vida com o resto de um espírito estranho incorporado em você, Bijoux? Não, né?! Então vem aqui comigo, vem.

Esperou. No celular, várias mensagens da esposa de Hélio Zanini querendo saber que horas o marido ia poder voltar para casa. Caliandra virou a tela do celular para baixo, para não correr o risco de se desconcentrar. De canto de olho, viu o rabo preto varrendo o piso, enquanto o resto do corpo estava oculto debaixo da poltrona. Tentou de novo.

— Bijoux, vamos fazer assim, se você for um bom gatinho e vier até aqui eu prometo que te dou uma lata cheia de sardinha. Você gosta de sardinha? Hummm...

Sem reação.

O celular tocou. Caliandra ignorou. Só que ele não parou de tocar. Mesmo ela ignorando. Tocava sem parar e tornava a tocar, e ela sabia que era a esposa de Hélio, querendo notícias do marido. O toque foi ficando cada vez mais insistente, enquanto o rabo preto varria o chão, da direita para a esquerda, da esquerda para a direita, num movimento que lembrava um dedo dizendo "não".

Caliandra então esticou o braço num movimento brusco e catou o gato pelo rabo, agora partindo para a ignorância. Sacudiu-o com força, como se ele fosse um frasco de condicionador de cabelo com um restinho no fundo, um restinho que se recusa a sair, mas que está lá, sim, enquanto com a outra mão mantinha a boca de Hélio Zanini aberta. Fez isso com tamanha violência que se assustou consigo mesma porque, por mais que fosse uma bruxa, e tivesse de resolver aquele assunto, e houvesse ali uma mulher desesperada que não parava de ligar, e um homem parcialmente sem espírito estirado na maca de sua clínica, Caliandra não era de todo má!

Ela soltou Bijoux. Não podia machucá-lo. De novo, ele se enfiou debaixo da poltrona, agora não deixando nem um tico de rabo para fora.

Caliandra enfim atendeu o telefone. Cidinha estava a caminho!

Sem pensar no que estava fazendo, a quiroprata puxou o lençol que encobria o corpo de Hélio Zanini, deu uma penteada nos seus cabelos ralos, vestiu sua calça e a camisa e meteu uma almofada sob sua cabeça. Contou treze gotinhas de *Amnesia recens immedicable,* abriu a boca do homem e entornou o conteúdo.

Hélio Zanini foi tomando consciência do corpo aos poucos. Zonzo e sonolento, esfregou os olhos, encarando o ambiente com uma cara abobada. Parecia não reconhecer o lugar. Apalpou a maca. Ficou olhando para Caliandra sem dizer nada, apenas piscando os olhos, encurvado, segurando a borda da maca com força, talvez com medo de cair.

Caliandra abriu um livro sobre estruturas ósseas. Fingiu ler enquanto aguardava o homem voltar a si. Ele precisava de um tempo, e ela não fazia questão de ficar olhando para sua expressão de desorientação espacial. Em silêncio, mentalizou o cliente em pé, bem-disposto e o mais parecido possível com o homem que tinha entrado pela porta da clínica no dia anterior.

— Dra. Caliandra...? — chamou Hélio Zanini, num tom de criança perdida.

Ela baixou o livro. Ajudou-o a descer da maca. Explicou que a sensação de tontura era normal. Ofereceu água.

Hélio levou o copo junto à boca e botou a língua para fora. Em vez de entornar a água garganta adentro, meteu a pontinha da língua no líquido, feito um... gato! Caliandra ajudou-o erguendo a base do copo e tombando seu pescoço para trás. A água acabou escoando para fora da boca, molhando sua camisa. Hélio engasgou e teve um ataque de tosse. Caliandra deu uns tapinhas em suas costas.

— Como está se sentindo? — perguntou.

O homem refletiu por alguns instantes antes de responder. Pela sua fisionomia, a pergunta parecia complexa.

— Estranho — respondeu, por fim.

— Hum... estranho como? — questionou Caliandra, num tom casual acompanhado de um sorriso forçado.

Hélio Zanini abriu e fechou os dedos, apalpou o rosto e alisou a mão sobre a barriga.

— É um estranhamento bom... — Parecia surpreso com a própria constatação. — Eu me sinto diferente.

Caliandra fingiu estar satisfeita com a resposta, mais para disfarçar o nervosismo.

— Muito bom... Mas seria importante marcarmos uma segunda sessão.

— Tudo bem — respondeu Hélio, com um longo bocejo, sem cobrir a boca com a mão, embora até o dia anterior tivesse dado todos os sinais de ser um homem muito bem-educado.

Ele firmou os pés no chão e, num gesto automático, pressionou as mãos contra a lombar. Espreguiçou-se longa e vagarosamente. Levou os braços para o alto e esticou as pernas atrás do corpo, num gesto que Caliandra conhecia bem. Um movimento compensatório bom para quem tem por hábito andar nas quatro patas.

— Não acredito! — exclamou o homem, de repente.

— O quê?! — respondeu ela, aflita.

— A dor sumiu!

Hélio Zanini caminhou pela sala, passando rente aos espelhos, olhando bem para o próprio reflexo.

Fez movimentos de ombro, de quadril, contorceu-se para a frente e para trás, inclinou o tronco, girou os braços, conferindo todas as possibilidades de torção da coluna. Então saltou para cima da maca e aterrissou com uma suavidade sobrenatural, como se seu corpo não tivesse peso. No segundo seguinte, saltou de volta ao chão. Suave como uma pluma. Para um senhor de sessenta anos, baixinho e troncudo, o movimento foi assombroso. Parecia efeito de computação gráfica.

Então a campainha soou.

— Deve ser a sua companheira — informou Caliandra, e pediu para Hélio Zanini se sentar na poltrona.

Ele a seguiu e se sentou direitinho onde ela apontou.

Antes de abrir a porta, Caliandra o encarou mais uma vez, concentrando-se bem em seus olhos, tentando detectar traços de Bijoux. Não fazia sentido que Hélio Zanini estivesse com trejeitos de gato. Cientificamente, não fazia sentido. Em momento nenhum o espírito do Bijoux tinha sido transferido para o corpo dele. O inverso, sim. A campainha soou de novo, dessa vez num toque mais prolongado, beirando o desespero. Caliandra só queria ter mais tempo com o paciente para poder resolver aquele detalhe comportamental antes de mandá-lo embora, mas com a esposa na porta, não conseguiria. Teria de assumir o risco e agendar a próxima sessão para o quanto antes.

— Oi, Cidinha! Estávamos te esperando. — Caliandra estendeu a mão para cumprimentar a esposa parada na soleira da porta. — Entra, entra.

A mulher passou por Caliandra e foi direto para o marido na poltrona. Sentou-se ao seu lado e passou a mão por seus cabelos ralos, num gesto carinhoso. Hélio Zanini esfregou o cocuruto contra o rosto da esposa, como um bichinho, e isso fez com que ela achasse graça.

— Você está bem? — perguntou a esposa.

Hélio Zanini saltou da poltrona e aterrissou no piso de linóleo com a leveza de um bailarino profissional. Cidinha arregalou os olhos. Pela primeira vez, encarou a quiroprata. Estava impressionada.

Caliandra aproveitou a deixa.

— Como você pode ver, ele reagiu bem ao tratamento, mas sugiro marcarmos uma sessão para o quanto antes. Amanhã bem cedinho, se possível.

— O que você acha, amor? — perguntou Cidinha ao marido.

Hélio Zanini a encarou de volta, demorando a responder. Por fim, disse:

— Hã?

— A Dra. Caliandra sugeriu marcar retorno para amanhã cedo.

O homem, de novo admirando o próprio reflexo no espelho, assentiu. Ele esfregava a mão no rosto, e encarava fixamente sua imagem.

Caliandra anotou na agenda um retorno para o primeiro horário, às sete da manhã. A anotação era mais para passar uma impressão de normalidade, e para seguir um protocolo de quiroprata em controle da situação, agendando um paciente para o dia seguinte, como se tudo estivesse na mais perfeita condição.

Depois aproximou-se de Cidinha e, num tom mais intimista, lhe passou algumas orientações. Explicou que talvez Hélio tivesse alguns comportamentos estranhos, mas isso era comum.

— Que tipo de comportamento? — questionou a mulher.

— Nada grave. Talvez ele fique mais sonolento. Mas isso é bom, para relaxar.

Acrescentou que o mais importante é que o problema da lombar estava resolvido.

Cidinha iria notar a diferença em flexibilidade e na postura.

— Isso eu já percebi — respondeu, observando a maneira como o marido se admirava no espelho da clínica.

Não parecia feliz com o que via.

— Ele está diferente mesmo — comentou, no mesmo tom intimista.

— Claro que está. Mas essa era a ideia, né? — respondeu Caliandra, com uma piscadinha.

Cidinha encarou a quiroprata por uns instantes, como que tentando decifrar o significado daquela piscadinha. Mas como Caliandra não deu nenhuma pista, e apenas a encarou de volta, o clima foi ficando meio esquisito. Tudo ali estava esquisito, na verdade. O modo como Hélio Zanini se admirava no espelho, o aviso sobre comportamentos estranhos, e um leve cheiro de borracha queimada, que Cidinha detectou, mas optou por ignorar.

Sem tirar os olhos do seu reflexo no espelho, Hélio Zanini falou de um modo a deixar dúvidas se estava falando consigo mesmo, com Caliandra ou com Cidinha.

— Sinto que voltei a ser quem eu sou de verdade.

Virou-se de perfil e colocou os ombros para trás. Esticou o pescoço para o alto, e com um andar muito elegante, tomou a mão da esposa. Agradeceu Caliandra e prometeu voltar na manhã seguinte para dar continuidade ao tratamento.

Caliandra acompanhou os dois até a porta. Aguardou até que tivessem atravessado o quintalzinho e entrado no carro. Deu graças às deusas quando Cidinha se sentou no banco do motorista, e Hélio no do passageiro. Acenou tchauzinho. Acompanhou o trajeto do carro até que tivesse virado a esquina e sumido de vista. Então fechou a porta da clínica. Seus joelhos tremiam de tal maneira que desabou ali mesmo, no tapetinho de entrada.

Bijoux, ainda entocado, sentiu uma pontada no coração. Era a partida de alguém difícil de definir. Uma parte do seu corpo? Uma alma gêmea? Um duplo?

Independentemente do termo, Bijoux lamentou a separação.

Passou aquela tarde na poltrona, meditando sobre a doação de si. Não estava em sua melhor forma, longe disso.

Mal tinha energia para se alimentar. Se não fosse pela insistência de Caliandra, trazendo porções de ração para perto dele, não teria nem lembrado de comer. Não tinha fome. Nem sede, nem vontade de se mexer. Largado na poltrona, feito um trapo, intercalou momentos de delírios febris com lembranças de vidas anteriores. O som da voz de Caliandra foi se distanciando, distanciando... até sumir. Ele não atendia quando era chamado. Inclusive, porque já nem tinha certeza se ela estava chamando por ele mesmo. Qual era seu nome? Élvio? Ou Hélio? Ou Léolio? Quem era ele? Deveria se lembrar. Por que não se lembrava de acontecimentos tão cruciais?

Em qual vida estaria, no conjunto das sete vidas que todo gato tem? Certamente não na primeira e nem na segunda. Ingênuo, ele não era. Vieram então lembranças de bruxas anteriores que o contrataram para finalidades mil. A chaminé de uma lareira entupida. Andorinhas haviam feito ninho durante o verão. Fazia frio. A bruxa queria acender a lareira. A fumaça não escapava pela chaminé, voltava para a sala, fazendo com que a casa ficasse toda esfumaçada. Bijoux, ou Élvio naquela época, é jogado pelo orifício superior da chaminé e aterrissa no ninho das andorinhas, que já tinham voado há tempo. As cascas dos ovinhos ainda no ninho. Élvio entalado no ninho abandonado, numa chaminé entupida, com uma bruxa nervosa cutucando por baixo com o cabo da vassoura, gritando para que ele resolvesse logo a situação. Élvio desfazendo o ninho, com medo da bruxa acender a lareira com ele lá dentro. Ele inspira fumaça tóxica. Sua de calor, sem conseguir respirar, desfazendo o ninho. A bruxa reclamando com a atendente do Disk Katz. Élvio nervoso, com medo de ser queimado vivo. A bruxa brava. O ninho se desfazendo. Élvio se perguntando como ia sair dali depois. Élvio se perguntando: que vida é essa? Por que se sujeitava a esse tipo de loucura?

Élvio volta a si e ouve a voz de Caliandra.

Estava no colo da quiroprata, que afagava seus pelos enquanto conversava ao telefone com alguém. Bijoux tenta acompanhar a conversa, num esforço em voltar ao aqui e agora. Entendeu que ela falava com a atendente do aplicativo e entrou em outro devaneio.

Élvio num consultório odontológico. Um dente do siso que cai no chão. Élvio pega o dente na boca. Engasga. A dentista, irritada, esguicha água na sua cara. O paciente com a boca aberta, anestesiado. Élvio tentando cuspir o dente do homem. Sente que vai morrer engasgado. A dentista berrando para a recepcionista. A recepcionista histérica, dando tapas nas suas costas. Os pés do homem na cadeira. Pés que chutam o ar. A dentista pressionando o braço do homem para que ele não se levantasse. O siso entalado. Os olhos arregalados do homem. O dente voando, finalmente! O dente batendo contra o diploma da dentista, num quadrinho na parede. Élvio aliviado. Élvio feliz por ter ganhado uma nova oportunidade de viver. O resto do gostinho de sangue que estava no dente. A dentista furiosa ao telefone, gritando com a atendente do Disk Katz. Élvio confuso, sem entender por que a dentista o contratou. Élvio sendo devolvido, humilhado.

A voz de Caliandra foi invadindo as lembranças do tempo em que Bijoux era Élvio. Obviamente preocupada com ele, olhando fixamente, com jeito de quem tenta ler seus pensamentos. Talvez ela de fato lesse. Nunca conseguia dizer, quando se tratava de bruxas. Algumas eram extremamente discretas, outras despudoradas. Liam pensamentos sem pedir licença, se achando no direito.

Mas Bijoux ainda estava grogue demais para saber. Tudo que conseguia distinguir era a expressão preocupada de Caliandra.

— Bijoux, nós precisamos conversar.

O gato apenas recebia os afagos da bruxa e ouvia o que ela tinha a dizer, incapaz de responder.

— Como você está se sentindo, Bijoux?

Prostrado no colo, não se sentia ele mesmo. Seus pensamentos oscilavam entre lembranças de contratações anteriores e projeções de possíveis futuros para si. Desde a partida de Hélio Zanini, vinha tentando recapitular quem era. Um caso clássico de crise existencial.

Caliandra respondeu em voz alta, pedindo uma confirmação se havia entendido direito.

— Crise existencial?

Bijoux assentiu. Prosseguiu se explicando por telepatia. Disse que estava feliz por constatar que não era mais um GT. Após a experiência proporcionada por Caliandra, ele se dava conta de que era um ser livre, com sua própria dignidade. Tinha seu poder pessoal e desejos aos quais nunca havia dado atenção, pois sua vida até um dia atrás era atender às vontades de bruxas que o contratavam para servicinhos sujos.

— Também não é assim, Bijoux...

Caliandra tentou se defender.

Mas Bijoux prosseguiu na sua explicação silenciosa e eloquente.

Servicinhos sujos, sim. Embora a propaganda do serviço de contratação de GTs dissesse que a função deles era auxiliar a bruxa enquanto os Gatos Oficiais são enviados em missões externas, a verdade é que a maioria das bruxas contrata GTs para fazerem aqueles servicinhos que elas não têm coragem de delegar ao Gato Oficial. As bruxas atuais não são como as de antigamente, que usavam seus gatos para os fins mais abjetos. Hoje, a maioria é tratada como pet. Viraram companheiros queridos. Ficam no colo, maratonando séries, recebendo cafunés. Daí, na hora que a bruxa precisa de alguém em quem testar uma fórmula nova, por exemplo, fica cheia de pudores de fazer mal ao pet. Caliandra não tinha sido a primeira a ter essa ideia nefasta. Bijoux já tinha passado por outras bruxas tão aproveitadoras quanto. A diferença é que dessa vez a consequência era uma tomada de consciência, como nunca havia experimentado antes. Ele explicou a ela que agora tinha uma noção clara e cristalina do que desejava na vida. Queria uma companheira.

— A Cidinha? — perguntou Caliandra, num tom hesitante.

Bijoux balançou a cabeça em negativa. Não... Cidinha, não. Sua companheira de vida era outra. Era uma mulher vestida de azul. Ele conseguia enxergar o vestido longo, de manga comprida, sem adornos. Bijoux queria ser adotado por uma bruxa que o amasse como ele era. Bijoux abriu os olhos e avistou a tartaruga Frida no aquário, numa prateleira. Não, ele não era uma tartaruga. Mesmo confuso sobre quem era, sabia que não era uma tartaruga. Caliandra interrompeu seus pensamentos.

— Bijoux, você não sabe mesmo quem você é?

Ele respondeu que estava sob a absurda impressão de ser um gato. Abriu os olhos e reparou nas patas dianteiras, movimentou o rabo, esfregou a pata no rosto. Virou o pescoço e constatou que o rabo era um rabo mesmo. Decepcionou-se. Ele não era um homem. Não por fora, pelo menos.

Caliandra afagou seus pelos. Explicou que logo mais Hélio Zanini voltaria para a segunda sessão e daí ela poderia concluir o procedimento. Até lá, ele podia descansar, sem se preocupar com nada.

Bijoux se entregou aos afagos. Ele só queria uma companheira, uma casa, uma vida estável. Queria ser adotado. Conseguia aceitar a ideia de ser um gato. Gatos também são adotados. E ele tinha a certeza de que, em outras vidas, já havia sido um felino. Mas não seria uma mulher qualquer. Não era Cidinha que desejava. Ele queria uma mulher poderosa. Ele queria uma parceria para a vida. Precisava encontrar sua alma gêmea, e... claro... ela seria uma bruxa.

Bijoux saltou do colo de Caliandra.

Caiu no chão com um baque. Ainda não havia recuperado completamente o domínio do seu corpo. Alongou-se demoradamente, tomando consciência do corpo tão minúsculo, em comparação ao seu espírito. Estranhou a sensação de um espírito tão determinado ter de se restringir a um corpinho como aquele. Tombou a cabeça, agradecendo Caliandra por tudo o que ela havia lhe proporcionado. Ele não voltaria nunca mais a sua vida pregressa. Já se considerava liberado das funções de Gato Temporário. Esse pensamento, no entanto, Bijoux guardou para si.

6

Antes de o sol nascer Caliandra já estava debaixo de uma ducha de água gelada, se energizando para resolver a situação de Hélio Zanini. O homem chegaria logo, e dessa vez ela precisava concluir o procedimento. Saiu do banho e vestiu seu conjunto de moletom branco com o zíper fechado até o pescoço. Preparou um café forte. Consultou suas anotações no caderninho de capa dura. Leu e releu até que encontrou uma deixa e teve um momento *eureca!* Assim como havia deixado o corpo de Hélio Zanini pendurado de cabeça para baixo por quarenta minutos antes da extração do espírito, o mesmo deveria ser feito com o gato, para retirar o que restava do espírito do homem. A força da gravidade ajudaria na decantação. Caliandra preparou uma fórmula e pingou sete gotinhas no pote de ração.

Quando Hélio chegasse, Bijoux precisava estar no jeito certo para purgar o resto da substância etérea do homem, que então seria transferido para o corpo de procedência

Feito isso, bastaria encerrar o serviço de contratação do GT e despachar o gato de volta para o Disk Katz. Djanira, sua querida gata oficial, retornaria em segurança, e fim de papo.

Em seu caderninho, Caliandra anotou que o procedimento de extração ainda precisava ser aprimorado. A primeira tentativa tinha sido insatisfatória. Tentaria novamente dentro de alguns dias.

Bijoux, ainda sonolento, nem desconfiava do que a quiroprata planejava para o seu dia. Gatos não leem pensamentos de bruxa a não ser que *elas* queiram. Ele farejou a ração fresquinha e percebeu um aroma diferente. Mas como desde o dia anterior tudo, absolutamente tudo, parecia diferente aos seus olhos, aceitou o aroma e até achou gostoso. Comeu. Sentiu-se molengo, zonzo, até que tombou com a cara no pote.

Caliandra pendurou-o de cabeça para baixo, numa barra de metal. Amarrou suas patas traseiras com uma fita elástica, formando dois ganchinhos bem firmes.

— É para o seu bem, Bijoux. Se ficar desconfortável você avisa.

Bijoux não respondeu. Estava desmaiado. Com a ajuda de um biombo, Caliandra cobriu a visão do bicho. Consultou o horário. O timing estava perfeito. Hélio Zanini chegaria dentro de quarenta minutos, o tempo exato para a decantação. Ela se lembrou de tudo o que havia lido e pesquisado antes de tentar o procedimento.

Existe uma atração natural entre o espírito e o corpo físico. A tendência do espírito é, e sempre será, retornar ao corpo em que estava encarnado. O simples fato de o corpo do Hélio Zanini estar presente no ambiente já deveria ser um atrativo forte o bastante para que esse resto de espírito impregnado no gato saísse naturalmente e buscasse o seu receptáculo de origem. Uma lei alquímica testada e comprovada, e era nisso que a bruxa apostava suas fichas.

Caliandra consultou o celular. Hélio Zanini estava atrasado. Também havia mensagens de Valquíria, pedindo notícias sobre o procedimento. No grupo do clã, apenas informações sobre o alinhamento planetário para aquele dia. Então chegou a mensagem da esposa, Cidinha, cancelando a sessão a pedido do Hélio. Ela questionou sobre o motivo do cancelamento.

A resposta veio em forma de áudio. Cidinha explicou que Hélio estava com preguiça de sair da cama, o que era raro. Normalmente era um madrugador. No entanto, estava muito bem, calmo, relaxado, sem dor, e extremamente carinhoso. No meio do áudio, Cidinha suspirou feito uma adolescente apaixonada, comentando que há anos não via o marido assim.

Caliandra não gostou. Insistiu para que Cidinha desse um jeito de arrancar o marido da cama e o arrastasse até a clínica, alegando que interromper o tratamento na metade poderia ter consequências sérias.

"Vou tentar", foi a resposta de Cidinha.

A bruxa não sentiu a menor firmeza. Intuiu que o homem não voltaria, e quanto mais tempo ele demorasse para voltar, mais o seu espírito se impregnaria no corpinho de Bijoux. De canto de olho, Caliandra reparou na silhueta do gato pendurado de cabeça para baixo, atrás do biombo. No celular, mensagem da Ludmila, em maiúsculas, querendo notícias do GT e do estado de saúde do humano. A vontade de Caliandra era ignorar a chefe do clã, se enfiar num buraco e sumir.

Parada no meio da clínica, com o celular na mão, encarou a telinha, pensando em como dizer a verdade, que tinha feito o serviço pela metade. Bem, não exatamente metade. Tinha feito setenta por cento. Os outros trinta estavam decantando e seriam devolvidos ao corpo de origem na primeira oportunidade. Caliandra bateu a quina do celular contra a testa; uma, duas, três vezes. Aquilo não era resposta que se desse a Ludmila. Uma bruxa digna do clã faz o serviço por completo, com competência, sem deixar rabichos. Uma bruxa profissional não deixa trinta por cento do serviço por fazer. Se dissesse a verdade, Ludmila simplesmente arranjaria alguém para terminar o serviço. Caliandra podia antever o discurso todo. Ela sabia até quem seria essa "alguém para terminar o serviço". No instante em que pensou nisso, Valquíria se materializou na sua frente.

Suas botas de vinil vermelhas ultrapassavam a altura dos joelhos. O vestido curto e moderno, de gola rolê, também vermelho, era sensual, chique, quase beirando o vulgar, mas não exatamente. Os saltos a deixavam ainda mais alta e o vestido colado ao corpo valorizava suas curvas, muito bem torneadas, e nos lugares certos. Valquíria estava maquiada com tudo o que tinha direito, mesmo sendo sete e pouco da manhã. O batom era vermelho reluzente de um jeito como só se vê em propaganda de gloss. O perfume amadeirado impregnou o ambiente. Valquíria abriu um sorriso travesso, selando a súbita aparição. Ela era uma presença forte.

Caliandra soltou um berro.

— AI, QUE SUSTO! Custa tocar a campainha?

Valquíria revirou os olhos em desdém. Ela não acreditava em campainhas.

— Agora eu já entrei.

Ela também não acreditava em pedido de desculpa. A mania de se materializar do nada era uma habilidade adquirida após um longo treinamento com místicos sufis do Cazaquistão, algo de que Valquíria se orgulhava. Por isso nunca pedia desculpas pelos sustos causados às colegas. No fundo, achava que as outras a invejavam. De todas as bruxas do clã, tinha sido a única que teve a pachorra de passar três anos no Cazaquistão, vivendo numa caverna, na companhia de místicos excêntricos para aprender magia avançada. A recompensa era que agora não precisava tocar campainhas para entrar onde quer que fosse. Achava que o mínimo que nós, suas colegas de clã, podíamos fazer é permitir que ela usasse suas habilidades, sem o dramalhão de berros de susto e caras de quem viu um fantasma.

Nesse ponto da narrativa, preciso fazer uma pausa para explicar uma questão importante em relação ao encontro de duas bruxas. Sempre que duas bruxas se encontram, acontece uma colisão energética. Dependendo das bruxas, é possível harmonizar a situação, mas nem sempre. No caso de Caliandra e Valquíria, havia um efeito repelente mútuo. Embora pertençam ao mesmo clã, não podiam ser mais diferentes uma da outra. É difícil para elas estar no mesmo ambiente sem a presença das outras cinco. Caliandra se sente fragilizada na presença de Valquíria; e Valquíria se sente ultrajada na presença de Caliandra. Quando se veem, não reconhecem o valor da outra, e isso é a pior coisa que pode acontecer. Não são amigas, mal se falam e só se aturam em respeito ao clã. Por tudo isso, Caliandra ficou chocada com a ousadia de Valquíria, materializando-se no meio da clínica às sete e meia da manhã, sem aviso prévio, e sabe-se lá por quê.

— Eu só vim porque a Ludmila mandou — disse Valquíria, em resposta aos pensamentos da colega.

Tomada pelo ódio, os dedos de Caliandra foram se fechando como garras. Ela curvou os ombros e arqueou as costas, trazendo o queixo para junto do peito.

— Ludmila disse que você precisa de ajuda com o GT. Parece que, sozinha, você não está dando conta. Como bem se vê...

Valquíria caminhava pela clínica com suas sensacionais botas de salto alto. Conforme pisava, o som do salto soava como os ponteiros de um relógio marcando o tempo. Já tinha dado mais de quarenta minutos desde que pendurara Bijoux de cabeça para baixo. O certo era tirá-lo da posição, mas, com Valquíria ali, ela não conseguia se mexer.

— Eu achei que seu paciente estaria aqui a esta altura.

Valquíria se deitou na maca e se espreguiçou. Então virou-se de lado e ergueu o tronco, feito uma deusa grega num divã. Prosseguiu.

— Mas pelo jeito ele cancelou... Ai, Cali... tsc tsc tsc... Lamentável...

Caliandra trouxe o tronco para junto das pernas e foi se enrolando até cair de quatro e encostar a testa no chão. O capuz do agasalho cobriu sua cabeça e tudo que se via de seu corpo agora era similar a um casco de tartaruga, com as solas dos tênis, branquinhas, viradas para o alto. Solas brancas que nunca haviam pisado na rua. Indício da sua opção por uma vida de reclusão.

Ela enrodilhou-se para dentro de si. Não por uma vontade deliberada, mas porque seu próprio corpo é que fazia esses movimentos independentes. Caliandra só observava o modo como seu corpo se encurvava, sabendo que não teria condições de lutar contra. Ela tinha plena consciência de que, estando em casa, não deveria se deixar intimidar desse jeito. Não deveria se entocar.

As palavras de Valquíria ecoavam. *Parece que, sozinha, você não está dando conta.* O certo seria enfrentar Valquíria, aquela folgada, deitada na maca reservada aos pacientes. Quis argumentar que não foi bem assim. Tinha conseguido uma extração quase total. Deixou escapar, em pensamento, a cifra dos trinta por cento. Mas de que adiantava argumentar mentalmente se seu corpo agia por uma inteligência própria que ela não controlava? Caliandra mergulhou para dentro de si feito uma criancinha que se enrodilha num canto, esperando que o monstro imaginário vá embora.

Valquíria balançou a cabeça, pensando consigo mesma como aquilo era patético. Toda bruxa tem seu mecanismo de defesa, mas encurvar-se daquele jeito era algo incompreensível. Ela deslizou da maca e pressionou a ponta da bota contra as costas de Caliandra.

— Trinta por cento?! — exclamou, pescando o pensamento que Caliandra não conseguiu bloquear.

Resguardada no seu casco, Caliandra encontrou a proteção de que precisava. Ali, estava inviolável e segura como uma rocha. Sem precisar tirar a cabeça para fora ou abrir os olhos, visualizou quando Valquíria dobrou os joelhos e se agachou equilibrando-se sobre os saltos finos de dez centímetros de altura, sem apoiar as mãos no chão e sem sair do eixo, contorcendo o pescoço e espiando debaixo da poltrona, numa admirável exibição de flexibilidade. Procurava por Bijoux.

— Bijoux...? Vem, Bijoux, vem cá, vem...

Bijoux, semiconsciente, ouviu o chamado, mas não conseguiu responder. Nem mesmo por telepatia. Sentia-se zonzo. Um sono sobrenatural ia tomando conta dele. Com muito esforço, pestanejou para confirmar se estava enxergando direito.

Então uma mão com unhas pintadas de vermelho surgiu na quina do biombo, acompanhada da mesma voz que chamava seu nome. Não era Caliandra. Havia anéis em todos os dedos, e um bracelete bonito. A visão o ajudou a despertar do sono pesado. Ele viu as botas de vinil, as pernas torneadas, o vestido vermelho colante. Achou que estava delirando. Mas no minuto seguinte estava no colo dela, sendo acarinhado.

— Ô dó... Pronto, pronto. Tadinho de você.

Os afagos tiveram efeito revigorante. Bijoux voltou a enxergar. Ela era linda, com jeito de má. Não a maldade que causa medo, mas uma maldade estilizada de cantora de rock descolada. Valquíria era jovem, mas não aquela juventude destrambelhada. Sua aparência era de vinte e sete anos com uma experiência de vida impossível de calcular.

Ali estava uma bruxa confiante em relação ao seu poder. Nenhum rastro de insegurança. Nenhuma hesitação, nenhuma tentativa de camuflar sua verdadeira natureza. Mais que isso, Bijoux viu em Valquíria todo o potencial de transgressão e desdém pelas regras de convívio social. Ela, sim, teria coragem de adotar um gato fugitivo do Disk Katz se assim quisesse. Ela o defenderia com unhas e dentes. Mas para isso, primeiro ele teria de conquistar seu coração.

Ainda segurando-o no colo, Valquíria se acomodou numa bola de pilates. Aproveitou para massagear os quadris e fortalecer os glúteos, dos quais muito se orgulhava.

Virou-se para o espelho de parede inteira, admirando sua própria imagem. Passou as longas unhas afiadas entre os pelos de Bijoux, enquanto ele ronronava de prazer.

— Eu só não entendo por que você precisou extrair a alma do seu paciente se o problema era na lombar — disse Valquíria, sem tirar os olhos do espelho. Ajeitou os cabelos.

No chão da clínica, a quiroprata tensionou os braços com mais força para junto do tronco. Pressionou a testa contra o chão, aprofundando-se no seu mergulho de defesa pessoal. Do ponto em que estava, as palavras chegaram baixinho, como se viessem de longe, mas chegaram. Optou por não responder. Recusava-se a dar explicações para uma bruxa a quem não devia explicação alguma.

A primeira coisa que queria explicar é quanto ao termo "alma". Espírito é uma coisa. Alma é outra. E mesmo "espírito" não era o melhor termo para o procedimento. A ideia era extrair a substância etérea que dá consciência ao corpo. Mas, nas condições atuais, Caliandra não seria capaz de entrar nesses pormenores.

No andar de cima, em seu aquário, Frida estava bem ciente da situação de Caliandra. Era o momento de intervir. Através de instruções mentais, foi auxiliando passo a passo. Caliandra não deveria responder ou se mexer, não se abalaria e não deixaria que nenhuma ameaça a atingisse. Frida se disponibilizou para ajudar numa entrega absoluta, como apenas um Animal de Poder é capaz de ajudar. Frida se projetou em Caliandra, entregando a ela toda a força e dignidade que a Natureza havia lhe concedido.

No andar de baixo, Caliandra sentiu as placas do casco se calcificando em suas costas. Formavam um escudo. Sentiu o corpo enrijecer até o ponto em que sua respiração cessou. Sentiu a transfiguração todinha. Entendendo que quem estava no comando era Frida, e não mais a sua pessoa, Caliandra aceitou a ajuda até se tornar uma rocha imperturbável, inabalável perante o discurso de Valquíria e insensível aos cutucões do bico fino da bota de vinil. Graças a Frida, Caliandra afundou numa escuridão absoluta.

Mesmo desconfiando que nada do que dissesse a partir daquele instante seria absorvido pela colega, Valquíria passou o recado da chefe.

— Ludmila está muito decepcionada com você. Disse que se você não tivesse resolvido por conta própria, era para eu resolver. Então é isso que vou fazer. Terminar o servicinho que você largou pela metade.

Bijoux, sim, prestava atenção em cada palavra. Em resposta, enrodilhou-se entre as botas de salto alto de Valquíria. Contornou um pé, depois o outro, traçando o símbolo do oito deitado, a representação do infinito, mostrando que, da parte dele, estava autorizada a fazer o que bem quisesse com o seu corpinho.

Valquíria achou graça no jeito do gato. Afagou suas costas com a ponta do salto alto.

— Caliandra, você ouviu o que eu disse? — perguntou, para se certificar.

Bijoux olhava de uma bruxa para a outra. Torcia por Valquíria. Não soube dizer se foi por causa das unhas longas e vermelhas, ou pelas botas de vinil, mas ela lhe transmitiu muita segurança. A outra, ao contrário, depois de todos os maus-tratos que havia lhe infringido, se fazia de morta. Mil vezes Valquíria!

Aqui vale a pena pontuar que a intuição de Bijoux estava correta, no sentido de que Valquíria estava ali com o propósito de mostrar serviço e resolver a delicada situação em que ele se encontrava.

Valquíria e Ludmila formavam uma dupla à parte dentro do nosso clã. Ludmila era a líder e Valquíria, a executora. Ludmila, visionária e astuta. Valquíria, inescrupulosa e prática. Era capaz de executar qualquer serviço, do mais nefasto ao mais sublime, sem predileção moral. Para ela era indiferente. Rogava pragas com toque poético e depois apreciava a agonia da vítima como quem se delicia com uma sobremesa. Também curava e salvava vidas com a tranquilidade de quem está fazendo um servicinho à toa. Fazendo o bem ou praticando o mal, dava o melhor de si e resolvia a questão. A recompensa vinha da satisfação de usar suas habilidades mágicas para solucionar problemas. Contanto que completasse o serviço, e obtivesse o resultado desejado no menor tempo possível, ficava satisfeita. Orgulhava-se da sua competência. Sabia que era ótima em seu ofício e sentia um gostinho especial sempre que Ludmila recorria a ela para resolver questões que as demais bruxas não conseguiam levar a cabo. Vangloriava-se de ser a bruxa pau-para-toda-obra, aquela que vai e resolve, e era por isso que estava ali. Assim, pegou o gato nos braços e foi em direção à porta.

— Tchau, amore — disse, com um aceno sutil.

Caliandra ouviu o toc-toc dos saltos se afastando, a despedida e o ronronar de Bijoux, todo satisfeito por estar sendo levado embora nos braços de Valquíria. Ouviu da mesma maneira como ouvimos, no meio de um sonho, o latido de um cachorro na vizinhança, que vai invadindo nosso inconsciente até nos acordar. Naquele momento, Caliandra quis romper o casco de proteção. Sentiu o ímpeto de soltar a voz, encarar a outra bruxa, arrancar o gato dos seus braços e provar que era perfeitamente capaz de reverter a situação por si só. Não precisava da interferência de ninguém.

Tudo isso ela sentiu, mas entre o desejo e a ação, havia a paralisia. O pesado casco de tartaruga que a mantinha encurvada, grudada ao chão, era de tamanha força que a subjugava por completo. Caliandra conhecia muito bem essa força porque foi ela mesma quem a cultivou a vida toda.

Havia anos que Caliandra não saía de casa. Não tinha embates com outras bruxas, não brigava, não interagia conosco de modo algum a não ser por reuniões on-line, sempre tão tediosas. A invasão de Valquíria tinha sido um choque que a pegou desprevenida, e sua reação não poderia ter sido outra. Ela entendia ser essa a sua natureza. Nos momentos de conflito, se entocava. Uma atitude que funcionara durante sua vida toda. Menos nesse dia. Caliandra sentia-se mal por não conseguir romper aquilo que era apenas um vício de comportamento. Implorou a Frida que a libertasse daquela prisão. Quis fazer diferente daquela vez. Mas Frida não cedeu. Seu corpo não cedeu.

Caliandra imaginou Valquíria descendo os degraus da entrada, abrindo o portãozinho e entrando no seu carro. Ouviu o motor do carro. Inconfundível, o motor do Porsche.

Mas se ela tinha ido de carro, estacionado na porta, por que não tocou a campainha? Se quisesse se materializar do nada, poderia ter simplesmente atravessado direto da própria casa até a clínica, sem ter de pegar o carro. Era esse tipo de atrevimento que tirava Caliandra do sério. Sentindo o sangue ferver, por um instante teve a sensação que conseguiria romper o casco de proteção, correr para a porta, pegar o gato de volta, bater a porta na cara de Valquíria e jogar um belo feitiço de proteção na casa, impedindo que a outra voltasse. Por um breve momento, achou que teria esse poder.

Chegou a mexer a pontinha dos dedos dos pés, mas não passou disso.

Na rua, de novo o jogo de futebol de Ezequiel foi prejudicado. Ele perdeu a concentração com a visão da mulher que acabava de sair da clínica da Dra. Caliandra. A bola passou bem por cima da sua cabeça e seu time levou um belo gol. Valquíria ajeitou os cabelos e puxou o microvestido. Acionou o comando que baixava a cobertura do Porsche vermelho conversível.

Depositou Bijoux no banco de trás.

O gato a encarou de volta, com cara de quem estava pronto para seguir viagem.

Valquíria entrou, ligou o motor e colocou seus óculos escuros. Antes, deu uma piscadinha para o gato. Bijoux interpretou o gesto como um convite. Saltou para o banco da frente. Olhou adiante, muito seguro de si, e lambeu o dorso da pata. Ajeitou os longos fios das sobrancelhas. Aguardou que sua futura dona desse a partida. Sua decisão estava tomada.

7

O *Porsche deslizou* pela rua Bom Pastor, no bairro do Ipiranga, e embicou na garagem de um palacete. Os portões de ferro se abriram automaticamente. Valquíria saiu do carro, subiu por uma escadaria e entrou. Antes, estalou os dedos como quem chama um garçom. Num piscar de olhos Bijoux foi colocado dentro de uma caixinha de transporte para gatos. Um jovem vestido com uma bata laranja e calças da mesma cor o içou do banco do passageiro. Usava um coque no alto da cabeça e seus olhos estavam pintados com delineador e rímel. Bijoux o achou até que bonito. Acima das sobrancelhas havia uma fileira de cristais, com uma pedra verde bem no meio.

A caixinha foi colocada em cima de uma mesa redonda, no centro de um grande salão. Passou um tempo sem que ninguém voltasse para soltá-lo, alimentá-lo ou lhe oferecer um pouco d'água. Outros jovens passaram de um lado para o outro, todos vestidos com batas e calças largas, no mesmo tom laranja. Alguns eram carecas. Outros tinham cabelos longos e trançados. Todos bonitos, silenciosos e indiferentes à presença do gato em cima da mesa.

Bijoux reparou no piso de mosaico, nas colunas brancas, no imenso lustre de murano. Sentiu-se como a Gata Borralheira antes do encontro com a Fada Madrinha. Virou-se na caixinha e avistou uma sequência de palmeiras imperiais enfileiradas como sentinelas. Estavam plantadas num gramado perfeito, com aspecto de tapete. Conjuntos de bromélias de cores variadas compunham canteiros com fontes de água corrente. Tudo com uma precisão geométrica. Nenhuma folhinha fora do lugar. Também não havia flores. Era um jardim soberbo, com expressivos cactos mandacaru que davam à paisagem um quê de deserto. Alguns trechos, pavimentados com pedrisco, formavam caminhos sinuosos.

Bijoux se virou na caixinha para espiar um pouco mais do ambiente fantástico que era o palacete. Avistou duas pernas. Na verdade, um par de botas de látex, dessa vez douradas, porém com os mesmos saltos altos. Reconheceu Valquíria descendo pelos degraus da escadaria. Toc-toc-toc. Reparou nos braceletes e anéis em todos os dedos. Até no dedo mindinho. No pescoço, um colar de três voltas com amuletos: figa, dente de tigre, uma cruz Ansata, uma pimenta, um trevo de quatro folhas. Nos cabelos, apetrechos curiosos. Umas caveirinhas que prendiam volumosas tranças no topo da cabeça, deixando algumas partes soltas. Também havia brincos de argola. Mas, tirando esses aparatos todos, Valquíria estava nua.

Ao passar pela mesa onde Bijoux se encontrava, de novo ela estalou os dedos e a caixa de transporte foi içada por um dos jovens de laranja.

Para um gato, é natural que as pessoas andem sem roupa. Bijoux não achou nada de mais. Para Valquíria, a nudez era um requisito essencial para a prática da bruxaria. Nunca entendeu como nós, suas irmãs de clã, conseguíamos fazer com que a magia pessoal aflorasse com o corpo encoberto. Ela não conseguia. Para Valquíria, nudez nunca foi vulnerabilidade, mas libertação. Toda vez que voltava da rua, despia-se. Enojada das roupas que a sociedade a obrigava a usar, ia jogando as peças pelo chão do palacete: vestido, meia-calça, lingerie, libertando-se das imposições tolas de civilidade e decoro.

Valquíria caminhava com passos rápidos pelos corredores do palacete. O som dos saltos ecoava. Logo mais teria de falar com Ludmila e dar um feedback sobre o encontro com Caliandra. Desejava já ter resolvido o assunto. Se tudo tivesse acontecido conforme havia planejado, teria encontrado o tal do Hélio Zanini já no local e faria a transferência do gato para o homem. Em teoria, seria um serviço rápido. Não estava em seus planos ter de voltar para casa com o gato, e... pior... sem a cooperação de Caliandra. Ela ao menos tinha um pouco de experiência em transferência de espíritos, por mais amadora que fosse. Valquíria nunca tinha mexido com esse tipo de coisa.

Passando por um vaso de porcelana, atirou-o contra a parede, externando a frustração por não ter conseguido tirar Caliandra do seu patético casco de tartaruga.

Na mesma hora um dos moços de trajes laranja surgiu para varrer os caquinhos, atento a outros objetos voadores que viriam na sequência.

Valquíria lembrou do corpo robusto de Caliandra. Troncuda, cabelo curto e enroladinho com seus óculos de aro redondo, feito uma criança velha. Catou um abajur e arremessou contra a parede, quebrando a cúpula de vidro de murano. O mesmo moço de laranja correu para varrer, já de vassoura e pazinha a postos.

Lembrou-se da aparência de professora de educação física aposentada e do sobrado, numa rua normal, num bairro residencial, com crianças brincando de bola na rua. Tudo no mundo de Caliandra era prosaico. Valquíria não se conformava. Não acreditava que por trás daquela faceta de pessoa comum havia uma bruxa com poderes admiráveis. Pois, por mais que lhe custasse admitir, extração de espíritos era sim um poder admirável. Nunca imaginou que conheceria uma bruxa com tamanho poder. Muito menos no seu próprio clã, e muito menos Caliandra!!!!, a quem ela nunca tinha dado o menor crédito.

A estátua de Osíris voou pelos ares. Dessa vez o moço de laranja saltou a tempo, pegando a pequena divindade no ar, salvando-a por um triz.

Valquíria seguiu andando pelo corredor, indiferente ao desfecho da sua fúria.

Seu gabinete ficava numa torre de arquitetura mourisca, na parte leste do palacete. Ela se sentou no trono de vime branco com almofadão dourado. Bijoux foi transferido para uma redoma de vidro encaixada numa corrente que pendia do teto. As paredes eram de pedra, e se não fosse a lareira acesa, seria um ambiente gelado. Mesmo com o fogo crepitando, não tinha nada de aconchegante ali.

Bijoux, atento a cada movimento de Valquíria, reparou que havia algo de muito diferente em seus olhos. A cor havia mudado. Não eram mais verdes, como pareciam ser na clínica de Caliandra. Também não eram castanho-claros, mas amarelos, e as pupilas afunilavam numa fenda.

Bijoux gostou. Contemplando os olhos felinos da bruxa, encheu-se de esperança.

Empertigou-se em sua redoma. Achou chique estar numa redoma de vidro. Imaginou o que Cidinha teria a dizer sobre isso. Reparando na maneira como Valquíria o encarava de volta, o gato ficou otimista.

Isso, porque Bijoux não conhecia o hábito, muito mal-educado aliás, que Valquíria tinha de fixar o olhar em alguém enquanto seus pensamentos voavam para bem longe da pessoa que estava à sua frente. Pessoa ou gato, para ela pouco importava. Fosse quem fosse, seus pensamentos estavam em outro lugar. Não se conformava com a tática vergonhosa de Caliandra, se enfiando num casco para fugir do confronto. Considerou ultrajante.

Pegou a garrafinha de licor da mesinha ao lado do trono de vime e a atirou na lareira, acertando a quina de mármore. Um dos moços de laranja estava a postos e uma garrafinha de licor idêntica foi rapidamente colocada na mesinha. Valquíria bebeu direto do gargalo enquanto observou um segundo moço de laranja limpando os cacos do vidro estraçalhado.

Nos seus anos de retiro com os místicos do Cazaquistão, nunca foi mencionada a questão de extração de espírito, sendo que lá ela explorou a fundo todas as possibilidades de domínio das funções vitais. Aprendeu técnicas de auto-hipnose, interrupção de batimentos cardíacos, autocura, regressão, levitação. Valquíria era o tipo de bruxa ambiciosa. Enquanto algumas se satisfaziam com seus dons naturais, Valquíria desejava mais habilidades, mais poder, mais recursos, e não poupava esforços para obtê-los. De todas as habilidades mágicas que uma bruxa pode possuir, nenhuma lhe interessava mais do que aquelas que envolvem o trânsito entre a vida e a morte.

O dom da ressurreição, por exemplo, que ela manifestou aos três anos de idade, ao ressuscitar um passarinho, era algo que ela vinha aprimorando constantemente. Lembrava--se como se fosse ontem da ocasião em que descobriu essa habilidade, quando pegou o passarinho nas mãos, após o coitado ter batido em cheio contra uma parede de vidro. Era apenas uma criança. Num gesto instintivo, passou a mão direita bem de leve sobre suas asas, enquanto o segurava com a esquerda.

Trouxe-o bem junto ao rosto, fechou os olhos, inspirou fundo e soprou em sua cabeça. Um sopro forte e rápido, certeiro. Quando abriu os olhos, o passarinho voava em direção ao sol. Aos seis anos fez o mesmo com um gato atropelado. Aos sete, com um cachorro. Aos treze, com sua avó, no leito de morte. Prolongou sua vida por mais vinte anos. Uma habilidade nata que Valquíria não alardeava, mas aplicava com parcimônia em bichinhos acidentados ou com pessoas que ela não desejava que partissem por ainda lhe serem úteis, ou a mando de Ludmila, pelo motivo que fosse.

No nosso clã, cada bruxa tem seus dons pessoais que guarda para si. Esse é um direito que Valquíria respeita. O problema é que Caliandra havia exposto tudinho, mostrando inclusive o corpo do homem estendido na maca. Para completar, coube a ela, Valquíria, resgatar Bijoux enquanto ele estava atuando como receptáculo do espírito do homem. Valquíria nunca tinha lidado com nada parecido. Fechou os olhos e rememorou o momento, no dia anterior, em que se materializou na casa de Cidinha e Hélio sem ideia do que encontraria. Um gato possuído? Fora de si?

Agressivo?

O que encontrou foi o gato espremido entre a lavadora e a secadora: o retrato de um gato atarantado, sem vontade própria. Pegou-o nos braços e fez um carinho em sua nuca, olhando bem nos olhos. Colocou-o na bolsa que levava a tiracolo e atravessou o muro. O mesmo muro que antes o gato havia pulado. Levou-o de volta à clínica de quiropraxia. No caminho, tentou entabular conversa, intrigada com o segredo que ele carregava. Hélio responderia por meio do corpo do gato? Não foi assim. O gato ficou em silêncio. E o humano Hélio, embutido ali, também não respondeu, deixando Valquíria na vontade.

Claro que ficou tentada a levar o animal para o palacete e investigar melhor. Só não o fez em respeito a Ludmila, que havia dado ordens explícitas para que ela o devolvesse para Caliandra, numa caixa de papelão bem fechada, protegida por feitiços fortes. Valquíria não violava ordens de Ludmila. Para ela, era uma questão de princípio. Um clã só funciona porque todas mantemos a palavra de honra, e ela valorizava a palavra acima de tudo. Por isso, olhando para o gato empertigado na redoma de vidro, sentiu o sangue ferver. Caliandra tivera a ousadia de quebrar uma regra! E o fez para testar um poder extraordinário. Um poder que agora Valquíria cobiçava para si.

— Eu quero! — disse em voz alta, concluindo suas ruminações silenciosas.

Bijoux, em sua redoma, concluiu que Valquíria estava se referindo a ele. Entendeu que ela o desejava do jeitinho que ele era, com seus pelos lustrosos, porte esbelto, bigodes longos, olhos verdes e o novo toque de humanidade que fazia dele muito mais que um gato. Bijoux também a desejou de volta. Seria seu Gato Oficial, seu amigo, companheiro, protetor, assistente, alma gêmea, seu criado.

Bijoux assentiu com a cabeça, num claro "sim", feito um noivo no altar.

Valquíria reparou no jeito do bicho e achou engraçado, considerando que em algum lugar por trás daqueles olhinhos havia uma porção humana. Ela não tinha o hábito de conversar com bichos em voz alta. Achava bobo. Então respondeu por telepatia, dizendo que eles tinham todo o tempo do mundo para se conhecerem melhor. Parou aí, não permitindo que Bijoux acessasse o resto do pensamento. Aos olhos de Valquíria, ele não passava de um ratinho de laboratório, e o "conhecimento" a que ela se referia era no sentido puramente científico.

Bijoux considerou a interação telepática um excelente começo. Claro que ele preferia que ela tivesse se levantado do trono, que o tivesse tirado da redoma e o tomado nos braços. Já conseguia se ver sentado no colo dela, no trono de vime branco, recebendo cafunés enquanto Valquíria maquinaria seus pensamentos de bruxa poderosa. Bijoux podia projetar uma vida inteira ao lado dela. Eles podiam se casar. Lembrou que, quando jovem, nos tempos de escola, ele adorava Química. Poderia fazer uma pós-graduação. Se procurasse na internet, decerto encontraria workshops de alquimia moderna. Ficou em dúvida, então, se ela conseguia ler seus pensamentos. Soltou um miadinho num tom questionador para se certificar.

Sem mexer um músculo, Valquíria respondeu que sim, ouvia-o perfeitamente.

Acrescentou que a ideia de fazer pós-graduação era ridícula.

Bijoux, animado, prosseguiu falando sobre sua formação acadêmica, de como foi um excelente aluno na faculdade, forçando a conversa no sentido de querer provar que tinha todas as habilidades de um alquimista de mão cheia. Desembestou a falar, num acesso de hélio-zaninice, sem a menor consciência da sua condição de felino fragmentado.

Valquíria ouviu por mais alguns minutos, mais por curiosidade do que interesse nas coisas que Bijoux dizia. A curiosidade era em relação à confusão mental das duas personalidades presas num mesmo corpo.

Então ela estalou os dedos, e um dos moços de laranja desenganchou a redoma da corrente. Um segundo estalo de dedos e Bijoux foi conduzido para fora do seu gabinete. Por telepatia, a porção de Hélio Zanini protestou que ainda não tinha terminado. Queria falar sobre alguns projetos engavetados que poderiam ser de grande interesse para ela. Mas a essa altura, de novo, os pensamentos de Valquíria já voavam longe.

8

Caliandra nunca atendia o telefone. Considerava uma invasão de privacidade. A pessoa que deixasse mensagem e ela responderia quando estivesse com paciência para interagir com pessoas. Pior que gente, só mesmo empresas. Pior que empresas, só o departamento de cobrança do Disk Katz.

A bruxa encarou Frida entocada no seu casco e invejou a tartaruga, tão indiferente às burocracias da vida mundana. Estava há meia hora ao telefone, explicando à atendente da Disk Katz que ela queria cancelar o gato reserva que haviam enviado. O bicho continuava parado na mureta da sua casa, encarando-a sem parar. Caliandra explicou que o primeiro GT que ela tinha contratado já estava de volta, portanto já podiam cancelar o segundo.

Em teoria, uma alteração simples: mantém o primeiro GT, devolve o segundo. Porém, o sistema acusava que ela havia contratado dois GTs dentro do mesmo prazo de vigência, o que gerava custos adicionais. Caliandra protestou que não ia pagar dobrado de jeito nenhum. Argumentou que só tinha contratado um único GT; o segundo apareceu na sua mureta por iniciativa da atendente com quem ela tinha conversado no dia anterior. E assim ia, uma conversa cansativa num looping enlouquecedor.

Caliandra invejava a tremenda capacidade de reclusão das tartarugas. Sua vontade era desligar o telefone e fingir que nada daquilo estava acontecendo. Estava irritada com a atendente, com Hélio Zanini que ainda não havia retornado para dar continuidade ao "tratamento", e com Valquíria, por ter levado Bijoux embora sem que ela tivesse tido oportunidade de concluir a extração por conta própria. Estava irritada também com Frida, por não vir ao seu socorro quando mais precisava, mesmo que fosse para lidar com uma atendente.

Caliandra sabia muito bem que Frida, como Animal de Poder que era, só daria as caras quando *ela mesma* quisesse. *Ela* é quem mandava na relação. Lógico que poderia acudir, se quisesse. Sendo um Animal de Poder, tinha competência para isso. Mas se optava por se manter entocada no casco, indiferente às mazelas de Caliandra, era porque achava que a bruxa tinha de arcar com as consequências da tremenda bobagem que havia feito. Se a tivesse consultado *antes* de contratar um GT, não estaria naquela situação, pois Frida a teria alertado de que a extração temporária de espíritos era uma ideia infeliz, que certamente resultaria em desdobramentos trágicos.

Dito e feito.

A atendente pediu a Caliandra que aguardasse um minuto enquanto consultava a questão da multa. Antes que ela tivesse tempo de perguntar "Que multa?!", começou a tocar uma musiquinha instrumental.

Caliandra ruminava. Se o seu Animal de Poder fosse uma leoa, em vez de uma tartaruga, ela teria botado as garras para fora e enfrentado Valquíria. Mas não... ficou lá, entocada. Se fosse uma leoa, teria expulsado a mulher da clínica, berrado com Cidinha ao telefone e ordenado que trouxesse Hélio Zanini de volta imediatamente. Inspirada pela índole da leoa, teria intimidado os dois: Hélio Zanini e Bijoux. Teria arrancado o resto do espírito de um, transferido para o outro e mandado todo mundo para casa, com o assunto resolvido, sem precisar envolver Valquíria, nem ninguém do clã. Caliandra adoraria conseguir fazer tudo sozinha. Nunca gostou de depender dos outros. Essa não era a primeira vez que questionava se deveria mesmo continuar no ramo da quiropraxia e mexer com gente. Pior que gente, só mesmo a atendente que voltou a falar, agora explicando que a multa não era em dinheiro.

A multa era de outra natureza. Caliandra tinha até o fim daquela lunação para fornecer outro gato no lugar do Gato Temporário; e o outro gato, estava implícito no discurso da atendente, era seu próprio Animal Guardião: Djanira.

Caliandra precisou de alguns instantes para assimilar o que tinha acabado de ouvir. Tentou negociar. Explicou que dinheiro não era problema. Se houvesse essa opção, poderia transferir o valor imediatamente. Dinheiro guardado ela tinha. Era uma bruxa precavida, levava um estilo de vida austero. Contava com uma bela reserva financeira no banco para momentos de necessidade. Foi dizendo essas coisas na intenção de persuadir a atendente, que permaneceu em silêncio, sem dar sequer um sinal de que estava ouvindo de fato.

— Alô? Você está aí? — perguntou à atendente.

A atendente, feito um robô, respondeu que a cláusula referente à não devolução do GT era clara. A multa por falha em devolução do GT contratado durante a vigência era a entrega do Gato Guardião da bruxa contratante.

Caliandra desligou o telefone antes que a atendente pudesse concluir a explicação. Ela não ia entregar Djanira nem que lhe amarrassem numa fogueira. Lágrimas rolaram por seu rosto.

A bruxa pensou no clã. Qualquer bruxa normal, numa hora dessas, acionaria o clã. Primeiro ela teria de ouvir todas as reprimendas por ter violado uma das regras, mas depois todas iriam ao seu auxílio. Ela mesma já tinha participado de diversas ações para salvar a pele das irmãs, quando nos encontrávamos em apuros.

Bastaria mandar uma mensagem. De novo, Caliandra sentiu a paralisia tomando conta. Seus braços enrijeceram. O celular estava logo ali, ao alcance da mão. Qualquer outra bruxa não pensaria duas vezes e resolveria a questão rapidinho. Ela só olhava para o aparelho. Querendo, mas não conseguindo. Sabendo exatamente o motivo...

Não gostava de gente. Gostava de corpos. Tem uma diferença, e se tudo tivesse funcionado de acordo com seus planos, agora ela conseguiria trabalhar nos clientes como se fossem organismos ocos, sem a interferência de espírito, ou da alma, ou seja qual for o nome dado à substância verdinha e gasosa que aprendeu a extrair tão habilmente.

Um complexo elemento do corpo humano que nos torna quem somos, mas que também gera um tremendo mal-estar. Tirando a substância e armazenando-a em outro ser vivo, ficava muito mais fácil de trabalhar em paz, destravar a coluna sem ter de aturar as queixas, os gemidos e toda a carga emocional que, sinceramente, ela não considerava ser da sua alçada. Ela não era terapeuta, nem conselheira sentimental, nem advogada, nem taróloga. Entendia da coluna vertebral, que não é pouca coisa. Não compreendia por que as pessoas não ficavam quietas enquanto trabalhava no alicerce do corpo. No alicerce! Era uma responsabilidade tremenda, coisa delicada. Se seus pacientes ficassem calados Caliandra poderia se concentrar e fazer um serviço muito mais rápido e eficaz. Só que não. Bastava encostar a mão na pessoa, e elas já começavam a falar de seus problemas emocionais, sendo que o negócio dela eram os ossos!

Mas... mesmo que com Hélio Zanini tivesse funcionado, ao que tudo indicava, não teria condições de reproduzir o procedimento em escala. No seu plano original, Djanira seria sua assistente. Ela só não previu que a função de receptáculo pudesse ser tão traumática para um gato. A reação de Bijoux tinha sido um pesadelo completo. Caliandra lembrou das coisas que teve de ouvir da Cidinha, e do perigo real de Bijoux não ter voltado. Não fosse por Valquíria, ela poderia ter perdido o conteúdo interno de Hélio Zanini para sempre. Essa era uma boa maneira de nomear: "conteúdo interno." Menos pedante que "espírito" ou "alma". Relembrando a reação de Bijoux, Caliandra soube com certeza: ela não teria coragem de usar sua querida Djanira para o procedimento. Jamais!

Conclusão: seu experimento não adiantou de nada e sua situação atual era de dar pena. Sem um GT para servir de assistente, sem coragem de usar sua querida Djanira para o procedimento e com a ameaça de ter de entregar a coitada para o serviço de aplicativos, coisa que ela não faria. Nem morta.

Caliandra não era de chorar. Enxugou as lágrimas com raiva.

Sentada no chão da clínica, lutou contra o desejo de se enrodilhar e esperar que tudo passasse magicamente, sem precisar mexer um dedo. Fechou os olhos e se embalou até que os soluços fossem cessando. Vislumbrou um túnel. Entraria. Caso não lutasse contra, entraria conforme tinha entrado tantas vezes antes, seguindo pelo caminho mais cômodo e seguro. Isolar-se, fingir que nada estava acontecendo, fugir da necessidade urgente de agir e se responsabilizar pela tremenda bobagem que havia feito.

— Vem, mana. Eu te ajudo.

Caliandra abriu os olhos, assustada. Olhou para o espelho. Reconheceu a voz. Lá estava ela. Magda, com sua roupa de trabalho. Bermuda, camiseta e galochas. Chapéu de palha e os cabelos presos numa trança. As galochas estavam sujas de lama. Sua pele, queimada de sol. Magda, do outro lado do espelho, esticou a mão na direção de Caliandra.

— Vem, amiga.

A simples visão de Magda provocou uma explosão de energia. Caliandra se ergueu e foi até o espelho. Disfarçou a choradeira.

Magda esticou metade do braço para fora do espelho com a mesma facilidade de quem atravessa uma cortina d'água numa cachoeira. Seus dedos alcançaram a mão da colega e ela deu um puxão.

— Vamos? — perguntou, com um sorriso.

Caliandra tropeçou. Fazia tanto tempo que não atravessava para o outro lado que tinha esquecido não apenas do degrau, mas da possibilidade de atravessar quando bem quisesse. Abraçou a amiga e sentiu o choro voltando, mas dessa vez segurou.

Uma brisa suave envolveu as duas. Por um instante Caliandra se sentiu muito boba por sua recusa em pedir ajuda, por evitar as irmãs do clã, insistindo em ficar só, entocada e impotente.

Ali o tempo estava quente. Algumas nuvens escuras pairavam no horizonte, indicando uma tempestade de verão se aproximando. O cheiro de grama recém-cortada com esterco curtido era bom demais.

— Como cê tá? — perguntou Magda, enganchando o braço no de Caliandra.

Caminharam por uma trilha de terra batida beirando um pasto com cerca feita de varas de bambu.

Caliandra deu de ombros, ciente de que Magda perguntava mais por educação. Sabia muito bem que Caliandra estava em apuros. Mas ela era assim, preferia um papo reto, sem telepatia ou leitura de pensamentos. Deu um apertão carinhoso na mão da amiga e a encarou, dizendo:

— Fala comigo, mana! Vai, desembucha.

Caliandra hesitou para responder.

— Ai... — suspirou.

— Pode ir parando! Nada de suspiro... Nós vamos resolver essa parada aí. Melhor dizendo, *o cê* vai resolver. Eu só vou dar aquele empurrãozinho básico.

Neste ponto da história, proponho fazermos uma pausa para explicarmos quem é Magda.

É consenso geral de que ela é a bruxa mais compassiva do nosso clã. Sempre que uma companheira cai no choro, Magda intui e age enquanto as demais só pressentem e deixam por isso mesmo. Pois aqui vale também explicar que ataques de choro, para nós bruxas, é um momento de grande descarrego, não deve ser tratado levianamente. Mesmo sabendo disso, Magda acode. Uma maga em meio às bruxas. Magda, a maga: é assim que nos referimos a ela. Alta, magra, com cabelos sempre presos numa trança, às vezes passa dias sem se lembrar de lavá-los. Uma ativista incansável que dedica toda a sua existência à causa animal.

O tipo de pessoa capaz de largar o que estiver fazendo e viajar longas distâncias para ajudar uma égua com dificuldades na hora do parto, por exemplo. Magda sabe como fazer parto de égua, girafa, elefante, búfala. Tamanho não é problema. São raras as pessoas dispostas a correr o risco de levar um coice na cara em nome de um ideal. Ela já levou vários, sem grandes estragos, a não ser por uma cicatriz no queixo. Sua pele é lisinha e seus dentes, fortes. O sorriso, imenso, sempre acompanhado de uma risada sonora. Suas mãos são calejadas e grandes. As unhas, sempre sujas. Magda transmite a segurança de quem lida com a vida, em todas as suas manifestações, da hora em que acorda até o fim do dia.

Com o braço enganchado no de Caliandra, Magda caminhava com passos rápidos. Se não estivesse de braços dados com a amiga, caminharia mais rápido ainda. De repente, parou.

— Dá uma espiada naquilo, mana! — Apontou para um conjunto de árvores grandes que balançavam ao vento.

Caliandra sentiu um frio na barriga, antevendo o que poderia surgir no horizonte. Seria grande, quanto a isso não havia dúvida. O simples fato de ser grande, vivo e solto na natureza já era o bastante para lhe causar calafrios. Ia dando alguns passos para trás, quando avistou os elegantes pescoços de duas girafas.

— Vem, vem, chega mais perto. — Magda agarrou Caliandra e a arrastou na direção dos animais.

Aproximando-se das girafas, Magda fez barulhinhos engraçados, estalando a língua no céu da boca. Falou em voz baixa para Caliandra ir devagarinho. As duas diminuíram o passo.

Magda sussurrou.

— Chegaram há uma semana. Ainda estão meio ressabiadas.

Caliandra parou, mas foi puxada pela mão.

— Vem, vem.

As girafas fizeram uma pausa na mastigação. Imensos ramos de cedro pendiam do canto da boca. Encararam Magda com uma expressão de "O que você quer agora?". Ela respondeu com estalos de língua no céu da boca. As girafas então voltaram a mastigar, fazendo torções com a língua.

Magda afagou a anca de uma delas, deu um tapinha carinhoso e puxou Caliandra para mais perto.

— Vem, elas não mordem.

Caliandra tocou a girafa com a ponta dos dedos. O pelo era áspero. O tônus, rígido. Tombou o pescoço para trás, contemplando aquele monumento austero e ao mesmo tempo tão delicado. Uma imensidão de vida pulsante ao alcance dos dedos. Esticou a palma da mão e encostou sua cabeça no corpo do animal. Estava emocionada por ter sido resgatada por uma verdadeira irmã de clã.

Magda abanou a mão no ar e fez um barulhinho de pouco-caso. Adivinhando os pensamentos da outra bruxa, comentou que, só naquela semana, tinha resgatado um touro de rodeio, um casal de hipopótamos de zoológico e cinco vacas numa enchente.

E, agora, uma bruxa quiroprata.

Puxou a amiga e as duas se afastaram das girafas, retornando à trilha de terra batida.

Originalmente, a fazenda onde se encontravam funcionava como um haras para cavalos de raça e seus elegantes donos. Ainda havia resquícios dos tempos de glamour, o que gerava um contraste cômico com o jeito de Magda, com sua bermuda jeans feita a partir de uma calça velha cortada e a camiseta da campanha de 2017 de Combate ao Câncer de Próstata. Ela havia recebido a fazenda como doação para sua causa de resgate de animais de grande porte. Vivia ali para ficar mais perto dos animais que acolhia, num eterno plantão, sete dias por semana, vinte e quatro horas por dia.

Enquanto outras bruxas teriam se envaidecido com a doação, Magda aceitou a fazenda com a mesma gratidão que aceitava os sacos de ração, cobertores velhos e feno. Foi logo colocando a mão na massa, adaptando o haras num santuário de animais, sem nunca se deixar deslumbrar pelo luxo da propriedade, com seus leões de mármore na entrada e os chafarizes com cupidos rechonchudos que mijavam água potável.

Seu dia começava às cinco e meia da manhã com a alimentação, limpeza das baias, cuidados de higiene e assistência emocional. Com toda a paciência, ela conversava com os animais durante o tempo que fosse necessário, a fim de que superassem os traumas de suas vidas pregressas.

— Eu achei que você estaria furiosa comigo por eu ter feito o que fiz — comentou Caliandra, baixinho.

Magda interrompeu.

— Mas eu *tô*! Tô doida da vida com o cê!

— E mesmo assim vai me ajudar?

— Claro que vou! Uma coisa não tem nada a ver com a outra. Cê é minha mana e eu tô furiosa, mas antes de tudo, cê é minha mana e vou te ajudar. Vem cá, vamos começar com esses arranhões.

Magda ergueu a manga do moletom de Caliandra e pegou seu braço. As marcas das garras de Bijoux começavam na altura dos pulsos e iam até o cotovelo. Três cortes profundos que formavam o desenho de um tridente.

— Cê nunca devia ter contratado um Gato Temporário. Foi uma ideia de jerico. Imagino que a Frida já deve ter dito isso, né?

Caliandra assentiu.

Magda esfregou as palmas das mãos, como quem se aquece num dia frio. Posicionou-as acima dos arranhões, sem encostar. Deixou-as pairando ali. Prosseguiu:

— Cali, eu sei que nosso clã não é perfeito, mas foi uma ingenuidade achar que ninguém ia descobrir.

Fazendo uma pausa no sermão, Magda fechou os olhos e sussurrou palavras ininteligíveis. Caliandra sentiu um formigamento na pele. Quando olhou, as marcas não estavam mais lá. Nem mesmo a cicatriz.

— Pronto. Agora vamos ao empurrãozinho!

Ela desconfiava de como seria esse empurrãozinho.

Se bem conhecia Magda, empurrãozinho era um eufemismo para um lance bem mais radical. Caliandra teve uma imagem mental de si mesma sendo arremessada para longe, feito uma mulher-bala atirada de dentro de um canhão.

Ainda de braços dados com a amiga, foi caminhando ao seu lado, tentando controlar os pensamentos e o receio do que aconteceria em seguida. Resolveu confiar. Na verdade, não era uma questão de confiança em Magda. Caliandra confiava plenamente na amiga. O esforço era para confiar em si mesma.

Chegaram num bambuzal, um túnel natural em meio à trilha de terra. O chão, coberto por folhas amareladas, formava um tapete macio. O sol penetrava por poucas frestas, deixando o clima ali mais ameno. As varas, amarelas com riscos verdes, tinham uma beleza singular, distinta da vegetação até então. Havia uma simplicidade na ambientação. Era, sem dúvida, um ponto de força.

Magda apontou para um banco de madeira e pediu à amiga que se sentasse. Caliandra obedeceu. Pousou as mãos sobre o colo.

Seus olhos foram se fechando pelo peso das pálpebras. Quando tentou abri-los, era como se estivessem colados. Entendeu, rapidamente, que era essa a intenção de Magda. Ajeitou a postura e tombou a cabeça ligeiramente para a frente. Não adiantava lutar contra. Mesmo sem enxergar, soube que a outra bruxa estava sentada ao seu lado. Podia ouvir sua respiração pesada, inspirando e expirando longa e profundamente. Imitou o jeito da amiga. Esse tipo de respiração aumenta a oxigenação do cérebro, disso ela sabia. Facilita a concentração. Induz a um estado meditativo. O medo inicial foi se dissipando, e Caliandra se concentrou nos sons ao redor.

Preciso pegar Bijoux de volta, e para isso vou ter que sair de casa.

No bambuzal, qualquer pensamento reverberava alto, e Magda concordou com um murmúrio.

Fazia dois anos que Caliandra não pisava na rua. Não queria, não via necessidade, e com o tempo foi percebendo que poderia viver perfeitamente bem assim, isolada e protegida na sua clínica de quiropraxia, com sua gata guardiã, a tartaruga Frida, e ninguém mais. Todas as suas necessidades eram atendidas por delivery. Isso, aliado a seus dons mágicos, lhe possibilitavam uma existência confortável e livre de confrontos. Os encontros on-line com o clã permitiam que ela cultivasse sua magia sem ter de se expor. Nos encontros presenciais, participava pelo telão. No começo, algumas bruxas se queixaram. Valquíria, mais que todas. Mas aquele era um clã moderno, comandado por Ludmila, que era a maior defensora da eficiência e praticidade. Ela mesma não fazia questão do presencial, contanto que o clã desse conta das demandas que apareciam. E desse modo, a fobia social de Caliandra acabou sendo acolhida pelo clã, com respeito e compreensão. Cada bruxa tinha suas limitações. Caliandra não saía de casa. O que de início era considerado uma limitação, foi se normatizando.

Teria continuado assim se não fosse o sequestro de Bijoux. Ela precisava recuperar o GT e para isso teria de encarar Valquíria. De todas as bruxas do clã, logo Valquíria! Teria sido muito mais fácil se a tivesse enfrentado logo de cara, enquanto ainda estava na clínica, num ambiente seguro. Mas quando abriu a porta e não viu nem sinal do Porsche vermelho, só sentiu uma pontada no estômago e soube que sua vidinha confortável tinha chegado ao fim.

Não quis acreditar. Primeiro, fingiu que não estava acontecendo. Batendo boca com a atendente do Disk Katz, achou que conseguiria reverter a situação. Tinha de haver outro jeito. Racionalizou como pôde, afundando-se num monólogo mental que não resultou em nenhuma ação prática. Não fosse pela intervenção de Magda, talvez ainda estivesse fazendo justamente isso, tentando encontrar um jeito de conseguir o gato de volta sem sair da segurança da sua reclusão.

Magda, ao contrário, nunca perdia tempo pensando antes de agir. Além de ser rápida, era certeira. Isso não significa que uma era superior à outra. O que Caliandra tinha de recolhimento e introspecção, Magda tinha de espontaneidade e ousadia. Uma complementava a outra. Ambas sabiam o motivo de estarem sentadas lado a lado naquele bambuzal. Apuraram os ouvidos quando, ao longe, o ronco de um trovão reverberou pela fazenda. Um ronco que foi se encorpando no caminho, feito o fantasma de um trem. Passou por elas e estourou num relâmpago que chicoteou o chão de terra.

Magda foi ejetada do banco. Seu corpo, arremessado para a frente com tamanha violência que dessa vez Caliandra conseguiu abrir os olhos e fez menção de ir acudir a amiga. Porém, uma força maior a manteve presa ao banco. Magda se apoiou no bambuzal, trêmula, envolta por uma súbita ventania. Ela inspirou fundo, uma inspiração longa e intensa, que fez suas costas arquearem para trás num movimento bonito de quem está se preenchendo da pureza do ar. Tudo em sua aparência ganhou um aspecto leve e rarefeito: a expressão do seu rosto, seus gestos, seus cabelos e até o modo como seus calcanhares foram se soltando do chão até que ela ficasse nas pontinhas dos pés, e depois, suspensa no ar, envolta por um redemoinho feito de poeira dourada e folhas de bambu. Uma saia rodopiante de elementos naturais se formou em torno da sua cintura. Uma ventania arrancou seu chapéu de palha e sua trança se desfez sozinha. Seus cabelos esvoaçaram feito ramos de uma árvore. Dos pés à cabeça, Magda era uma combinação de forças físicas, as do seu próprio corpo e de todas as formas vivas à sua volta.

Assistir à amiga evocando seu poder pessoal é um privilégio para qualquer bruxa. Uma lição de como manipular e ser manipulada pelas forças da natureza.

A ventania ganhou tamanha potência que Caliandra se agarrou ao banco temendo ser arremessada para o alto também. Ao mesmo tempo que se assustava, pressentia um acolhimento na corrente de ar que assobiava e serpenteava entre as varas do bambu. Uma ventania com propósito, dotada de inteligência, com intenção clara. Dava para perceber que havia uma mensagem naquele fenômeno. Caliandra só não conseguia entender qual. Não entendia a linguagem do vento.

Então, um novo estrondo de trovão fez com que ela tampasse os ouvidos. Por um instante, achou que seria fuzilada ali mesmo. Em seguida, veio o chicote do raio. Enquanto Caliandra tremia de medo, Magda entrou em êxtase, rodopiando sem parar com os braços estirados para o alto, rindo cada vez mais alto, um riso potente de bruxa com um plano em mente. Caliandra sentiu medo, mas estava ciente de que era preciso encarar e confiar, e sem entender bem como, quando viu, Magda estava montada num búfalo.

Não era uma visão. Era real. Caliandra sentiu o calor da respiração do animal conforme ele se aproximou, parando a poucos centímetros do seu rosto. Uma criatura de aspecto brutal. Lembrava um esboço prévio ao que veio a ser o touro. Tinha um jeito mal-acabado, com uma espécie de franjinha bem no centro da testa. Na verdade, parte do chifre. Ao mesmo tempo, isso lhe dava um toque de ternura. Seu olhar era da mais sincera compaixão.

Caliandra não pôde deixar de pensar no que aquele animal devia ter sofrido em sua vida pregressa para estar ali, no santuário da Magda. Encarando-o, sentiu uma força que veio direto do coração, uma aceleração no batimento que a obrigou a se levantar do banco, em respeito ao animal. Levando a mão ao peito, inspirou fundo, um suspiro longo que a encheu daquele delicioso ar fresco e úmido que antecede os temporais. Caliandra inspirou mais duas vezes, cada vez tomando mais ar, e a cada lufada ganhando mais coragem. Com cautela, encostou as mãos na cabeça do animal. Ele se inclinou em sua direção. Virou-se para Magda e viu a amiga radiante, cercada por uma luz dourada que se infiltrava pelas frestas daquele bambuzal abençoado.

O coração de Caliandra batia cheio de vigor, e por um instante ela teve certeza de ser completamente capaz de fazer o que quer que fosse.

Magda abriu os braços, projetou o peito para a frente e soltou um berro que soou como uma resposta ao ronco do trovão.

Caliandra, com os braços rígidos e o peito aberto, não compreendeu o idioma, mas intuiu o sentido da conversa. Magda não usava palavras. Bradava na mesma língua do trovão. Enfática e direta, comunicou que Caliandra precisava encarar seu maior medo. Encarando-o, ela se fortaleceria. Nada de ruim ia lhe acontecer.

Ela só precisava acreditar em si mesma.

Em seguida Magda arrancou um punhado de folhas de bambu e bateu nos ombros da amiga. Uma açoitada no ombro direito, uma no esquerdo, e uma no direito.

Caliandra se viu saindo da clínica de quiropraxia. Atravessando o batente. Pisando no primeiro degrau, no segundo, atravessando o quintalzinho. Passando pelo velho cipreste e chegando ao portãozinho. Na rua, viu as crianças jogando bola. Ezequiel no gol. Ouviu o rangido queixoso do portãozinho. Caliandra se viu entrando no palacete de Valquíria, ficando cara a cara com ela, resolvendo a questão por si mesma. Encontrando a coragem e a confiança para enfrentá-la.

Durante esses preciosos segundos teve a certeza de que conseguiria pegar Bijoux de volta, concluir o procedimento e despachá-lo para o serviço de aplicativo. Ela tinha seus próprios recursos mágicos, assim como Magda tinha os dela. Os de Caliandra não eram tão espalhafatosos, com ventania, trovões e raios. Nada daquilo combinava com seu jeito contido. Lembrou-se de Frida, tão paciente e sábia, em seu casco, e se sensibilizou com a lembrança da tartaruga que tanto lhe ensinou ao longo da vida. Lembrou-se da companhia da sua gata guardiã, das tardes em que as duas ficavam enrodilhadas no sofá, assistindo à televisão juntas. Conciliaria a coragem recém-recebida com o seu modo de atuar no mundo. Caliandra se sentiu satisfeita em ser quem era, com a sua magia, seus dons e limitações. Não se deixaria vencer pelo medo de sair de casa. Soube que esse medo seria superado assim que ela atravessasse a porta da clínica, e agora, tudo o que mais queria era dar o primeiro passo.

Caliandra fez um carinho na cabeça do búfalo, despediu-se de Magda, deu meia-volta e retornou pela estradinha de terra, atravessando o túnel do bambuzal. Só que, dessa vez, ao final do túnel havia um espelho. Sozinha, atravessou.

Encontrou sua velha forma enrodilhada no chão da clínica de quiropraxia. Viu-se ali, trêmula e chorando, tão impotente. Dirigiu-se ao próprio corpo e deu uma ordem com voz de trovão.

— Vai! Levanta já daí!

O corpo virou a cabeça para cima e se deparou com a visão dessa Caliandra encorajada. Bastou um segundo para a sensação de impotência desaparecer. O corpo se levantou. Abraçou a si mesmo, tomado por uma alegria esfuziante de quando nosso aspecto mais fraquinho encontra nossa tremenda força interior. O abraço uniu os dois corpos de Caliandra numa única pessoa, a velha pessoa de antes e a Caliandra encorajada que chegava de um passeio pelo bambuzal.

Ela então se virou para o espelho, encarou seu reflexo e afirmou em alto e bom som:

— Eu vou!

Gostou da visão daquela pessoa com postura determinada, sabendo que do outro lado havia uma amiga e uma aliada.

Ao longe, um estrondo de trovão reverberou em resposta. Na rua, as crianças correram para dentro de casa conforme os primeiros raios estalaram feito chicotes. A luz piscou e em seguida veio o delicioso aguaceiro, totalmente fora de época, pegando todos de surpresa. O céu ficou escuro na rua deserta. Caliandra abriu a porta da clínica, atravessou a portãozinho, pisou na calçada e recebeu o toró de braços abertos.

No palacete de Valquíria, Bijoux acordou numa cama de casal com lençóis de cetim e oito travesseiros fofíssimos. Espreguiçou-se. Patas estiradas à frente do corpo, costas arqueadas e o rabo empinado para o alto. Sentiu aquela vontade irresistível de afiar as unhas, deu um salto para cima do almofadão ao pé da cama. Fincou as unhas na capa de cetim e puxou com força.

Em outros momentos da vida, Bijoux teria resistido à tentação. Mas não no palacete de Valquíria. Ali, resistir a uma tentação seria motivo de chacota. Bijoux vivia dias de permissividade. No palacete de Valquíria não havia a velha figura da dona de casa que preza pela ordem. As tentações eram convites à satisfação dos desejos mais íntimos. Bijoux rasgou o lençol sem culpa.

Em suas vidas anteriores, teria apanhado. As lembranças das surras com chinelo ainda estavam bem arraigadas. Memórias humilhantes dos seus primeiros *jobs* como Gato

Temporário, quando foi acusado de destruir estofados de sofás. Para um gato, é complicado se instalar numa casa sem conhecimento prévio das regras do lugar. Por mais que tentasse ser cauteloso, prestando atenção antes de tocar em qualquer objeto, escolhendo muito bem os locais onde se instalar, sempre acabava cometendo alguma gafe. Comia do pote errado, dormia na poltrona proibida, se aninhava justamente no colo da pessoa alérgica, entrava no cômodo secreto. Até decodificar as regras das casas para as quais ele era recrutado, já contava com esse tipo de confusão. Mas jamais com lençóis de cetim. Bruxa nenhuma havia lhe oferecido uma cama como aquela antes, num quarto exclusivo, com criados à sua disposição. Bijoux mal podia acreditar na sua sorte. A vida no palacete de Valquíria era uma combinação de luxúria com delírio.

Quando um dos moços de laranja chegou e simplesmente trocou a fronha estilhaçada por uma nova, Bijoux mal conseguiu acreditar. Ganhou um afago na cabeça e nenhuma reprimenda. A ordem de Valquíria tinha sido clara. Bijoux deveria ser tratado como um príncipe.

Seu desjejum vinha numa bandeja, assim que ele acordava. Atum fresco fatiado em estilo sushi. Oito fatias generosas, alinhadinhas com a parte redonda virada para cima.

Lembravam pequenos camundongos cor-de-rosa, sem a cabeça e o rabo, do jeito que Bijoux gostava. Ele caía de boca.

Num canto do aposento, uma fonte ficava ligada 24 horas, permitindo que ele se servisse de água corrente fresquinha, e não daquela água parada, nojenta, num potinho de plástico no chão, geralmente num canto de lavanderia. A fonte podia ser descrita como *kitsch*, com os cristais e o acrílico imitando formações rochosas em três níveis diferentes. Era grande o bastante para que Bijoux a escalasse e se servisse da queda d'água que mais lhe apetecesse.

Uma discreta lampadinha de led verde camuflada por folhagens de plástico imitando samambaias dava um efeito especial. No topo, um sapinho com chapéu de palha tocava viola. *Kitsch* ou não, Bijoux adorou a parafernália. A visão daquele sapinho caipira lhe enchia de alegria. O barulhinho da água corrente 24 horas à disposição lhe dava uma sensação de abundância. Não cabia a ele questionar o senso estético da Valquíria. Ele se adaptaria ao estilo *kitsch* sem problemas, contanto que ela o adotasse como seu. Pois apesar da fonte de água corrente, dos lençóis de cetim e da bandeja de sushi, Bijoux ainda tinha dúvidas sobre o status do relacionamento dos dois. Ele queria um compromisso sério, e isso significava dormir junto. Aí é que estava o problema. Os dois ainda não tinham dormido juntos. Nem uma soneca depois do almoço, nem nos dias de chuva e frio quando Valquíria se estirava no divã, com um livro, comendo bombons de licor com cereja dentro.

Bijoux havia se insinuado de todas as formas. Primeiro, pulando descaradamente no seu colo, sem a menor cerimônia. Foi enxotado. Na segunda tentativa, chegando de mansinho, se infiltrando debaixo do cobertor, aproximando--se sem atrapalhar a leitura. Foi enxotado do mesmo jeito. Tentou dar um miadinho antes. Sem efeito. Tentou se contorcer com a barriga para cima e as patas estiradas para o alto, ao pé do divã, fazendo sua carinha mais adorável. Em vão. Valquíria não era uma mulher dada. Não se impressionava com gemidinhos e barriga para cima.

Mas Bijoux era paciente. Se o truque da barriga para cima não funcionava com ela, ia descobrir do que ela gostava. Estava determinado a se tornar o gato dos seus sonhos.

Bijoux observava...

O desjejum de Valquíria era servido à beira da piscina e seguia um ritual matinal. Nua, ela subia no trampolim e saudava o Astro Sol com os braços abertos, cabeça tombada para trás, feito uma deusa num pedestal. Tomava fôlego e se jogava na água num mergulho olímpico impecável. Nadava um pouco, algumas idas e vindas descontraídas, como que se espreguiçando dentro d'água. Depois saía pela escadinha e estalava os dedos. Imediatamente um dos moços de laranja vinha com seus óculos de sol, chapéu de palha com a aba ondulada e o colchão inflável. Valquíria subia no colchão e pegava o copo de suco verde que já estava pronto, esperando por ela na bandeja.

Sentado na borda da piscina, Bijoux admirava a elegância da bruxa. Terminado o suco, ela esticava o braço e um dos moços de laranja recolhia o copo. Valquíria boiava um pouco mais, de barriga para cima, depois segurava a borda da piscina e ficava batendo os pés, de barriga para baixo, com a bunda para fora d'água. Não tinha marquinha de biquini. Seu bronzeado era perfeito. Seus músculos eram como que torneados por pura magia pois, desde que havia chegado ao palacete, Bijoux não viu nada de atividade física. Nem esteira, nem bicicleta, nem caneleira com pesinho.

A musculatura da Valquíria era uma dádiva desprovida de esforço. Coisa de bruxa. Alongamentos, sim. Isso ela fazia. Sentada no seu trono de vime, no colchão inflável na piscina, descendo as escadarias do palacete, no lugar que fosse. Eram movimentos lentos e amplos, de braços e pernas.

Dando ordem para seus criados, ela girava o pescoço e erguia uma perna para trás, até encostar no topo da cabeça, curvava a coluna até encostar a cabeça no joelho, ou fazia uma ponte sem deixar de dar ordens e instruções. Valquíria se contorcia com a mesma naturalidade de quem boceja.

Para Bijoux, a parte mais fascinante do ritual matinal era quando, do colchão inflável ela deslizava feito um tablete de manteiga derretida para o fundo da piscina onde nadava por meia hora, sem colocar a cabeça para fora para respirar. Empoleirado no trampolim, ele ficava hipnotizado pela maneira como seu corpo circulava pela água, em movimentos velozes, feito uma criatura das profundezas. Ele só via o borrão e a agitação da água, incapaz de desviar o olhar, crente que, quando emergisse, já não seria Valquíria, mas uma outra forma de vida.

Mas ela sempre ressurgia em perfeito estado, o que, em vez de ser um alívio, só causava mais assombro. Quando enfim colocava a cabeça para fora, nem precisava tomar ar. Muito blasé, Valquíria pegava a toalha que já estava ali, trazida por um dos moços de laranja, e se secava, tranquila como se nunca tivesse deixado de respirar.

Só então ela se sentava na mesa da varanda e tomava seu generoso café da manhã, com frutas da estação, açaí, ovos mexidos, salsicha, bacon e pães recheados de tipos variados. Atirava uns nacos de toranja para Bijoux. Bebericando o café, consultava o celular para se inteirar das novidades. Mandava mensagens, e-mails, gravava alguns áudios e no processo dava muitas gargalhadas. Bijoux se perguntava qual seria sua profissão. Empresária? Desembargadora? Influencer? Quem eram aqueles moços de laranja? Ele não entendia. Tampouco se importava. Ele ia conquistar aquela mulher, fosse ela uma poderosa líder do tráfico ou uma madame extravagante vivendo uma existência fútil.

De uma coisa ele desconfiava: Valquíria era má.

Em tempos anteriores, quando Bijoux era totalmente gato, isso não seria um problema. Ele se entregaria a ela com o coração aberto sem dar a mínima para a sua índole. Agora, não. Agora tinha um resto de Hélio Zanini a questionar se seria possível ser amado por alguém do mal. Seria uma relação sadomasoquista? Será que ele sofreria maus-tratos? O amor seria recíproco? Questionamentos que gatos, pura e simplesmente gatos, jamais fariam. E isso perturbava Bijoux. Sua nova faceta humana levantava questões éticas inéditas. Por mais que tentasse ignorar, elas ficavam buzinando na sua orelha, abalando a sua outrora tão abençoada paz felina.

Cogitou, inclusive, a possibilidade de ter sido enfeitiçado por Valquíria enquanto dormia. Não seria nenhum absurdo, considerando o histórico das bruxas com quem já havia trabalhado antes. Mas se fosse isso, e sua paixão por ela fosse resultado de feitiço de amor, era sinal de que ela o desejava também, e isso era bom! Só que, nesse caso, por que eles ainda não dormiam juntos? Bijoux não precisou queimar muitos neurônios para chegar à resposta bastante óbvia: o culpado era o Gato Oficial.

Ele era um Sphynx. Essa era sua raça e também o nome pelo qual era chamado. Isso, nas raras vezes em que Valquíria o chamou em voz alta. Normalmente bastava que pensasse em Sphynx e o gato aparecia. Sem necessidade de gritar o nome pelo palacete. Valquíria não gostava de ter de chamar quem quer que fosse. No caso dos moços de laranja, estalava os dedos. No caso de Sphynx, chamava em pensamento.

Na primeira vez que Bijoux e Sphynx se cruzaram no palacete, Bijoux deu um salto para o alto, como se tivesse dado de cara com uma assombração. O bicho não tinha pelos. Nem bigode, cílios, nada. Liso feito um filhote de cruz-credo. Um olho era azul e o outro, amarelo. A pele era cinza, meio azulada, e por não ter pelos, as rugas ficavam expostas, o que lhe dava uma aparência de suíno famélico. Imagine um porco anoréxico com cabeça de gato e pele azulada. Assim era a raça do gato. Sua expressão era de desdém pela humanidade, por outros gatos e pelos moços de laranja. Suas orelhas eram três vezes maiores que as de um gato comum, dando a impressão de que seria capaz de ouvir conversas do outro lado da cidade, ou mesmo diálogos mentais de pessoas próximas ou nem tão próximas assim. Ele também não se mexia muito. Passava a maior parte do tempo congelado no lugar, feito uma estátua macabra, ao pé do trono de vime, com os olhos fixos em algum ponto, por horas e horas.

Ao menos, não houve briga entre os dois. Nem estranhamento, nem ameaças. Bijoux teve somente um calafrio, e sentiu nos ossos que era melhor não mexer com aquele gato. Sphynx, por sua vez, demonstrou puro desdém e superioridade. Na função de Gato Guardião de Valquíria ele não perdeu a pose nem por um segundo, mesmo após ter ficado evidente que Bijoux agora também era morador do palacete.

À tarde, Valquíria costumava sair de carro para resolver assuntos externos. Bijoux aproveitava para vasculhar aquele estranho palacete. A construção era dividida em três andares com inúmeros quartos, sendo que as portas viviam fechadas. Havia salões, saletas, jardins de inverno, gabinetes e uma biblioteca espetacular. Havia a cozinha impecável e o closet com as botas de salto alto e os vestidos mínimos. Por toda parte, um exagero de espelhos de moldura dourada. O jogo entre os espelhos era um tormento que o incomodava bastante. Bijoux vivia levando sustos. Vira e mexe, ele tinha a sensação de ter visto um vulto passar correndo. Quando se virava, dava com seu próprio reflexo. Apenas uma vez teve a certeza de ter visto a parte traseira do corpo do Sphynx. O bicho era ligeiro. Bijoux disparou atrás e desembocou no corredor em que vasos de porcelana ficavam posicionados em pedestais de mármore. Um ambiente frágil, com grande potencial para desastre caso os dois se engalfinhassem.

Bijoux considerou rapidamente os prós e contras. Não podia correr o risco de quebrar um vaso e prejudicar seu plano de conquistar o coração de Valquíria. Recuou.

Quanto à maldade de Valquíria, ela foi se relativizando conforme Bijoux a observava nos seus afazeres diários. Todos os dias ela se comunicava com Ludmila. Nessas ocasiões, vestia um colete de couro para tampar os seios e amarrava um pano na cintura, mostrando que tinha consideração pela coitada da Ludmila, confinada a um escritório com paredes de vidro em Botafogo, com o Pão de Açúcar ao fundo. As reuniões eram curtas. Dez minutos no máximo. Ludmila, direta e objetiva, pedia notícias de Bijoux. Queria saber se Valquíria tinha conseguido "extrair o resto do homem". A expressão fazia com que Bijoux se sentisse mais másculo.

Nessas horas, o elemento Héliozanínico não o incomodava, pelo contrário. Era uma nova habilidade que trazia consigo e de qual se orgulhava. Desde que havia chegado ao palacete, reparava no modo como Valquíria o observava, estudando todos seus movimentos, da mesma maneira que ele fazia com ela. Assim os dois viviam, um escrutinando o outro, um tentando desvendar o outro, porém sempre distantes. Bijoux queria muito acreditar que estavam fazendo a corte. Da parte dele, estava. Durante os longos momentos em que ficava deitado na borda da piscina, contemplando Valquíria no seu colchão inflável, era com intenção de flerte. Se ela percebia, não deixava transparecer. Bijoux vivia na dúvida. A bruxa sacava qual era a dele? Tratando-se de Valquíria, era difícil saber. Por isso ele sempre dava um jeito de acompanhar suas conversas com Ludmila para entender quais eram suas reais intenções em relação a ele.

Aboletado num canto do gabinete, Bijoux prestava atenção à chamada por vídeo enquanto Sphynx ficava sentado ao lado do trono de vime, estilo sentinela felina. Mesmo num posto secundário, Bijoux tinha uma boa visão das duas bruxas: uma no telão, a outra no seu trono. O telão ficava suspenso no mesmo lugar onde antes sua redoma de vidro ficou pendurada. Ludmila, de terninho preto, usava óculos modernos e teclava no computador enquanto ouvia o que Valquíria tinha a dizer.

— Como ele é? — perguntou Ludmila, sem parar de digitar no computador. Nem olhou para a câmera.

Valquíria não respondeu de bate-pronto. Ela considerou, mordiscando a pontinha da unha, o olhar perdido para além do telão. Vinha observando Bijoux, recapitulando todo o seu treinamento com os místicos sufis do Cazaquistão, em busca de alguma técnica que pudesse ser eficaz na extração do espírito impregnado ali. Se fosse um simples caso de exorcismo, já teria resolvido a coisa no primeiro dia. Não era isso. O problema era bem mais complexo, envolvia uma quantidade ingrata. Trinta por cento de espírito é um volume que o corpo aceita bem. Não cria incômodo existencial, como bem dava para ver no comportamento de Bijoux, supertranquilo e adaptado ao palacete, doido para ser adotado. Valquíria via em seus olhinhos o desejo de ser acolhido e amado. Sentia pena do pobrezinho, embora disfarçasse. A carência de Bijoux era imensa, se comparada aos gatos puramente gatos.

Em paralelo, Valquíria também investigava a pessoa de Hélio Zanini pelas redes sociais, tentando entender como poderia persuadi-lo a sair de Bijoux e voltar ao antigo corpo. Compilou todas as informações possíveis sobre o homem. Um aposentado com uma vidinha pacata beirando o entediante. A coisa mais excitante é que, poucas semanas antes do incidente, ele tinha começado a fazer aulas de ioga para tratar de uma dor na lombar, consequência da vida sedentária, só que nessas acabou se machucando muito mais. Valquíria concluiu que o homem devia ter exagerado nas posturas, talvez querendo impressionar as colegas de classe. Ela conhecia bem o tipo.

Investigou também a esposa, Cidinha. Enquanto Hélio Zanini era o ceticismo em pessoa, a esposa tinha suas crenças esotéricas. Aos olhos de Valquíria, crenças bastante tímidas: velinhas coloridas, orações para anjos, cristais. Também acreditava no poder da respiração como ferramenta de autocura. Essas crenças ela compartilhava com o marido, que não conseguia levar nada daquilo a sério. Foi fácil para Valquíria entrar nas intimidades do casal. Bastou olhar o perfil de Cidinha no Facebook, onde ela compartilhava notícias de medicina alternativa, e observar os comentários do marido, sempre sarcásticos, às vezes desdenhando sem dó.

Levando em conta tudo isso, ficava bastante claro que aqueles trinta por cento de Hélio Zanini deviam estar se esbaldando com tudo o que vinham testemunhando nos últimos dias. Não seria simples extraí-los. Um espírito completo, e incomodado, sai fácil.

Mas trinta por cento de um espírito determinado a ficar... é outra história.

Pensando em como responder à pergunta de Ludmila: "Como ele é?", Valquíria achou melhor falar apenas da parte felina. Olhou para o alto, como quem procura uma palavra que custa a aparecer. Quando enfim respondeu, foi com um adjetivo que Bijoux nunca tinha ouvido em sua boca antes.

— Ele é fofo — respondeu Valquíria, num tom quase entediado.

Sphynx virou os olhos na direção de Bijoux. Abriu um bocejo preguiçoso.

No telão, Ludmila interrompeu o que estava digitando e encarou Valquíria.

Vindo da boca de Valquíria, "fofo" não era um bom adjetivo. Na sua visão de mundo, aquilo era equivalente a boboca, trouxa ou coisa pior. Bijoux sabia disso e Ludmila sabia disso. O "fofo" caiu tão mal que Valquíria resolveu se explicar melhor.

— É um gato comum. Nada de especial.

Foi uma facada no coração de Bijoux.

— Ele está aí? — perguntou Ludmila.

Valquíria deu uma batidinha nas pernas.

Bijoux entendeu o recado. Mesmo com o coração estraçalhado, saiu do seu canto e saltou para o colo, conforme solicitado. Aquela não era a primeira vez. Ele já havia sentado no colo de Valquíria antes em duas ocasiões: quando ela estava distraída mexendo no celular e ele se aconchegou de mansinho, instalando-se como quem não quer nada, e, na segunda vez, quando ela mesma pediu, no seu segundo dia no palacete. Bijoux ainda estava atordoado com o lugar. A cada vez que se surpreendia, soltava um miado de admiração, longo e agudo, como um "Uau!" felino. Valquíria deve ter se irritado com tantos "Uaus", pois quando o segurou entre as mãos e olhou bem nos seus olhos, encostou o dedo em riste, em frente à sua fuça, e fez "shhh!", depois o colocou no chão. Qualquer animal entende um "shhh!" daqueles. Desde então, o gato não externava mais sua admiração com as extravagâncias do palacete.

— Bijoux, olhe para mim — ordenou Ludmila pelo telão.

Bijoux se empertigou, disposto a impressionar a líder do clã. Ludmila sustentou o olhar. Durante alguns minutos, os dois mantiveram a troca, ambos firmes e estáticos, investigando o que se passava dentro da cabeça do outro. Bijoux tinha prática em encarar bruxas que encaram de volta. Deu o melhor de si na tentativa de passar a imagem de um gato astuto de bruxa má. Estreitou os olhos e ergueu de leve o lábio superior, como que dando um sorrisinho de canto. Era para ser um sorrisinho sacana. Encolheu a barriga, para disfarçar a pança. Havia engordado nos últimos dias. Empinou o peito para fora.

— Só toma cuidado com ele — disse Ludmila.

Bijoux quis que Valquíria tivesse perguntado o motivo. Esperou que o fizesse, mas não. Ela o enxotou do colo e seguiu falando com a líder, aceitando o conselho sem questionamento. Partiram para o próximo assunto.

Bijoux aterrissou com as quatro patas no chão e os pensamentos longe. Não sabia dizer que tipo de impressão ele havia causado. Sphynx, com o olhar vidrado, como se tivesse morrido na sua pose de esfinge, não ajudava em nada. Era como se Bijoux não estivesse ali, nem tivesse passado por uma audiência particular com Ludmila, a pedido da própria. Bijoux ficou incomodado com a indiferença do Guardião. Que tipo de guardião era aquele que não se revoltava quando um outro gato pula no colo da sua bruxa? Ou era sinal de superioridade total? Bijoux tentou acompanhar a conversa das duas bruxas, mas não entendeu coisa alguma. Elas falavam de um jeito cifrado, uma praticamente lia os pensamentos da outra, respondendo perguntas que não tinham sido feitas ou rindo só de se olharem. Falavam de Caliandra, por quem ele sentia um afeto especial com pitadas de rancor. Bijoux foi ficando mal naquele gabinete. Para elas, ele não passava de um serzinho indiferente, que podia estar ali ou não, dava na mesma.

Com o rabo entre as pernas, resolveu voltar para sua cama com lençóis de cetim e se poupar de mais humilhação. Ao passar pela esfinge magricela, não se conteve e deu um tapão na orelha do Gato Guardião. Um equívoco. O bicho revidou pulando em seu cangote. Fincou os dentes com força, metendo a unha na sua fuça. Só que Bijoux também não era a fofura que Valquíria achava. Ele teve seus anos de gato de rua, sabia tombar o corpo de modo a esmagar no assoalho o metido a besta do Sphynx. Cuspiu em cheio, bem no olho azul do Guardião. Os dois se engalfinharam, rolaram pelo gabinete feito dois demônios, interrompendo a reunião. Só pararam quando os moços de laranja os apartaram.

Bijoux estava estropiado, ferido e com gotinhas de sangue na testa. Sphynx, também ferido, tinha uma expressão de choque. Bijoux berrou como nunca, gritos estridentes cuja intenção era deixar claro que, por trás da suposta "fofura", existia um gato irado.

Para surpresa de Bijoux, o episódio não resultou em reprimendas.

No dia seguinte, seu desjejum foi servido com o capricho de sempre e novas fronhas foram colocadas no travesseiro.

Seguiu sendo tratado como um príncipe. Sphynx voltou a ignorá-lo, bancando o superior.

Era estranho demais. Bijoux não entendia. Mesmo após atacar o Guardião do palacete na frente da chefe do clã, ele continuava a ser tratado como um príncipe?!

Bijoux passou a estudar o comportamento de Valquíria com atenção redobrada. Reparava em suas oscilações de humor, suas implicâncias, incongruências e nos seus pontos fracos. Observou-a como se ela fosse um ratinho. Reviveu seus tempos de gato de rua, quando a observação de roedores era fundamental para a sobrevivência. Ele precisava entender as intenções de Valquíria para armar a arapuca. Um joguinho ardiloso que atiçou seus instintos. Foi durante uma das conferências diárias com Ludmila que Bijoux entendeu direitinho o que precisava fazer para que Valquíria se apaixonasse por ele e o assumisse como seu.

Havia uma dinâmica entre as duas bruxas. Ludmila era o comando do clã e Valquíria, a chefe do operacional. Ludmila arquitetava. Valquíria executava.

Ludmila, com seu jeito profissional de CEO de alto nível, era feita de razão e lógica. Falava rápido, não divagava, mantinha o foco. Nunca dizia a Valquíria *como* proceder. Nisso estava sua inteligência, pois Valquíria não suportava que lhe dessem ordens. A parceria funcionava porque ela tinha autonomia para resolver as questões conforme quisesse.

Naqueles dias, as duas discutiam uma questão urgente que só agora vou compartilhar com vocês. No momento em que tudo isso acontecia, nosso clã estava desfalcado. Tínhamos uma bruxa a menos. Precisávamos, o quanto antes, encontrar a nova integrante. A busca de uma integrante é um processo secreto. Nada de anúncios ou pedidos de indicação. Eu mesma não entendia direito como isso funcionava, e nem ousava perguntar. Eu só sabia que Ludmila estava buscando, e Valquíria a auxiliava. Sabia também que as duas já estavam bastante aflitas com o tempo que aquilo estava tomando. No meu caso, cheguei do jeito mais bizarro ao clã, e tenho dúvidas se foi Ludmila quem me encontrou ou se fui eu quem esbarrou nela "por acaso". Mas sobre isso falarei mais adiante. Retomando...

Bijoux logo entendeu que, por trás da fachada de maldade de Valquíria, havia um coração leal. Suas palavras tinham sido claras: o gato deveria ser tratado como um príncipe. Essa foi a deixa que ele identificou. Entendeu aí como proceder para conquistar o coração de Valquíria.

Bijoux vivia numa zona nebulosa, uma incógnita que ele precisava resolver. Ser chamado de príncipe pode ser honroso, mas não definia o status do relacionamento deles. O que Bijoux precisava era que Valquíria o adotasse como seu bichinho de estimação. Uma relação normal de humano com gato, sem exploração comercial ou pacto mágico. Bijoux queria sossego, colo, segurança e amor. Para isso estava disposto a arriscar a própria vida. Precisava sair daquela zona nebulosa em que se encontrava.

Aguardou por um dia chuvoso. Havia planejado tudo em detalhes. Para que o plano funcionasse bem, o ideal era que Valquíria não começasse o dia boiando no seu colchão inflável, bebericando seu suco verde, banhando-se de sol no seu delicioso momento de ócio. Em dias ensolarados, a maldade de Valquíria ficava mais afiada. Nos dias frios, ela se recolhia, entediada, quase chegava a ser uma pessoa neutra. Vestia uma bata laranja que ia até abaixo do joelho e calçava pantufas com meias. Para os seus padrões, ficava pudica. Valquíria era extremamente sensorial, a quantidade de sol ou chuva do dia afetava sua índole. Tudo isso Bijoux compreendeu e arquivou no seu estoque de informações preciosas a serem usadas a seu favor.

Ele também sabia que podia se machucar feio durante a ação, mas a recompensa valeria a pena. O Gato Guardião não seria um empecilho. Ao menos, não tecnicamente. A política do Disk Katz era em relação à incompatibilidade entre o Gato Guardião e o Gato Temporário ocupando o mesmo espaço. Desaconselhavam. Havia uma cláusula contratual explicando que desavenças, brigas, ataques e danos resultantes do encontro do Guardião com o Temporário durante a contratação do serviço eram de inteira responsabilidade do contratante.

Bijoux, no entanto, não estava ali como Gato Temporário. Afinal, Valquíria nunca contratou seus serviços. Tecnicamente, ele ainda era GT de Caliandra. No palacete de Valquíria, como ela mesma havia dito, ele ocupava a posição de príncipe. Isso explicava, inclusive, por que Sphynx aturava sua presença.

Optou por uma ação vespertina, logo após o almoço, quando Valquíria tinha o hábito de tirar uma soneca, e detestava que a incomodassem.

Um berro de terror ecoou pelos corredores e salões do palacete. Valquíria despertou furiosa, sendo que seu humor já não estava dos melhores. Bijoux havia caprichado na escolha do dia. O tempo estava gelado, garoando e com um vento cortante. A previsão era que ficasse assim por toda a semana. Sem chance de retorno aos banhos de piscina e ao conforto do Astro Sol.

— Que é isso?! — gritou Valquíria, com uma voz esganiçada.

O berro que a despertou tinha sido tão aterrorizante que a mulher logo imaginou o pior. Alguém morto. Ela teria de ressuscitar a criatura. Sempre um estorvo... Valquíria se levantou, vestiu um robe de seda e desceu até o salão principal. No caminho, bateu de frente com um dos moços de laranja, pálido feito uma lápide. Nos braços, o moço segurava um embrulho. Caiu de joelhos na frente dela, encostou a testa no chão, pedindo perdão. Tremia da cabeça aos pés.

A partir daí o roteiro se desenrolou conforme arquitetado por Bijoux.

— Fala logo! O que aconteceu? — ordenou Valquíria.

O jeito trêmulo do moço de laranja revelava o tamanho da desgraça. Ele chorava tanto que os soluços impediam a resposta. Ficou sem ar, sem coragem de encará-la, sussurrando patéticos pedidos de perdão.

Com a ponta do pé, Valquíria tocou o embrulho que o moço segurava.

— O que é isso?

Era um tapete encharcado com um volume dentro.

Cabisbaixo, o moço de laranja abriu-o lentamente, como quem desembrulha uma bala melequenta.

Valquíria torceu o nariz, enojada com a visão da maçaroca que mais parecia um trapo velho e encardido encontrado na lixeira.

— É o que sobrou dele... — O moço de laranja não conseguiu completar a frase.

Cobriu o rosto com as mãos.

Valquíria se ajoelhou à frente do embrulho. Deu um cutucão na maçaroca e Bijoux soltou um gemido sôfrego. Cuspiu água por um orifício, certamente a boca, embora fosse difícil discernir.

O moço de laranja sussurrou que o havia encontrado dentro da máquina de lavar, após um ciclo de centrifugação turbo com alvejante. Valquíria pensou ter ouvido errado. O moço repetiu. Explicou que estavam lavando os tapetes do palacete, como se isso amenizasse de alguma forma a tragédia. Ou talvez para justificar o uso de alvejante.

Valquíria tomou o que sobrou de Bijoux nos braços. Encontrou a parte com focinho e dois olhos. O moço de laranja seguiu falando alguma coisa que ela nem conseguiu absorver. Com o embrulho nos braços, correu de volta para seu gabinete. Lidaria com o moço depois. Depositou Bijoux na cornija da lareira. Um estalo de dedos e labaredas de fogo emergiram da madeira seca empilhada no chão, aquecendo o ambiente numa velocidade sobrenatural.

Valquíria encarou o espelho oval com moldura de ouro, inspirou fundo.

Quando voltou a encarar o corpo centrifugado à sua frente, reconheceu-se naquela criaturinha débil. Parecia um rato molhado com os pelos manchados de branco, alguns ossos quebrados, os olhos vermelhos. Bijoux estava mais para uma tentativa malsucedida de tintura em tecidos que para uma coisa viva. Lágrimas escorreram pelo rosto de Valquíria. A fragilidade dos pequeninos e indefesos tocava num ponto fundo do seu coração. Lembrou-se de si mesma antes da descoberta do seu poder pessoal. Viu nos restos de Bijoux uma versão antiga, sofrida, da pessoa que ela tinha sido um dia. Nem sempre fora a bruxa sexy, poderosa e com corpo perfeito, rica e má. Seu passado era carregado de memórias constrangedoras, que ela evitava a todo custo.

Valquíria soprou forte na testa do gato, aproveitando para afugentar lembranças da sua vida pregressa.

Labaredas vazaram da lareira e formaram um semicírculo à sua volta. Cada flama crescendo e se avolumando, assumindo formas e trejeitos estranhos até se transfigurarem por completo em demônios incandescentes que, lado a lado, criavam uma barreira de proteção, mantendo Valquíria e Bijoux num espaço inviolável. O calor aumentou. Ela arrancou o robe de seda, seu corpo agora coberto de suor. Suas mãos ardiam. A sensação era de que ela mesma entraria em combustão caso não extravasasse a magia que ia aflorando, começando pela sola dos pés, subindo pelas pernas, coxas, ventre, seios e garganta. Seu corpo todo vibrou enquanto as chamas diabólicas mantiveram uma distância respeitosa. Eram demônios subordinados a ela, estavam ali para auxiliar no procedimento.

Bijoux, semiconsciente, equilibrava-se na corda-bamba entre a vida e a morte. Ouviu as palavras sibiladas, mas não entendeu o significado. Pertenciam a uma língua desconhecida. Atordoado como estava, não pôde acompanhar as minúcias do ritual. Entendeu apenas que algo estava sendo feito em seu benefício. A pedido de Valquíria, entregou-se e confiou. Caiu num estado de inconsciência temporária. Nunca soube que sua condição havia provocado uma dor lancinante na bruxa por quem havia se apaixonado.

Não ouviu o urro de revolta. Não sentiu suas mãos acariciando todo o seu corpo, apalpando e ajeitando cada osso de volta ao lugar, remendando órgãos internos, refazendo as articulações, desfazendo os danos e aquecendo seu organismo de dentro para fora. Ele não esteve consciente para testemunhar a felicidade de Valquíria quando ela constatou, mais uma vez, sua habilidade nata para ressuscitar criaturas de todo tipo. Não era um estorvo, afinal. Era magnífico e comovente. Valquíria foi tomada por uma gratidão tão grandiosa que, terminado o serviço, se agachou e agradeceu ao fogo que ardia aos seus pés. Encostou a testa no chão.

Mentalizou o Astro Sol ali representado pelas labaredas em formas demoníacas.

O corpinho de Bijoux estremeceu. De repente, seus olhos se abriram. Sua visão era difusa, mas sentiu a temperatura agradável e o aconchego do círculo de fogo. Trouxe uma patinha à frente do rosto, depois a outra. Seus pelos estavam secos e sedosos. Os olhos ardiam um pouco, seu pelo pinicava, as patas coçavam, a boca estava seca e correntes de descarga elétrica percorriam seu corpo. De canto de olho, flagrou sete demônios incandescentes se recolhendo para a forma de labaredas que rastejaram para dentro da lareira. Não sentiu medo. Eram demônios, mas também eram aliados.

Muito formais, os demônios inclinaram a cabeça para a frente num sinal de despedida. Bijoux não conseguiu retribuir, então agradeceu-lhes em pensamento, confiante de que receberiam a mensagem. Ao ver Valquíria, nua e sorridente, tudo o que sentiu foi uma onda de amor passional. Ela o tomou nos braços e o apertou junto ao coração. Bijoux ouviu as batidas. Encostou a patinha em seu peito, tocando de leve a esmeralda pendente da sua corrente de ouro. Fechou os olhinhos e se aninhou, exausto.

Acordaram horas depois, na cama de Valquíria. Bijoux mal pôde acreditar. O quarto não era muito diferente daquele em que ela o havia instalado, dias antes. Era maior, e continha mais espelhos. Também tinha uma sacada que dava vista para a piscina. Os lençóis de cetim eram cor de sangue, e ao lado da cama havia uma adaga. Bijoux desviou os olhos da lâmina afiada e se fixou no rosto da bruxa. Valquíria abriu os olhos e fez um cafuné em sua nuca. Sussurrou que agora estava tudo bem, ninguém iria lhe fazer mal. Ali ele estava protegido. O gato foi tomado por tanto amor que respondeu com um gemido muito próximo a um "é, sim" em linguagem humana. Valquíria entendeu. Bijoux sorriu internamente enquanto manteve a expressão de gatinho eternamente agradecido.

Ele imaginava que haveria consequências. E, de fato, houve. O moço de laranja foi expulso do palacete.

Bijoux acompanhou tudinho. Viu o moço caindo de joelhos, jurando que não tinha sido sua culpa. Ele era o encarregado da lavanderia, e sim... ele é quem havia colocado os tapetes para lavar. Mas apenas tapetes! Não havia gato no meio! Ele não sabia como Bijoux tinha entrado na máquina! Isso nunca tinha acontecido antes. Era impossível não notar um gato no meio dos tapetes. O moço chorou, protestou, beijou os pés de Valquíria. Arrancou a bata laranja. Se ela quisesse, podia chicoteá-lo. Ele só não queria ir embora do palacete. Implorou por uma segunda chance.

Para Bijoux, foi constrangedor testemunhar o desespero do moço, sabendo que o coitado era inocente. Nada contra aquele moço de laranja em particular. A culpa poderia ter caído em qualquer um deles. Eram vários moços, todos tão parecidos, que Bijoux nunca soube dizer quantos eram. Um a mais, um a menos, não faria diferença. A julgar pela indiferença com que Valquíria ouviu o queixume, para ela também não seria grande perda. Foi educada, ouviu os apelos do pobre coitado até o fim.

— Terminou? — perguntou quando ele se calou, tomado pelo choro.

O moço assentiu.

Valquíria estalou os dedos. Ordenou que o levassem dali. Outros dois moços de laranja entraram no gabinete e arrastaram o colega para fora. A retirada não foi fácil. O moço esperneou, berrou por clemência e praguejou o tempo todo. Uma alma mais sensível teria se comovido. Valquíria, não.

— Agora tragam o gato.

Bijoux reparou na ausência de um complemento qualificativo. Ela não disse o "Gato Guardião" ou o "Gato Oficial", mas "o gato", como se capando o complemento, já estivesse dando indício à substituição que selaria o grande plano de Bijoux.

Um moço de laranja adentrou o gabinete carregando uma redoma de vidro. A mesma em que Bijoux havia sido transportado dias antes. Enganchou-a na corrente que pendia do teto. Dentro, Sphynx, na sua pose de esfinge, mantinha sua dignidade. O olhar fixo num ponto distante, o corpo bem alinhado, o rabo enrodilhado à frente das patas, estático.

133

Valquíria deu três tapinhas na perna direita, Bijoux entendeu que era para ele pular.

Pulou. Deu duas voltinhas no colo e se aninhou, encarando o gato na redoma. Começou a ronronar sem querer. Foi inevitável. Um ronronado alto e potente que denunciou seu estado de felicidade. Valquíria deve ter gostado, pois acariciou seu cocuruto e disse baixinho:

— Bobinho...

Bijoux tentou disfarçar o ronronado escandaloso mantendo os olhos fixos no Gato Guardião, querendo fazer pose de mau. Reparou na indiferença de Sphynx. Seu olho amarelo era igualzinho ao de Valquíria. O azul lhe dava um ar principesco. Mas era inegável o parentesco entre ele e a bruxa. Qualquer pessoa que conhecesse Valquíria minimamente reconheceria isso. O gato era a versão felina de Valquíria, e por um instante Bijoux teve dúvidas sobre o desfecho do seu plano. O ronronar cessou subitamente.

Valquíria estalou mais uma vez os dedos e uma fila de moços de laranja adentrou o gabinete. Todos com as mãos juntas em frente à barriga, que era a maneira como costumavam andar. As mangas dos trajes laranja cobriam as mãos, dando a eles um aspecto de monge tibetano que agradava Bijoux. A presença desses moços lhe transmitia uma tranquilidade. Um a um, alinharam-se de costas para a parede, formando um semicírculo na frente do trono. Bijoux os admirou. Eram todos lindos. Pela primeira, vez retribuíram seu olhar com amorosidade. Não mais como se ele fosse um hóspede temporário, mas um verdadeiro príncipe.

— Hoje completa uma semana desde que Bijoux chegou. Nessa semana ele revelou sua índole, teve uma indisposição com o Gato Oficial, não quebrou nem estragou nenhum objeto de grande valor e depois morreu.

Alguns dos moços de laranja baixaram a cabeça, como que em respeito à morte trágica presenciada por todos ali.

— Mas eu o trouxe de volta — prosseguiu Valquíria.

Cabeças se ergueram e sorrisinhos de admiração traduziram o clima de alívio. Na redoma de vidro, nenhuma reação por parte de Sphynx. Ele encarava um ponto distante no horizonte, como se nada daquilo dissesse respeito a ele.

— O que estou querendo dizer é que Bijoux é um fofo.

O tom de Valquíria era de desdém. Bijoux sentiu um arrepio na espinha. Na gaiola, o Gato Guardião o encarou com um sorrisinho sarcástico.

— E eu não sou o tipo de pessoa que se interessa por criaturas fofas.

Bijoux segurou o choro. Ele não tinha previsto um desfecho humilhante.

— Fofura é sinônimo de ingenuidade. Criancice...

Valquíria ergueu a mão e fez um gesto de abano, como que procurando mais palavras para comparações.

Um dos moços de laranja aventou:

— Fragilidade.

— Isso! Fragilidade! Fraqueza. Bobeira. Amadorismo.

A cada palavra, Bijoux se encolhia um pouco mais.

— Capenga! — arriscou um dos moços de laranja.

— Leviano!

— Inconsequente!

— Irresponsável!

A cada adjetivo os moços de laranja se empolgavam mais. Bijoux, acuado no colo, recebeu a saraivada de rótulos como se fossem tiros.

— Egoísta!

— Mimado!

— Exato! Mimado, tonto, imaturo, dependente, grudento, sentimentaloide, chatinho, sem graça. Quando eu dizia *fofo*, essas eram as imagens que me vinham à mente. Mas isso mudou.

Bijoux sentiu as mãos de Valquíria acariciando seus pelos.

— Talvez vocês não entendam. E... sinceramente, isso não importa. Mas a fofura pode ser vista como o requinte do luxo. Fico pensando numa criatura que se dá ao direito de ser fofa. É sinal de que ela já superou seus medos. Nenhuma ameaça a atinge. Ela está tão à vontade na própria pele que pode se dar ao luxo de ser fofa. Acho admirável. Bijoux mudou minha visão em relação à fofura.

Olhos arregalados por todo o gabinete. Inclusive o amarelo e o azul de Sphynx.

Valquíria prosseguiu:

— Vocês sabem muito bem como eu gosto de luxo. Gosto de riqueza. Gosto de comida boa, sapatos caros. Eu gosto de morar num palacete com homens lindos me servindo. Eu gosto do bem-bom! — disse com gosto. — Só não sou uma pessoa fofa.

Na redoma, o Gato Guardião encarou a bruxa, enquanto os moços de laranja permaneceram imóveis, em choque. Ninguém ali se lembrava de um dia em que Valquíria tivesse falado tanto, durante tanto tempo, simplesmente devaneando, comentando sobre si. Aquilo era inédito.

— Ele será meu bichinho de estimação. — Valquíria soltou um muxoxo. — Continuará a ser tratado como um príncipe. Quero que sirvam toranja cortada em cubinhos para ele, por volta das quatro da tarde. Tipo um *snack*. Quero que ele coma sushi no café da manhã e lagosta no almoço.

— Sim, excelente ideia — respondeu dos moços de laranja.

— No código de ética das bruxas, o Gato Guardião e o Gato Oficial ocupam posições distintas. Um não deve interferir na esfera de ação do outro, entendido?

Na gaiola, Sphynx inclinou a cabeça. Afirmativo.

No colo, Bijoux esfregou a cabeça no ventre de Valquíria. Soltou seu miado mais eloquente, a imitação perfeita de um "ééééé!".

Valquíria então ordenou que soltassem o Guardião, e tombou a cabeça para trás, enquanto acariciou os pelos de Bijoux. Estalou os dedos. Os moços de laranja se retiraram. O gato testemunhava a cena com vontade de se beliscar. Parecia um sonho.

Sphynx aguardou que os moços de laranja tivessem saído, saltou de dentro da redoma e retornou para seu canto ao lado do trono. Posicionou-se como uma esfinge, olhar perdido no horizonte, sem a menor animosidade em relação a Bijoux. Sua dignidade era admirável. Bijoux o encarou de canto de olho. Ali estava um sujeito que merecia seu respeito.

Antes de cair numa deliciosa soneca no colo de Valquíria, Bijoux fez um pedido. Desejou que sua história terminasse ali. Para ele, esse seria o final feliz mais feliz possível.

10

𝒟𝑒𝑝𝑜𝑖𝑠 𝑑𝑒 𝑑𝑜𝑖𝑠 anos sem sair de casa, Caliandra sabia que não conseguiria simplesmente abrir a porta e pegar um ônibus como se não fosse nada de mais. A ideia de pegar um Uber e atravessar a cidade papeando com um estranho era apavorante. Então ela comprou uma moto Suzuki GSX1300R Hayabusa.

A ideia veio em sonho, na mesma noite em que retornou da visita à fazenda da Magda. Acordou no meio da madrugada, tomada por uma visão: pilotava uma moto na marginal Pinheiros, num fim de tarde. Tudo congestionado, enquanto ela ia costurando entre os carros, tombando o corpo para a direita, para a esquerda, num balancinho sutil que lhe permitia se enfiar entre as pistas e avançar rapidamente para o seu destino.

A visão fora tão nítida que Caliandra pulou da cama, ligou o computador e comprou a Suzuki GSX1300R Hayabusa, branca, igualzinha à do sonho, como se estivesse obedecendo a uma ordem superior. No cesto de compras acrescentou o capacete, o macacão, as botas e o bagageiro. Aproveitou o embalo e baixou alguns jogos de corrida de moto. Nessa noite, não voltou para a cama. Varou a madrugada jogando *Traffic Rider*. Quando deu meio-dia, com os olhos esbugalhados, considerou que já tinha adquirido a prática necessária. Poderia dispensar as aulinhas da autoescola. Tinha pego trânsito na "rodovia", foi cortada por "caminhões", dirigiu na "chuva à noite" e em "estradas sinuosas" com "pouca visibilidade". Quanto à habilitação, achou que não tinha necessidade. A moto era para uma única viagem.

Sob o capacete preto, o macacão preto, as botas que batiam na altura dos joelhos e a caixa térmica nas costas, sentiu-se protegida.

Na rua, as crianças jogavam bola. Ezequiel, no gol, levou uma bolada na testa pela distração com a visão do delivery que saiu da clínica de quiropraxia, sem jamais ter entrado.

— Eeeeê, Ezequiel! Presta atenção! — gritou um dos amigos.

Mas quando Ezequiel apontou para a clínica, e todos viram a figura de preto montada na Suzuki GSX1300R Hayabusa, o espanto foi geral. O jogo foi interrompido e a bola rolou longe, sem que nenhum dos jogadores considerasse ir atrás. Era a Dra. Caliandra?!

Ninguém teve coragem de perguntar. Apenas observaram a maneira como a pessoa montada na moto deu partida. Gestos de uma pessoa determinada. O portão automático da garagem se fechou com um gemido dez vezes pior que o do portãozinho, e a Suzuki GSX1300R Hayabusa, com a pessoa em cima, saiu zarpando rua acima, tombando de lado, joelho quase ralando no chão, numa velocidade absurda, como se tivesse saído de um jogo, e não da vida real.

Isso vem para mostrar que, mesmo no caso das bruxas zelosas dos seus dons mágicos, chega o dia em que a necessidade fala mais alto e daí adeus, discrição e recolhimento.

Guiada pela voz metalizada do Waze, Caliandra chegou até o palacete da rua Bom Pastor, sem fazer ideia de por onde tinha andado. O coração parecia que ia sair pela boca, tamanha a adrenalina. Sua vontade era de arrancar o capacete e soltar um berro que o bairro todo ouviria. Estava difícil conter a euforia de ter atravessado a cidade de ponta a ponta com o ponteiro do velocímetro cravado no duzentos, sem ter se esfolado no asfalto ou batido em cheio no caminhão que surgiu do nada, nem ter atropelado um irresponsável que atravessou a rua mexendo no celular, nem ter batido num poste numa curva fechada em que viu a morte de perto, nem ter caído do viaduto quando, tomada pela euforia, empinou a moto para trás, erguendo o pneu da frente no ar feito um cavalo desembestado, numa atitude doida, mas perfeitamente compatível com o que sentia por dentro.

Caliandra saltou da moto e teve vontade de chutar o portão do palacete. O ato de tocar uma campainha lhe pareceu tão patético, considerando o sangue pulsante em suas veias e seu corpo trêmulo e tudo o que antes ela acreditava sobre discrição com poderes mágicos e atitude reservada... Nada disso fazia mais o menor sentido. Portanto meteu a mão na buzina, fazendo um escarcéu na porta do palacete de Valquíria.

Um dos moços de laranja foi atender. Eram cinco da tarde e ninguém tinha pedido delivery. Pelo vão da ferragem do portão, falou que era engano. Deu as costas.

Caliandra berrou.

— É uma entrega especial! — articulou bem para que as palavras chegassem com a intenção certa, apesar do capacete.

O moço a encarou de volta, embora tudo que conseguisse ver era uma forma humana composta por capacete, macacão, botas e luvas, com uma moto possante ao lado e uma caixa de delivery nas costas. Caliandra prosseguiu:

— Ludmila quem mandou.

As palavras surtiram efeito. O moço de laranja inclinou a cabeça para a frente, acionou o controle remoto que tinha em mãos e os portões se abriram. Caliandra montou na moto e atravessou. Estava dentro! Lamentou não ter armado um esquema com Magda. Esse seria o momento perfeito para enviar uma mensagem à amiga e dizer "Estou dentro!", enquanto Magda, na fazenda, estaria sentada à frente de um computador, acompanhando via satélite. Magda comemoraria junto, certamente dando um impulso forte na mesa para que a cadeira rolasse para trás e girasse no eixo, num rodopio de orgulho por Caliandra.

A bruxa estacionou à frente da escadaria de mármore do palacete e afastou a imagem delirante da Magda rodopiante antes que perdesse o foco. Dessa vez, foi entrando sem esperar pelo moço que corria para alcançá-la. Agora já estava no salão principal, com o lustre de cristal, a mesa redonda no centro e o exagero de espelhos com molduras douradas por toda parte. Caliandra controlou a vontade de erguer o visor do capacete. Nas *lives* do clã, Valquíria costumava ficar no seu gabinete, sempre no mesmo enquadramento, de modo que ela não tinha ideia da grandiosidade do lugar. Também impressionava a beleza do moço de laranja. Alto, com músculos definidos na medida certa, olhos intensos, um bronzeado invejável. Ele informou que Madame Valquíria não estava.

— Eu posso receber por ela — disse, estendendo a mão.

Caliandra havia calculado que Valquíria não estaria. À tarde era seu horário de sair para resolver as demandas delegadas por Ludmila. Caliandra já contava com isso.

— A entrega é para o Bijoux — disse.

O moço de laranja encarou a forma humana de capacete preto à sua frente. Por um instante, Caliandra teve dúvidas se o visor era realmente cem por cento opaco. Havia feito inúmeros testes em casa, com diferentes luminosidades, e nunca conseguiu ver seu rosto através do visor. Mas do jeito que o moço encarava, era como se a visse por trás do disfarce.

— Espera um pouco — ele disse, por fim.

Sozinha no salão de entrada, Caliandra caminhou a esmo, indo em direção ao fundo. Avistou a piscina com o trampolim, as espreguiçadeiras, a mesa onde Valquíria tomava seu café da manhã, o colchão inflável boiando, um elegante chapéu de sol. Reparou no jardim impecável, nenhuma folha fora do lugar, tudo austero, sem flores, apenas cactos, palmeiras, coqueiros e pedras ornamentais. Onde estaria Bijoux?

O moço de laranja retornou acompanhado de um colega de trajes iguais. A diferença é que esse tinha a cabeça raspada, olhos verdes. Era igualmente bonito, só que com um biotipo diferente. Os dois, juntos, fizeram com que Caliandra sorrisse por trás do capacete.

— É uma entrega para o gato? — perguntou o segundo moço. Seu tom era menos subserviente que o do primeiro. Parecia desconfiado.

Caliandra foi seca na resposta.

— Positivo.

Os dois se olharam sem trocar palavra. Trabalhar para Valquíria era um teste diário de adivinhação. Nunca sabiam ao certo como agir, em que acreditar, quando mentir e quando dizer a verdade, se deveriam falar ou permanecer calados, se a encaravam quando estava nua, se baixavam os olhos, se ofereciam ajuda ou se saíam da frente, se expunham suas dúvidas em como proceder ou se resolviam a questão sem importuná-la. Nunca dava para saber. Nunca havia oportunidade de perguntar, e nas vezes que ousavam, vasos voaram na direção de suas cabeças.

— Certo... — disse o moço, por fim. Virando-se para o topo da escadaria, chamou por Bijoux.

Caliandra deu graças ao capacete que disfarçava sua expressão de perplexidade quando, do alto da escadaria, veio Bijoux, atendendo ao chamado. Um gato que atende quando chamado pelo nome não é coisa que se vê todo dia.

Ela tirou a caixa de delivery das costas e a colocou no chão. Abriu o zíper e a virou na direção de Bijoux, de modo que os moços não pudessem ver o que tinha dentro.

— É um presentinho para você, Bijoux — disse o moço de laranja, num tom amoroso.

Desde que pisou no primeiro degrau da escadaria, Bijoux soube que era Caliandra por trás do disfarce. Ficou feliz em vê-la e esse foi o principal motivo por ter atendido quando chamaram seu nome. Como príncipe do palacete, ele se dava ao direito de atender ou não quando os criados chamavam. Se era Valquíria chamando, atendia sempre. Mas... Caliandra? O que ela queria? Devia estar com saudade, foi o que pensou.

Bijoux se aproximou com um andar malemolente de quem estava curioso, mas também um tiquinho desconfiado. Por que ela estava vestida daquele jeito? Bijoux fez o oito em torno das suas pernas antes de espiar dentro da caixa.

Ao relar os bigodes na perna dela, seu instinto se aguçou. Havia segundas intenções por trás daquela visitinha. Não era saudade. Nem remorso por tudo o que ela havia feito com ele. Não farejou traço de arrependimento. As intenções da bruxa eram escusas. Ela estava diferente. Por baixo dos trajes de lona preta, ela suava em bicas. Bijoux farejou a adrenalina. Desconfiou. Não era a mesma Caliandra que o havia contratado para poupar sua querida gata Djanira. Bijoux ficou tentado a se afastar. Teria feito justamente isso se não fosse pela caixa no chão.

Para um gato, é impossível resistir à curiosidade de descobrir o que tem dentro de uma caixa. Ele teria de espiar. Bijoux desejou que Valquíria chegasse logo. Naquele exato instante, de preferência, pois por mais que se controlasse, a caixa aberta com a tampa no chão era tentadora demais. Ele não poderia resistir por muito tempo. Bijoux fez mais um oito em torno das pernas com aquelas estranhas botas de borracha. Não eram como as botas de vinil e salto alto de Valquíria, que torneavam as panturrilhas feito uma segunda pele. Botas com zíper na lateral e que tamborilavam um toc-toc-toc que ecoava pelo palacete a cada vez que Valquíria se deslocava. O toc-toc-toc era um alerta bem-vindo da aproximação da pessoa no comando ali. Ninguém era pego de surpresa. Quando a mulher surgia, todos ficavam a postos, inclusive Bijoux, que gostava de correr ao seu encontro. Ela, em resposta, o pegava no colo e fazia um cafuné no seu cangote. Depois o atirava para longe, como se ele fosse parte da sua vestimenta. Bijoux achava divertido ser jogado junto com o vestido, a lingerie e a jaqueta. Ele se sentia íntimo dela. E quando os moços de laranja recolhiam as roupas, Bijoux se virava de barriga para cima, com as pernas para o alto, para aproveitar e receber um afago deles também.

Mas as botas de Caliandra não tinham musicalidade nem estilo. Ainda cheiravam à loja, limpinhas e desprovidas de informações. Bijoux entendeu que Caliandra estava escondendo alguma coisa relacionada diretamente a ele. Afastou-se com receio, agora chamando por Valquíria, querendo acreditar que seus miados teriam o mesmo efeito do chamado de um Gato Guardião. Desejou que ela tivesse a conexão telepática para receber a mensagem a tempo, antes que ele não aguentasse mais e entrasse na caixa.

Minutos depois, quando Bijoux ouviu o motor do Porsche virando a esquina, foi um alívio. Logo Valquíria entraria pela porta. Caso aquela caixa representasse algum perigo, ela o salvaria. Ela o amava. Várias vezes havia dito as três palavrinhas mágicas, em momentos de intimidade. Agora eles dormiam juntos. Ele era oficialmente seu bichinho de estimação. Bijoux concluiu que não corria perigo. Além do mais, havia todos os criados a postos para defendê-lo, caso a caixa fosse uma armadilha. Convencido de que poderia dar uma espiadinha, Bijoux enfiou a fuça dentro da caixa de delivery. No fundo, havia uma bolinha de tênis. Igualzinha às da Djanira!

Nesse mundo só existe uma coisa mais tentadora para um gato do que uma caixa aberta, e isso é uma caixa aberta com uma bolinha de tênis dentro.

Bijoux entrou.

No segundo seguinte, escuridão. A caixa foi lacrada. Bijoux ouviu o zap-zap-zap do zíper. Foi içado. Depois veio um solavanco e ele só pôde adivinhar o que estava acontecendo do lado de fora. Ouviu as vozes de Valquíria e de Caliandra. Teve bate-boca, ameaças, empurrões, maldições, palavras fortes e muito sacode. Bijoux fincou as unhas nas paredes da caixa, mas o material era de acrílico, frio feito uma porta de geladeira. Ele se atirou com toda a força, gritou, berrou, pulou e estrebuchou para mostrar para Valquíria que estava ali dentro. Será que ela não tinha percebido? Por que ela não abria logo a caixa?

Bijoux ouviu as vozes dos criados se metendo no meio das duas bruxas, o som de pancadas. O que estava acontecendo? Ouviu o som de vasos estilhaçando no chão, espelhos quebrados, alarme de incêndio. Ouviu um berro de agonia lancinante. Achou que seria esmagado, pois agora não estava mais suspenso, mas espremido entre o chão e... as costas de Caliandra? Só que no minuto seguinte, ele foi içado de novo e sacudido para um lado e para o outro. Lembrou-se do dia em que enfrentou o ciclo de centrifugação turbo na máquina de lavar para conquistar o amor de Valquíria, no plano mais sagaz da sua vida. Tirando a água escaldante e o ardido do sabão em pó nos olhos, era quase igual. Bijoux achou que ia morrer. Ou que Caliandra ia morrer. Mas daí os gritos mudaram e ele achou que Valquíria ia morrer. Ou então que alguns dos criados iam morrer. E quando chegaram as sirenes do corpo de bombeiros, que todos morreriam juntos, só que a sua morte seria pior porque ele não tinha noção do que estava acontecendo fora da caixa e sua intuição dizia que era tudo por causa dele, o que significava que, de um jeito ou de outro, ele estava frito.

11

𝒬𝓊𝒶𝓃𝒹ℴ ℒ𝓊𝒹𝓂𝒾𝓁𝒶 𝒹𝑒𝒸𝒾𝒹𝒾𝓊 que nosso clã se chamaria "Clã da Sutileza", foi polêmico. Algumas bruxas argumentaram que de sutileza nós não temos nada. Outras acharam o nome auspicioso, dava margem a diferentes interpretações. Auspicioso, no entender das bruxas, é uma coisa boa. Fizemos uma votação. Caliandra, Magda e uma bruxa que não está mais entre nós votaram contra. Ludmila, Valquíria e eu votamos a favor. Quem desempatou a importante decisão foi Mamãe Dodô, que neste momento tenho a honra de apresentar.

Mamãe Dodô ganhou esse apelido por ser uma bruxa maternal. Ela sequestrava bebezinhos. Foi casada por sete anos, mas nunca conseguiu engravidar. Tentou de tudo, até que o marido morreu de infarto, na cama, no meio da noite. Um infarto fulminante numa noite de Lua Cheia, durante um ato sexual. Dodô ficou arrasada, traumatizada, sentindo-se pessoalmente humilhada. Qualquer mulher ficaria, mas para Dodô aquela morte foi como um aviso dos céus. Ela nunca mais quis se envolver com outro homem. Eles moravam num sitiozinho, no sul da Bahia, e lá ela continuou. O marido era um escultor conhecido mundialmente, suas obras valem uma fortuna.

Dodô fez umas contas e chegou à conclusão que, vendendo uma obra por ano, não precisaria trabalhar nunca mais na vida. Enquanto o marido era vivo, ela fazia bonecas de tecido que vendia pela internet. Dava muito mais trabalho para fazer do que as obras do marido e não rendiam quase nada na comparação. Dodô montava o esqueletinho de arame, fazia enchimento com espuma, confeccionava o cabelo com lã, pintava os olhinhos em porcelana, costurava os vestidinhos, bermudas, camisa com botõezinhos, sapatinhos, meias, tamancos, chapeuzinhos, moldava os narizinhos, construía óculos para as míopes e mantinha um generoso estoque de diferentes cores de tecido para contemplar um amplo degradê para usar nas cores de pele.

Não havia duas bonecas iguais. Dodô ia descobrindo a personalidade da boneca no processo de feitio. Algumas vinham cegas, outras corcundas, outras com a língua presa. Nesse caso, Dodô passou semanas tentando entender o que deveria fazer para que a criança que comprasse aquela boneca entendesse que ela tinha a língua presa. Suas bonecas nem língua tinham; mesmo que tivessem, "língua presa" é uma expressão que não dava para ser ilustrada anatomicamente. Mas a boneca insistia nesse ponto, e enquanto Dodô não deu um jeito de customizar seu rostinho para que ela tivesse a expressão fiel a de uma criança com língua presa, não deu a boneca por terminada. Teve outra que nasceu com os pés virados para trás, feito o Curupira.

Quando viu, Dodô logo desfez os pés, abriu o esqueletinho, endireitou as articulações do tornozelo. Colocou o enchimento, revestiu a boneca, implantou novos pés. No dia seguinte, estavam virados para trás. No começo, Dodô achava que deveria consertar essas peculiaridades, mas elas voltavam. Um ombro ficava mais alto que o outro, orelhas grandes demais, olhos muito próximos, pernas arqueadas. Sempre tinha uma característica que se impunha à sua revelia, e ela entendeu que era isso que tornava cada boneca única. Por isso, quando o termo "sutileza" estava sendo discutido pelo clã, e Dodô recebeu a responsabilidade de desempatar a decisão, ela votou a favor.

Sutileza é um jeito bom de fazer magia no dia a dia. O falecido marido da Dodô, por exemplo, nunca desconfiou que ela fosse uma bruxa. Ela não considerou necessário compartilhar esse aspecto da sua personalidade, e como ele nunca reparou em nada diferente, a questão ficou por isso mesmo. Dependendo do casal, em sete anos de casamento um ainda está apenas começando a conhecer o outro. Talvez, se tivessem ficado juntos mais alguns anos, ele teria percebido. Mas não houve tempo para isso.

Viúva, Dodô perdeu o interesse por bonecas. Entendeu que cada boneca que confeccionava era um rascunho dos filhos que sonhou ter. Sem o marido, e irredutível quanto a um novo relacionamento, acabou abandonando as bonecas também.

Sequestrou seu primeiro bebezinho numa oficina mecânica enquanto aguardava a troca de óleo do seu carro. Era um lugar horrível, com uma salinha de espera sombria e a televisão ligada num programa sensacionalista sobre crimes macabros. Ainda ia demorar quarenta minutos para o carro ficar pronto. Um jovem pai segurava um bebê no colo enquanto o outro ficava num carrinho. Eram gêmeos. Iguaizinhos. Dois menininhos de cinco meses.

O pai sacudia um no colo ao mesmo tempo que empurrava o carrinho para a frente e para trás com a outra mão. Então o celular do homem tocou. Ele atendeu. Uma conversa de trabalho, coisa importante, dava para ver pela maneira como saiu falando com o bebê no colo, tampando o ouvido com o dedo, pedindo que a pessoa falasse mais alto. Saiu da salinha e foi para a calçada da oficina para conseguir falar. Deixou o bebê do carrinho sozinho com Dodô. Eram dois. Iguaizinhos. E o pai não estava dando conta. Ela pegou o que tinha ficado estacionado bem na sua frente e o colocou na bolsa. Dodô tinha mania de andar com bolsas grandes, de tecido. Além disso, seu carro já estava dando problemas demais. Estava mesmo na hora de trocar.

Largou o carro lá, chamou um Uber e voltou para casa.

Depois do primeiro, Dodô não conseguiu mais parar. Foi tão fácil e natural que não lhe pareceu criminoso. Nem mesmo quando via as fotos dos bebês no noticiário. Nem assim conseguiu se convencer de que tinha feito algo errado.

Desde que o mundo é mundo, bruxas sequestram bebês. Parece um clichê. Dodô também achava isso. Enquanto o marido estava vivo, e ela tinha um trabalho que amava, levando uma vida produtiva e feliz, também teria ficado horrorizada com a notícia de sequestro de bebês. Porém, quando aconteceu com ela, foi diferente. "Aconteceu com ela" é um jeito de explicar que o ímpeto de enfiar um bebê na bolsa e levar para casa não foi uma decisão premeditada. Quando deu por si, já tinha feito. Em casa, deu banho no bebê, alimentou, deu colo, trocou a fralda. A criança nunca foi maltratada. Nem esse nem os outros que vieram depois. Ela também não era uma acumuladora. Nunca estourou a ocupação máxima de treze bebês por vez. Treze era o número de berços que tinha disponível. Para Dodô, o importante era que os bebês fossem felizes. Mamãe Dodô, como passou a ser seu apelido no clã, se rendeu ao estereótipo da bruxa que rouba bebês. Tornou--se a bruxa mais feliz do mundo.

No dia em que abriu a porta de casa e se deparou com uma caixa de delivery, seu primeiro pensamento foi: será que agora as pessoas estão me enviando bebês por livre e espontânea vontade?

Abriu o zíper, cheia de esperança.

Deu de cara com Bijoux.

— Bilú? — exclamou.

Reconheceu a cara do gato que vinha causando rebuliço no clã.

— Você não é aquele GT que a Caliandra contratou, e que depois Valquíria levou embora?

Bijoux assentiu.

— Ah... seu danadinho! Você sabe que no nosso clã temos uma regra que proíbe a contratação de GTs, né?

O gato baixou os olhos.

Com trezes bebês em casa, Dodô acompanhava as notícias do clã meio que por alto. Bijoux era um desses assuntos que ela acompanhou até certo ponto, depois ignorou porque simplesmente não tinha tempo para picuinhas entre as colegas.

Botou Bijoux para dentro, como teria feito com qualquer criaturinha indefesa deixada na porta da sua casa.

— Você gosta de bebês, Bilú? — perguntou.

Bijoux detestava bebês. Ele só queria voltar para o palacete de Valquíria, onde *ele* era o bebê. Também queria explicar que ela tinha confundido seu nome. Era Bijoux!

— Ai, Bilú, coitadinho de você. — Mamãe Dodô o embalou no seu colo aconchegante.

Por mais irritado que Bijoux estivesse, não pôde deixar de se render ao colo de Mamãe Dodô. Era coisa de profissional. Ela era toda roliça. Braços, pernas, barriga, sendo que a fartura de gordura culminava nos peitões imensos, fartos e acolhedores.

Mas então um bebê entrou em módulo histeria e ela foi correndo acudir. Bijoux aterrissou em cima da barriga de um palhaço. Quase infartou de susto com a risada esganiçada emitida pelo brinquedo. Deu um pulo apavorado e pousou em cima da caçamba de um caminhão de plástico que deslizou sozinho até bater em cheio na parede. Não havia um trecho livre onde desse para pisar no chão daquela sala. O lugar era como um canteiro de obras mirim. Dinossauros, bolas, bailarinas e outras criaturas aleatórias espalhados em meio ao caos que era a casa de Mamãe Dodô. Fora o barulho. Os bebês soltavam berros agudos de estourar os tímpanos. Tocavam "instrumentos musicais" rústicos, sem ritmo algum, sem cadência, gerando barulhos irritantes. Alguns choravam. Outros balbuciavam coisas desconexas. Era bem perturbador.

Bijoux estudou o ambiente. O lugar era uma creche no sentido mais caótico da palavra. O cheiro era azedo-adocicado e os bebês estavam por todo canto. Alguns em berços, outros engatinhando pelo chão, uns em cadeirinhas em cima do balcão da cozinha, outros suspensos no ar, encaixados em cadeirinhas de tecido que pendiam do teto por uma faixa elástica, permitindo que o bebê relasse os pés no chão, pegasse impulso e voasse para cima. Um deles, o maior de todos, encaixado num andador, se deslocou até onde Bijoux estava. Segurava um chocalho na mão e a cada dois passos martelava o chocalho no andador, feito um juiz martelando uma sentença.

Onde estava Valquíria? Bijoux se perguntava. Onde estava Caliandra? Como ele tinha ido parar ali? Dodô era a sua nova babá? Ele ficaria ali até que Valquíria voltasse para levá-lo embora? Bijoux sabia de pessoas que trabalham como babá de gato. Foi atrás da Dodô, ela com certeza saberia responder. Perguntou diretamente, da única maneira como um gato se comunica com uma bruxa, por telepatia. Caliandra respondia. Valquíria respondia. A maioria das bruxas a quem ele havia prestado serviços em sua vida pregressa respondia. Dodô, não.

Ela nem sequer deu sinal de que estava ouvindo o que Bijoux dizia. Foi desesperador. Por onde ela ia, o gato a seguia. Cozinha, banheiro, lavanderia, berçário, sala, quintal, lavanderia, banheiro, cozinha, varal, lavanderia, varal, lavanderia, cozinha, a tarde inteira. O tempo todo Mamãe Dodô carregava bebês grudados ao seu corpo. Um amarrado na frente, outro nas costas, um no braço. Conversava com todos, sem ignorar ninguém. Dodô era boa no negócio. Ela se divertia com o pandemônio dos bebezinhos como se estivesse no paraíso. O único que ela ignorava era o gato.

Ao final da tarde, cansado e humilhado, aproveitando que a mulher passava com uma cesta de roupas recém-tiradas do varal, Bijoux saiu pela porta do fundo e foi explorar o sítio.

Precisava de um pouco de ar.

Havia um parquinho com brinquedos de plástico de cores chamativas. Vermelho, amarelo e azul. Um escorregador, um cubo com buracos que pareciam janelinhas, uma gangorra, um gira-gira. Bijoux subiu pelo escorregador. Dali dava para pular na copa de um cajueiro. Pulou.

Acomodou-se num galho grosso e firme. Era uma árvore frondosa, forte e livre de bebês. Bijoux se deitou com a cabeça virada em direção à casa. Avistou Dodô sentada na cadeira de balanço da varanda. Um pano de prato pendurado no ombro, um bebê no colo e quatro aos pés. Dois em cadeirinhas e dois soltos, engatinhando. Ela botou um peito para fora e um par de mãozinhas ávidas se agarraram a ele. O bebê meteu o bico do peito na boca e sugou com vontade, no seu momento de exclusividade total.

Na árvore, Bijoux ouviu um farfalhar entre as folhas. Virou-se devagarinho, pedindo ao cosmos que fosse qualquer coisa, menos um bebê escalando.

Era um gato. O Guardião.

Amarelo-escuro, quase laranja, gordo, patas curtas, rabo peludo, cara redonda e olhar camarada. Apresentou-se como Batata Frita.

— Sério?! — Bijoux perguntou, chocado.

O gato assentiu, cabisbaixo. Tinha uma voz grave e séria. Nada a ver com o que se esperaria de alguém chamado Batata Frita.

— Mas você não é o Gato Guardião dela?

— Sou.

— E mesmo assim ela te deu o nome de Batata Frita...?

— Sim — respondeu o outro, soturno.

— Prazer, eu sou Bijoux.

— Ah, achei que fosse Bilú.

— É Bijoux. Bi-joux.

Batata Frita sentou nas patas traseiras e manteve o olhar fixo em Dodô, que seguia amamentando.

Suspirou.

— Eu só estou de passagem — explicou-se Bijoux. — Nem sei por que estou aqui, não é definitivo. Você pode ficar tranquilo. Eu tenho dona. Talvez você a conheça. A Valquíria, do Clã da Sutileza.

Batata Frita arregalou os olhos, impressionado.

— Valquíria? Só conheço das chamadas de vídeo. É uma bela bruxa. Muito bonita.

— Obrigado.

— Mas você não é o Guardião dela, né?

— Eu sou o Oficial.

— Uau! — Batata Frita soltou um assobio de admiração. — Parabéns.

— Obrigado.

Não havia traço de inveja ou rancor em Batata Frita. Apenas uma admiração desinteressada, como a dos anciões que acompanham as novidades da juventude, acham bacana, sem desejar nada daquilo para si.

— Eu estou na minha sétima vida — comentou Batata Frita, evidentemente lendo os pensamentos de Bijoux. — Todas dedicadas à Mamãe Dodô. Sete vidas inteiras de serviços. Tivemos bons momentos. Nem sempre foi assim, sabe?

Bijoux entendeu que o gato se referia aos bebês.

— Houve uma época em que era apenas eu, ela e o marido. Dodô tinha um marido tão bom... ele era carinhoso comigo. Artista do tipo autocentrado. Nunca nem percebeu que Dodô tinha habilidades mágicas. Foi uma época tranquila.

155

Bijoux reparou no tom saudosista acompanhado de um esboço de sorriso. Imaginou como seria dedicar sete vidas inteiras a uma única bruxa. Imaginou-se passando o resto da sua existência como *pet* da Valquíria. Era o que ele mais queria. Ele precisava voltar para o palacete o quanto antes. Valquíria devia estar preocupada com ele.

— Tenho que avisar Valquíria que estou aqui. Ela deve estar preocupada comigo. Se eu fosse um guardião, mandava mensagem por telepatia, mas não é o caso. Sou um Gato Temporário.

— Contratado pela Caliandra. Sim, estou a par de tudo. Eu te ajudo — disse Batata Frita como quem entende perfeitamente.

— Mesmo?!

Ele prosseguiu no mesmo tom grave.

— Amanhã é sexta-feira. Tem *live* do clã. Eu te ajudo a aparecer quando for a vez de a Dodô falar.

Para Bijoux, foi comovente receber tamanha oferta de ajuda de um Guardião. Sua experiência com Sphynx não tinha sido das melhores.

Na cadeira de balanço na varanda, Mamãe Dodô já tinha amamentado quatro bebês.

Estava indo para o quinto.

— Como ela consegue ter tanto leite? — perguntou Bijoux.

Batata Frita balançou a cabeça de leve, deu uma fungadinha antes de responder e, sem desgrudar os olhos da bruxa, comentou:

— Se eu te disser, você vai achar que estou exagerando. É melhor você ver com seus próprios olhos.

Bijoux se acomodou no tronco. Estava confortável ali. Podia passar horas observando uma cena interessante. Pelo visto, a amamentação dos treze bebês era realmente um processo que levava horas.

— Ela não se cansa? — perguntou.

— Ela tem um ordenhador elétrico.

— Que nem de vaca?

Batata Frita assentiu.

— Sabe o que eu acho mais doido disso tudo?

Bijoux fez que não. Para ele, tudo parecia doido, os bebês sentadinhos em roda, martelando com martelos de plástico na cabeça de bonequinhos esmagados no chão; o maior de todos andando pela varanda no seu andador feito um xerife inspecionando os outros; o bebê voador içado da viga da varanda, soltando gritinhos conforme alcançava voos cada vez mais altos; o que dormia profundamente num canto, como se não estivesse no meio de um pandemônio... o que cagava num canto, fazendo caretas.

— O quê? — perguntou Bijoux.

— A maneira como Dodô conseguiu se justificar moralmente com o clã.

Batata Frita explicou que, no começo, o clã achou criminoso. Ameaçaram expulsá-la. Ludmila chegou a dizer que aquele era um clã sério, não admitiria sequestro de bebezinhos. Disse que roubar bebês estava no mesmo nível de cozinhar perninha de sapo. O tipo de coisa que gera um estereótipo impossível de reverter depois. A ordem era para que Dodô devolvesse os bebês e resolvesse seus desejos de maternidade como uma mulher adulta.

Mamãe Dodô acatou em parte. Prometeu que os bebês seriam devolvidos para suas famílias assim que começassem a andar. Achava cansativo cuidar de bebês depois dessa fase. Enquanto estavam no colo, ou no máximo engatinhando, era gostoso. Depois era uma canseira só. Ela criou um sistema rotativo, em que mais ou menos a cada dois meses, um bebê era devolvido, abrindo vaga para um novo, ainda de colo. Nem todas as integrantes do clã acharam que isso resolvia a questão. Algumas protestaram que isso não aliviava em nada. O problema era tirar os bebês das famílias, nem que fosse por um único dia. Não podia! Alegaram que era crime.

Dodô então montou uma apresentação mostrando o que acontecia com os bebês após o retorno aos pais. Fez um *power-point* com fotos tiradas com câmeras de paparazzi. Os bebês voltavam muito mais tranquilos. Inclusive, mostrou resultados de exames médicos que indicavam uma melhora na imunidade dos bebês graças ao seu leite materno de excelente qualidade. Protegidos cem por cento de qualquer virose, gripe e doenças típicas de bebês. Voltavam gordinhos, com olhinhos brilhando, unhas cortadas. Não havia trauma nem dano algum. Os pais reviviam a emoção do nascimento, caíam de joelhos, com um amor renovado, mais pulsante do que nunca. Ateus passavam a acreditar em Deus. Mães pagavam promessas feitas no momento de desespero, e pais faziam novas promessas em pagamento por aquele milagre da devolução. Todos saíam moralmente fortalecidos.

Depois dessa explicação, Valquíria foi a primeira a defender Mamãe Dodô.

— A minha Valquíria?! Ela é amiga da Dodô?! — perguntou Bijoux.

Batata Frita explicou que elas não eram exatamente amigas, mas Valquíria a defendeu com unhas e dentes. Argumentou que, sendo bruxa, Mamãe Dodô tinha o direito de viver à margem da moralidade vigente. Disse que, para uma bruxa, as leis, a ética e a moral da sociedade tal como a conhecemos não se aplica. Foi além, disse que elas tinham toda a liberdade para criar seus próprios códigos morais e éticos. Defendeu Mamãe Dodô por ela estar usando seus dons mágicos para seu próprio deleite particular — o que era admirável —, dando uma oportunidade para as famílias valorizarem mais suas crias.

— Ela disse "crias"?! — questionou Bijoux.

— Valquíria sempre se refere aos bebezinhos como crias. Como se fosse uma criação de bichos. Tipo escargot — respondeu Batata.

Bijoux deu uma risadinha. Típico de Valquíria.

A segunda a se condoer com o desejo de maternidade da Mamãe Dodô foi Magda, que sente algo similar em relação aos animais do seu santuário. Para Dodô, o fraco era por bebês; para Magda eram búfalos, cavalos, vacas. Havia um parentesco emocional.

Seria hipocrisia da sua parte condenar Dodô.

Já Caliandra achou que era demência pura, mas como não havia maldade, também não quis julgar Dodô. Ludmila não conseguia entender por que alguém em sã consciência mantém treze bebês em casa, e por não entender, não se achou no direito de opinar.

Eu fui contra. Achei perigoso demais.

Batata Frita também comentou que a sétima bruxa, ainda parte do clã na época, foi contra. Mas como éramos minoria, nossas opiniões não fizeram diferença alguma.

— Mas eu ainda não entendo como ela produz tanto leite sem ter parido nenhum deles — disse Bijoux.

Batata Frita tossiu seco, cuspiu uma bola de pelo e prosseguiu:

— Dodô queria muito ter seus próprios filhos. Muito mesmo. A mulher era obcecada com a ideia de ter filhos. Ela tentou durante anos. Eu que o diga. Acompanhei tudinho. Dava dó. Todo mês ela se enchia de esperança, e nada. Fez umas mandingas brabas. Não vou nem entrar em detalhes porque você não ia acreditar.

— Conta! Agora conta! — insistiu o outro.

Batata Frita encarou Bijoux de canto de olho, avaliando se ele tinha condições de processar a informação.

— Se você insiste...

As mandingas eram do tempo da bisavó da Dodô, também bruxa. Mandingas de um tempo em que as pessoas eram menos refinadas, quando ainda se usava caldeirão. Dodô nem tinha caldeirão em casa. Teve de comprar um na feira. Dirigiu por quatrocentos quilômetros, sertão da Bahia adentro. Quando voltou, estava com o porta-malas cheio. Tinha cachos do primeiro corte de cabelo de um bebê recém-nascido, dentinho de leite, leite de vaca, ovos de galinha caipira, pena de cegonha, pata de canguru.

— Pata de canguru no interior da Bahia?! — exclamou Bijoux, incrédulo.

— Eu falei que você não ia acreditar.

Batata Frita se calou, com um jeito ofendido.

— Desculpa, continua. Eu acredito. Que mais?

— Deixa eu ver... ah, sim, pimenta-malagueta, caracu e guaraná. Tudo em pó. Um cordão umbilical e uma placenta que parecia um bife. O cordão e a placenta vieram num isopor com gelo. Ela deve ter parado em vários postos de gasolina pra comprar gelo novo porque isso foi em fevereiro. Um calor dos infernos.

— E daí ela cozinhou tudo?

— Cozinhou tudinho. Só que não é que nem sopa. Foi em fogo baixo, demorou pra caramba. Treze dias de cozimento, noite e dia.

— E o marido?

— Estava na Califórnia, participando de uma exposição. Dodô planejou tudo. No final do cozimento, obteve um líquido espesso, cor de vinho tinto, que ela guardou num garrafão. Só não me pergunte como ela convenceu o marido a beber aquilo. Mas o homem bebeu, porque logo que ele voltou, numa noite de Lua Cheia, ele bateu as botas. Tenho certeza que foi por causa da beberagem. Infarto fulminante.

— E ela?

— Então... aí é que começa a história do leite. Depois que Dodô bebeu o troço, não engravidou, mas seus peitos começaram a crescer e crescer até ficarem desse tamanho aí que você está vendo. Só que... detalhe: cheios de leite. Vazava leite. Lembro da coitada de luto, chorando pelos cantos e o leite vazando junto, como se os próprios seios chorassem a morte do marido.

— Daí ela começou a roubar bebês?

— Sim.

Bijoux ajeitou a cabeça sobre as patas dianteiras. Fechou os olhos, pensativo.

Acreditou na história. Era extravagante, mas não inverossímil. O bom de ter sido Gato Temporário durante tanto tempo é que ele tinha passado por todo tipo de bruxa. Sabia do que somos capazes. Mamãe Dodô era um caso extremo, mas coerente com tudo o que ele já tinha visto antes. No fundo, era uma boa pessoa. Bastava olhar para Batata Frita. Para conhecer a índole de uma bruxa, basta observar seu

Gato Guardião. Bijoux bocejou. Estava com sono. Já era tarde da noite e Mamãe Dodô havia entrado há tempo.

Imitando o jeito de Batata Frita, acomodou-se melhor entre os grossos galhos do cajueiro. Ali era um bom lugar para dormir. Pensou em Valquíria. Sentiu confiança na ajuda de Batata Frita. Tudo se ajeitaria. Mesmo não entendendo como e por que tinha ido parar ali, confiou. No céu, a Lua Nova sorria no além, dando um arremate surreal àquele pedacinho de mundo.

12

Em seu palacete, Valquíria sentia falta de Bijoux. Sentia falta da sua carinha de bobo apaixonado sentado na beira da piscina, observando-a como se ela fosse uma divindade. Sentia falta da maneira como ele se juntava a ela quando saía da água e ia tomar seu café da manhã. Ficava ao pé da cadeira, ansioso pelo momento em que ela lhe jogaria um pedacinho de toranja. Sentia falta do seu jeito dissimulado de pular no colo, achando que ela estaria distraída e nem perceberia. Mais que tudo, sentia falta do jeito como ele virava a barriga para cima e botava as patinhas para o alto para que ela acariciasse sua pança. Ele era fofo.

No tempo em que ficou no palacete, Bijoux tornara-se seu brinquedinho. Ele a fazia rir e despertou um carinho que ela não sentia por ninguém. Ninguém mesmo. Tudo isso ela me disse enquanto boiava no seu colchão de ar, segurando uma garrafa de tequila, às nove da manhã de uma quarta-feira, horário e dia em que normalmente estou trabalhando.

É neste ponto da história em que eu passo a participar mais ativamente da trama. Se até aqui eu estava na postura de narradora distante, agora esse conforto acabou.

Valquíria precisava desabafar, e a escolhida fui eu.

Se eu estava interessada nos seus problemas, não importava. Ela desembestou a falar, sendo que Valquíria e eu não tínhamos intimidade alguma. Não até esse dia, pelo menos. Para mim, foi um choque. Posso contar nos dedos da mão as vezes em que Valquíria havia me ligado antes para conversar. Sempre distante, arrogante, com seu corpo sarado e bronzeado, ela nunca criou laços de amizade com ninguém no clã, a não ser Ludmila.

Então, quando atendi a chamada de vídeo, fui logo perguntando se tinha acontecido alguma coisa. Valquíria ignorou minha pergunta. Estava nua, na piscina, apenas de chapéu e óculos escuros, garrafa na mão e a fim de falar. Nem perguntou como eu estava, ou se estava podendo conversar. Alguns moços de laranja iam e vinham. O enquadramento era ruim, mas consegui enxergá-los por partes, da cintura para baixo, ou só os pés. A não ser quando ela pedia a um deles que entrasse na água e ficasse nadando em torno dela. Daí dava para vê-los de corpo inteiro.

— De costas! — ordenou ela.

Foi uma visão admirável. Os bíceps, os gominhos abdominais, o bronzeado da pele. Elogiei, óbvio. Valquíria baixou os óculos e encarou o moço como se o visse pela primeira vez. Comentou que não se comparava a Bijoux.

— Eles não têm a mesma inocência... nem devoção.

No clã, rolava o boato de que Valquíria os obrigava a jurar devoção eterna a ela todos os dias. Aproveitei que ela estava ligeiramente alta e perguntei se isso era verdade. Ela abanou a mão, num gesto que dava a entender que minha pergunta era uma bobagem.

— Eles não morreriam por mim, que nem Bijoux... — respondeu, com um suspiro.

Entornou a garrafa de tequila.

— Ou morreriam? — questionou em seguida, com um sorrisinho maldoso.

Fiquei tensa. O moço que nadava à sua volta afundou a cabeça na água, sumiu do meu campo de visão e não voltou mais.

— Sabe o que me deixa mais furiosa? — perguntou ela e já emendou a resposta. — É saber que ele não está mais aqui porque eu mesma o despachei para a babylândia da Mamãe Dodô! Porque se não fosse aquela ridícula da Caliandra ter tido a pachorra de vir aqui pegar o coitado, ele ainda estaria comigo. Mas eu ia deixar? Nem por cima do meu cadáver. Daí o que eu faço? Despacho ele para os cafundós porque foi a primeira ideia que me ocorreu num momento de desespero. E daí pensei, qual o lugar mais distante para onde posso despachar Bijoux pra que a outra não chegue até ele? Babylândia, claro! Então catei a caixa e nos transportamos pra lá. Porque eu estava pensando muito mais em como castigar a outra do que em como proteger o meu Bijoux. Alguém pode me explicar por que eu ajo assim? Faz sentido pra vocês?

Não entendi se aquela pergunta era para mim ou para os moços de laranja. Além do que nadava à sua volta, havia um que estava aguando as plantas e outro que ficava parado perto do trampolim, segurando uma toalha.

O que estava aguando as plantas se arriscou a responder.

— Porque você tem palavra, minha Deusa...?

Para Valquíria, que tinha começado essa mania de conversar com os criados somente há três dias, também era uma surpresa cada vez que um deles respondia quando ela perguntava.

Assustada com a ousadia do moço, ela se virou para ele, encarando-o.

— Repete — ordenou ela.

— Porque você tem palavra, minha Deusa!

Valquíria ajeitou os óculos escuros para reparar melhor no moço. Pediu que o nadador saísse da piscina e aquele entrasse. Assim foi feito.

Ela seguiu me contando como tinham sido os dias de Bijoux no palacete e tudo o que eles viveram juntos.

— Eu precisava de mais tempo com ele! Eu não consegui extrair o resto do homem. Eu! Justo eu, que ressuscito bichos desde criancinha. Quantas bruxas você conhece que ressuscitaram a própria avó? Pra mim isso nunca foi problema. Explica pra mim uma coisa. Em teoria, quem consegue ressuscitar não deveria conseguir exorcizar também? Então como diabos eu não consegui arrancar aquele resto de Hélio Zanini do corpo do coitado? Você consegue me dizer?

Dessa vez nem eu, nem nenhum dos moços de laranja se atreveu a responder.

— E daí, vem aquela pateta da Caliandra, e me transfere espíritos de um corpo para o outro. É humilhação demais.
— Valquíria arrotou.

Um dos moços de laranja sugeriu que ela entregasse a garrafa de tequila. Valquíria o xingou com palavras que prefiro não reproduzir aqui. Só digo que ela estava péssima.

Péssima, mesmo. Meu medo é que ela vomitasse na piscina.

— Mas sabe o que é o pior? — perguntou ela.

— O quê? — questionei de volta, acompanhada pelos moços de laranja.

— Eu amava aquele gato. Ainda amo. Eu amo o Bijoux. Pode isso? Olha pra mim agora! Olha o que o amor fez de mim!

Tentei acalmá-la, dizendo que o amor é assim mesmo. Às vezes machuca.

— Ah, cala a boca! — respondeu, dessa vez obviamente para mim.

Mutei meu microfone.

— Preciso da sua ajuda — disse ela.

— Pois não, minha deusa — o moço que ainda estava na piscina logo respondeu, apoiando os braços bronzeados no colchão de ar.

— Você não, idiota. — Ela afundou a cabeça do moço dentro da piscina. Virou-se para mim.

— A *sua* ajuda! — disse, encarando a câmera do celular.

Estávamos no ápice da Lua Cheia e tínhamos uma chamada de vídeo agendada para a meia-noite. Valquíria não queria entrar na *live* com o coração abalado. Isso seria uma demonstração de fraqueza. Humilhante demais, ela disse. Em toda a sua vida, nunca havia sofrido por amor. Desdenhava de quem sofria. Se é verdade que ela nunca tinha sofrido de fato, nunca saberemos. Eu, pessoalmente, duvido. Todo mundo sofre de amor em algum momento.

Mas não era meu papel questionar, até porque havia uma explicação para esse domínio emocional de que ela tanto se orgulhava. Durante os sete anos em que viveu numa caverna no Cazaquistão, Valquíria aprendeu a dominar pensamentos, emoções e instintos. Aprendeu a arte de desfazer sentimentos. Havia um procedimento para tal, e era aí que eu entrava. Ela precisava de uma cúmplice, alguém que a acompanhasse durante o ritual de "desmanche", como chamou. Explicou que eu não precisaria fazer nada, apenas estar presente do início ao fim, como testemunha ocular.

No fim do dia ela voltou a me chamar. Estava vestida com botas de couro douradas que subiam até o meio das coxas, um cordão de ouro na cintura com um pingente cobrindo o umbigo, braceletes dourados, um colar de pedras de ônix que dava três voltas no pescoço e uma gargantilha de ametista. Também parecia que tinha besuntado a pele com algum tipo de loção. Depois eu soube que era uma combinação de urucum com cúrcuma. No quadril, uma cinta com sua adaga embainhada.

Estava maquiada como quem vai a uma festa. A maquiagem exagerada era uma máscara eficaz que a ajudava a se comportar de acordo com sua versão idealizada.

Encaixou o celular num tripé para que eu tivesse uma boa visão do seu altar. Contemplou-se no espelho acima da lareira. Num estalar de dedos, labaredas emergiram das toras de lenha. No segundo estalo, elas recuaram um pouco. Era como se Valquíria ajustasse a temperatura de um aquecedor elétrico com simples estalos de dedos. Pelo reflexo do espelho eu pude ver a janela do fundo do gabinete. A vista era magnífica. O céu estava alaranjado. Logo entendi que se tratava de um feitiço de crepúsculo. Olhei no meu celular, faltavam dezessete minutos para o pôr do sol. Feitiços assim são extremamente delicados, pois só dão resultado se executados no instante exato em que o sol se retira. Caso a bruxa erre o timing, terá de esperar vinte e quatro horas para tentar de novo, sendo que o mero fato de ser a segunda tentativa já tira uma força considerável do feitiço.

Valquíria passou os dez minutos seguintes em concentração total. Pediu que eu fizesse o mesmo. Também sugeriu que eu me despisse. Nessa hora, fiquei sem reação.

— Eu não vou olhar — disse ela, e se virou de costas. Voltou a encarar a própria imagem no espelho, certa de que eu obedeceria.

Eu conhecia bem a sua teoria de que a prática da magia exige uma entrega total, e que despir-se de nossos trajes mundanos é o primeiríssimo passo. A teoria tem fundamento, mas eu mesma nunca havia tentado por motivos que não vêm ao caso agora.

Apalpei meu pijama, pensando por onde começar. Tirei as pantufas, as meias de dedinho. Imaginei o que ela pensaria das minhas meias de dedinho com estampa de melancia, e do fato de eu já estar de pijama àquela hora... Tirei o pijama de bolinhas, a calcinha. Senti-me vulnerável, em vídeo, com Valquíria à minha frente e as chamas da lareira com suas feições diabólicas. Tive medo.

Sem abrir os olhos, Valquíria disse:

— Se quiser, pode pegar algum amuleto pra se sentir mais protegida.

Foi como ouvir a voz de uma amiga. Por um segundo, tive uma impressão nebulosa de que éramos amigas, ou já tínhamos sido amigas antes, ou seríamos amigas algum dia. Foi uma intuição que veio e foi num triz. Depois que passou, me deixou com a certeza de que eu estava fazendo a coisa certa, embora não entendesse bem por quê. Amarrei um lenço vermelho na cabeça: meu melhor amuleto, e imediatamente me senti protegida.

No altar na lareira da Valquíria também havia um tecido vermelho, só que de veludo. Ela o desdobrou com gestos lentos. Toda a sua energia concentrada em cada movimento, atenta a cada detalhe do procedimento, feito uma cirurgiã. Ajeitou o que, inicialmente, achei que fossem fios de cabelo. Mas logo vi que eram tufos dos pelos de Bijoux. Pelos pretos e lustrosos, que ela acariciou em despedida. Depois do desmanche, nunca mais sentiria nada por aquele gato. Lágrimas rolaram por seu rosto. Não era um choro sofrido. Apenas lágrimas que escorriam enquanto seu rosto permanecia inabalado.

Na lareira, as flamas deslizaram acima do carpete e formaram um semicírculo em seu entorno. As feições demoníacas não me causaram medo, pois reconheci ali sete entidades a serviço de Valquíria. Quando dei por mim, estava inclinando a cabeça para a frente, num sinal de reverência a elas. Os demônios me cumprimentaram de volta, num gesto igualmente sutil. Em coro, sussurraram palavras de encorajamento numa língua que eu compreendi sem entender. Então Valquíria arrancou um fio de cabelo do topo da cabeça e o enrolou em torno do tufo de pelos. Formava uma espécie de trançado de pelos de gato com cabelo humano.

Através do reflexo do espelho eu conseguia ver a linha do horizonte, e o que restava da luz do sol. Agora, apenas um fino arco mergulhando na noite escura. Reparei nos olhos de Valquíria, com a típica íris amarela de animal selvagem.

Suas pupilas reluziam com uma luz própria, e numa sintonia perfeita com o último movimento do Astro Sol para aquele dia, ela ergueu o braço, empunhando a adaga. Depois, no exato instante em que a escuridão da noite engoliu o último raio solar, Valquíria cravou a adaga no emaranhado de pelos e cabelo, degolando sua relação com Bijoux para todo o sempre.

Os demônios de fogo se recolheram para os limites da lareira. Valquíria jogou o tecido vermelho com os restos dentro. Na forma de labaredas, eles devoraram o embrulho.

Ouvi a mastigação, a crepitação. Agora o gabinete estava escuro, o fogo sendo a única fonte de luz.

Valquíria não sentia mais nada, apenas a satisfação por um procedimento bem-executado. Estalou os dedos novamente. As labaredas retrocederam para um foguinho insignificante. Foi somente então que me dei conta de que, durante todo esse tempo, eu estava de olhos fechados. Se vi todos esses detalhes, foi por uma visão que não tinha nada a ver com a da câmera do celular. Ouvi a voz de Valquíria me agradecendo. Quis responder. Não consegui. Levou um tempo até que eu recuperasse os movimentos do meu corpo, sentisse o ar entrando por minhas narinas e conseguisse abrir os olhos. Quando finalmente consegui, e olhei para a tela do celular, a chamada havia sido encerrada.

13

À meia-noite em ponto Ludmila abriu o encontro nos saudando com uma louvação à Lua Cheia. Vestia um terninho branco, de corte elegante. Os cabelos presos num coque no alto da cabeça e um colar de pérolas simples, apenas uma fileira, sem penduricalhos. Nada no seu visual denunciava que ali havia uma chefe de clã de bruxas. Eu, que normalmente entro de pijama nesses encontros, por causa do horário, estava com um vestido preto e uma echarpe roxa no pescoço. As demais colegas comentaram minha aparência elegante. Ludmila disse que, mais do que chique, o vestido e a echarpe de cashmere eram sinal de evolução. Fez um comentário sobre meu velho pijama e me parabenizou pelo novo visual.

Eu só agradeci e fiquei na minha, com receio de me denunciar. Ainda estava um pouco mexida com o ritual de desmanche, preocupada em não deixar transparecer. Fiquei de microfone desligado. Valquíria, numa mensagem privada, comentou que dava para notar que o ritual tinha mexido comigo num bom sentido. De fato, eu estava bastante sensibilizada com o que tinha visto poucas horas antes.

Magda chegou pedindo desculpas pelo imprevisto. Nem precisou se explicar muito. Assim que vimos o enquadramento do celular, com metade do corpo de uma vaca ao fundo, entendemos que era alguma questão com os animais do santuário. Ela segurava um bezerro no colo. Explicou que a noite estava um pouco abalada. Ia contar qual era a questão da vaca e do bezerro, mas Ludmila a interrompeu dizendo que tudo bem, não precisava explicar. Pediu que ela fechasse o microfone para que os mugidos não atrapalhassem o encontro.

Valquíria usava um xale preto de renda. Estava deitada no divã do seu gabinete, bebericando numa taça de licor. Ela ergueu o copinho e nos cumprimentou com um brinde. Estava sorridente, aspecto energizado, com dois moços de laranja posicionados ao seu lado, um segurando uma bandeja com a garrafa de licor, o outro simplesmente ali, de sentinela. O detalhe é que ambos estavam sem a tradicional bata, apenas com a calça laranja. Sobre o tórax nu, usavam alguns colares de miçangas cruzados. Era tentador colocar a imagem deles em destaque, mas não ousei.

Mamãe Dodô, a próxima a entrar, estava amamentando um bebê vestido feito um coelho, ao mesmo tempo que tentava acalmar um segundo bebê agitado que ficava enfiando a mão dentro da sua boca, impossibilitando que ela cumprimentasse o clã.

Na câmera de Caliandra, tudo o que víamos era o logotipo da clínica de quiropraxia, uma coluna vertebral branca num fundo preto. Ludmila quis saber se ela estava com algum problema técnico.

A resposta veio apenas por áudio. Caliandra pediu uns minutinhos porque o seu sinal estava ruim. Explicou que já estava dando um jeito.

— Enquanto aguardamos, alguém poderia cantar para as forças da Natureza? — pediu Ludmila.

Magda abriu o microfone e entoou um cântico de louvor à Mãe Terra. Ao fundo, o mugido da vaca foi amainando, talvez graças ao embalo da cantoria. O bezerro em seu colo fechou os olhinhos, esfregou o topo da cabeça contra seus ombros. Magda então o aninhou delicadamente ao lado da vaca, que foi se agachando para acomodá-lo. Porém, o celular caiu e o enquadramento passou a ser a pata da vaca e os pés da Magda. Mas ainda era possível ouvir o cântico. Só por isso Ludmila não interrompeu, se bem que pela sua feição dava para ver que ela não estava gostando nem um pouco da presença da vaca e do bezerro num encontro do clã.

Não sei se foi resquício da cerimônia da Valquíria, mas eu achei que a vaca fazia um muxoxo de fundo que se encaixava perfeitamente à melodia, como se ela e Magda formassem um dueto. Comentei isso em mensagem privada para Valquíria. Ela respondeu com uma figurinha hilária de uma vaca cantando ópera. Mas, fora nós duas, ninguém quis chamar a atenção para o fato de a vaca estar cantando. Seria abrir uma discussão que não vinha ao caso.

Ludmila agradeceu pelo cântico e chamou por Caliandra.

— Caliandra! Não temos a noite toda.

— Prontinho! — Primeiro veio o áudio cantarolado dela, depois a imagem que nos deixou boquiabertas.

Caliandra dirigia um motorhome.

A câmera estava enquadrada de tal modo que mostrava boa parte do fundo. Dava para ver um sofá, a cozinha com a pia cheia de louça, alguns quadrinhos com fotos pendurados nas "paredes", uma TV, um computador. O ambiente tinha um clima aconchegante. Reconheci vários itens de quando a casa de Caliandra costumava ser no andar de cima da clínica de quiropraxia.

— Tô indo pra Bahia! — informou, com um sacolejo de ombros, imitando um ritmo de afoxé.

Caliandra dançando afoxé?

Ela parecia estar ótima, dirigindo numa estrada vazia, muito segura de si. Tomou a palavra, ignorando o protocolo da reunião, e se dirigiu a Mamãe Dodô.

— Dodô, me fala do Bijoux. Como ele tá?

Mamãe Dodô se atrapalhou para abrir o microfone. Quando enfim conseguiu, tudo que se ouviu foi um berreiro de bebês descontrolados.

— Quem?! — Mamãe Dodô perguntou, sem entender direito o que Caliandra tinha perguntado.

— O Gato Temporário que a Valquíria despachou pra aí! — gritou Caliandra, para se fazer entender apesar da choradeira.

— O Bilú tá ótimo. Vem cá falar oi, Bilú!

Vimos então o instante em que Bijoux pulou no colo da Mamãe Dodô e arreganhou os dentes para o bebê que estava no peito. O bebê ficou tenso e se agarrou ao pescoço de Dodô, que foi obrigada a se levantar da cadeira, deixando o lugar livre para Bijoux.

Em seu gabinete, Valquíria seguiu bebericando da sua tacinha de licor, com a expressão de quem assiste a um filme tedioso. Bijoux fez sua carinha mais fofa. Estreitou os olhinhos, do jeito que sabia que Valquíria gostava. Só que Valquíria não reagiu. Dava a impressão de que ela nem olhava para ele, embora não desse para saber para quem exatamente ela estava olhando. Fosse lá quem fosse, sua expressão era de indiferença.

Não havia resquício de amor em seu olhar, ou mesmo interesse, ou curiosidade para saber se ele estava bem, se tinha algo a dizer. Bijoux, sentado nas patas traseiras, na cadeira de Mamãe Dodô, ergueu a patinha, tocou na tela. Era evidente que ele tentava chamar a atenção de Valquíria. O pobrezinho só queria que ela olhasse para ele. Mas as únicas que responderam foram Caliandra e Magda.

Bijoux então meteu as patas no teclado. Digitou qualquer coisa no chat, num momento de desespero. Os caracteres aleatórios não fizeram o menor sentido, sequer serviram para chamar a atenção de Valquíria. Nervoso, Bijoux empurrou o mouse com a pata. Nada. Esfregou a pata no monitor, imaginando que pudesse ser um *touch screen*, mas na casa de Mamãe Dodô todos os aparelhos eletrônicos eram meio obsoletos. O monitor do computador era de um tempo em que nem existia o recurso de tocar na tela. Então nada aconteceu.

Bijoux, desesperado para se comunicar com Valquíria, partiu para a ignorância, pisando em todas as opções ao mesmo tempo: mouse, teclado e monitor até que o computador travou e tudo que se via na tela era a sua imagem congelada, com os olhos arregalados, língua de fora, ofegante e apavorado. Ao fundo, via-se um gato amarelo deitado em cima de uma poltrona. Batata Frita, velho conhecido de todas nós, encarava o comportamento de Bijoux com uma expressão de resignação, como quem já sabe, por experiência de uma vida inteira servindo a uma bruxa, que aquilo não podia acabar bem.

14

Caliandra tinha vinte e sete anos quando assistiu ao filme *Thelma e Louise*, a história de duas amigas que arrumam um carro conversível e fazem uma viagem pelo Texas porque não aguentam mais seus maridos enchendo o saco em casa. Com vinte e sete anos, Caliandra se sentia velha demais para ser considerada jovem, e jovem demais para ser considerada velha. Ela amou o filme. As personagens se divertiram horrores durante a viagem. Dirigiam com cabelos ao vento, paravam onde e quando queriam, riam e papeavam o tempo todo, fazendo confidências. Os dias eram ensolarados e elas estavam livres!

Quando assistiu a *Priscila, a rainha do deserto*, a história de drag queens que viajam pelo interior da Austrália, Caliandra também amou o clima de vida cigana, na estrada, sempre em movimento, cantando o tempo todo. O filme era um musical. Mas os personagens eram artistas e cantariam de qualquer jeito, sendo musical ou não. Divertiam-se o tempo todo, com figurinos espetaculares e cintilantes, que vestiam pelo simples prazer de se montar e ficarem deslumbrantes.

Caliandra nunca imaginou que pudesse viver algo igual. Nem nos seus sonhos mais delirantes achou que conseguiria. A ideia soava tão absurda que nem chegava a ser um desejo secreto. Enquanto vivia na sua clínica de quiropraxia, atendendo seus pacientes, na sua vidinha confortável com Djanira, Frida e os deliveries de comida e tudo o mais chegando na porta, por que ela sairia? Com a idade, a ideia de sair de casa só causava canseira e ansiedade.

Isso até Bijoux entrar em sua vida.

Pilotando seu motorhome por uma estrada no sul da Bahia, Caliandra se sentia muito mais jovem do que a sua versão aos vinte e sete. Agora havia um frescor especial em tudo que fazia. O shortinho jeans, por exemplo. Ela nem se lembrava de quando fora a última vez em que havia usado shortinho. Com as pernas expostas e livres, sentia-se uma criança sem supervisão de adultos. E daí havia a trilha de afoxé que ela não conseguia parar de ouvir. O ritmo baiano embalava o motorhome num beat suave e empolgante que a conduzia pelo estradão à frente. Quando se cansava de dirigir, estacionava perto de uma praia, subia no topo do motorhome e apreciava a vista.

Caliandra botava uma cadeirinha de praia, abria uma cerveja gelada, assistia ao pôr do sol diante do mar espetacular, curtindo o perfume da maresia, na vastidão daquele lugar abençoado chamado Bahia. Nem uma alma por perto, as estradas vazias.

Caliandra estava feliz.

Com Djanira no colo, Caliandra pensava em Bijoux e em como era grata a ele por ter lhe obrigado a sair de casa. Isso sem falar em Magda! Era tanta gratidão à querida amiga, por ela ter lhe dado a coragem de dar o primeiro passo. E Valquíria, então! A bruxa "maligna" que, achando que a estava castigando, acabou por curá-la.

Caliandra gravava longos áudios me contando tudo o que estava sentindo. Depois mandava selfies com as paisagens paradisíacas, a visão privilegiada do topo do motorhome. Comentou que, do alto do seu motorhome, Valquíria lhe parecia uma figura caricata. E que sua maldade, da qual ela tanto se envaidecia, no fundo estava a serviço de um bem maior.

Na hora de dirigir, Caliandra ia devagar, sempre pela pista da direita, nunca ultrapassando os sessenta quilômetros por hora. Se avistava um caminhão pelo espelhinho retrovisor, logo dava seta e ia se retirando para o acostamento, dando passagem. Os caminhoneiros agradeciam com uma buzinadinha.

Você não vai acreditar! Recebi uma cantada de um caminhoneiro quarentão. Ele veio a mais de cem por hora, pela pista da direita, e eu fui para o acostamento, para dar passagem. Toda hora eu vou pro acostamento, pra deixar os apressadinhos passarem. Mas quando me viu, ele desacelerou. Daí nós ficamos meio que viajando juntos. Uma hora ele alinhava comigo, emparelhado, tentando puxar conversa. Às vezes ia na frente, depois me deixava passar, mas sempre grudado. Achei romântico. Há décadas que eu não era paquerada. Será que foi por causa do shortinho? Ou será que é meu novo bronzeado?

Caliandra contou que, no começo da viagem, quando estacionava para dormir, trancava bem o motorhome e jogava alguns feitiços de proteção por medo de assalto.

Mas não o tipo de medo paralisante. Nunca considerou dar meia-volta, mesmo que as estradas estivessem ficando cada vez mais ermas e esburacadas. Ela acordava cedinho e já se colocava em movimento. Logo foi percebendo que a segurança vinha do movimento. Parada, era alvo fácil. Movimentando-se, conseguia desviar das ameaças: tipos estranhos no acostamento, crateras, motoqueiros. Caliandra seguia sempre em frente.

Sabe aquele velho ditado dos Rolling Stones? Quer dizer, não que o ditado seja dos Rolling Stones. Mas um ditado que diz que pedra rolante não cria limo? Esse! Eu me sinto assim. Outro dia Frida me disse uma coisa que achei tão tocante... Ela disse que apesar dos seus quatrocentos e quinze anos de vida no casco, está se sentindo com quinze. Os outros quatrocentos são como experiências acumuladas, mas que nem pesam tanto assim. Daí ela pediu que eu a colocasse no painel, não no lado do copiloto, mas bem no meio, para ter uma visão panorâmica da estrada. Hoje de manhã falou para a gente dar uma parada na praia porque queria dar um mergulho, você acredita? Há séculos que a Frida não tomava um banho de mar. Da última vez tinha sido no Caribe, junto com a minha tataravó, quando ela vivia trancafiada dentro do baú de um navio. Nem eu sabia dessa história! Deu muita dó... Naquela época, bruxas e animais de poder eram considerados coisas do demônio. Daí lógico que eu parei na primeira praia que apareceu.

Caliandra andava tão eufórica e satisfeita consigo mesma que nem falava mais em Hélio Zanini. Se eu não tivesse perguntado a respeito dele, acho que nem se lembraria do homem.

Ela respondeu dizendo que Hélio estava bem, sim.

Eu falo com a Cidinha, a companheira dele, de vez em quando. Ela me disse que ele está melhor do que nunca. Menos estressado. Falou que parece uma nova pessoa.

Quando perguntei se Hélio não deveria estar debilitado, ela respondeu que tinha uma teoria sobre o que estava acontecendo internamente com o homem.

Segundo a teoria de Caliandra, os trinta por cento da substância etérea (ela preferia esse termo a espírito ou alma) que não retornaram ao corpo do Hélio eram exatamente a parcela que estava lhe trazendo perturbações. Prova disso era que suas dores na lombar tinham sumido. Disse que estava considerando seriamente não finalizar o procedimento, para o próprio bem do paciente.

— E o coitado do Bijoux? — perguntei.

Caliandra respondeu que estava indo para a casa de Mamãe Dodô justamente para pegá-lo de volta. Disse que eu podia ficar tranquila. Ela ia resolver tudinho. Mas a maneira como dizia isso realmente não me inspirou muita confiança. Havia o afoxé tocando ao fundo, as buzinadinhas para os caminhoneiros, seu jeito descontraído que não combinava nada com a quiroprata reclusa que eu conhecia.

Caliandra estava mudando. E rápido. Isso me assustava.

— Menina, você não ouviu nada! Deixa eu te contar. Tudo isso tem fundamento. Coisas estão acontecendo comigo.

E lá veio mais áudio, narrando as tais coisas que estavam acontecendo com ela.

Reproduzo aqui, com as minhas palavras, e deixo que vocês tirem suas conclusões.

Caliandra contou que embicou o motorhome numa estradinha de terra batida e seguiu por ela até chegar na areia, onde estacionou. Tanto no motorhome, quanto na clínica de quiropraxia, tinha um jeito especial de erguer Frida e deslocá-la sem machucar a coluna. Isso porque a tartaruga pesava mais de trinta quilos. As duas sempre cooperavam nesse sentido. Daquela vez, não foi diferente. Caliandra a colocou no chão de areia. Ainda havia um bom trecho até a água, mas Frida disse que dali ela conseguia seguir sozinha.

Caliandra então trancou o motorhome e foi caminhando ao lado do seu Animal de Poder. A tartaruga se deslocava movendo uma pata por vez. Pata dianteira. Pata traseira. Pata dianteira. Pata traseira. Constante, serena. Caliandra não se lembrava da última vez em que tinha visto Frida se deslocando por um trecho tão longo. Puxando pela memória, se deu conta de que tinha sido nos seus tempos de menina, no quintal de casa. Foi tomada por uma tristeza por nunca, em todos esses anos, ter lhe ocorrido dar a Frida o prazer de um banho de mar. Caminhando no mesmo ritmo da companheira de uma vida inteira, Caliandra foi cautelosa para não ultrapassá-la nem um centímetro que fosse.

Encontraram a praia vazia. Era dia de semana. Uma brisa refrescante soprava, e o calor estava dentro do suportável. Caliandra arrancou o short e a regata enquanto fez uma rápida retrospectiva. A última vez em que ela mesma tinha entrado no mar havia sido no Réveillon de 2009! Na época, tinha um namorado. Ainda estaria vivo? Ela não fazia ideia.

— Aqui estamos! — disse Frida com sua voz rouca.

— Aqui estamos — repetiu Caliandra, retornando ao tempo presente.

As ondas avançavam em direção aos pés de Caliandra e à cabeça de Frida.

— Eu amo esse cheiro — comentou Frida, fechando os olhos, absorvendo a maresia e sentindo os respingos da água salgada trazida pelo vento.

Uma onda cobriu os pés de Caliandra, seus tornozelos... e se avolumou até as canelas. Frida foi erguida da areia e deslizou mar adentro, levada pela água. Soltou um barulhinho equivalente a um grito de surpresa. Caliandra se atirou em cima da tartaruga para pegá-la de volta, mas caiu de joelhos e uma nova onda passou sobre sua cabeça. Quando abriu os olhos, Frida já estava lá na frente, na arrebentação. A maré estava mansa. As ondas maiores não chegavam nem a um metro de altura, mas a visão de Frida solta no mar deixou Caliandra apavorada, e ela correu em sua direção, batendo os braços e gritando seu nome, avisando que já estava chegando.

Na praia, nada de salva-vidas, surfista, pescador, ninguém. Caliandra deu braçadas fortes. Percebendo que ali ainda era raso, achou que seria melhor andar. Correu dentro d'água, mas a força das ondas a empurrou para trás. Para cada cinco passos que dava adiante, recuava dez. Enquanto isso, Frida foi levada pela correnteza, rodopiante em direção ao mar aberto. Movimentava as patas de um jeito que Caliandra não soube dizer se era porque queria voltar ou se estava ajustando a direção para não ser levada até as pedras.

Ela fincou os pés na areia e se concentrou nos movimentos de Frida. Tratou de não se apavorar. Tartarugas sabem nadar. Ela sabia nadar. Caliandra respirou fundo e quando veio a próxima onda ela se curvou, trazendo braços e pernas para junto do corpo, permitindo que a onda a levasse, assim como tinha feito com Frida. Caliandra foi jogada para o fundo, para cima, rodopiou ao sabor da maré, capotou, até que uma onda mais amigável a arrastou para bem adiante. Ela e Frida bateram em cheio. Agora seus pés não tocavam mais a areia. Elas tinham cruzado a linha da arrebentação.

Boiavam em mar aberto, com aquela água verde a perder de vista, o céu azul sem uma nuvenzinha sequer. Gaivotas sobrevoavam. Caliandra se estirou de barriga para cima, com braços e pernas abertos, apoiou a mão direita sobre o casco da tartaruga. Juntas elas se deixaram embalar pelas vontades do mar. Frida então fez uma brincadeira, mergulhou fundo e quando emergiu, foi como travesseiro, logo abaixo da cabeça da bruxa. Com a nuca apoiada no casco da tartaruga, a sensação ficou ainda mais confortável.

Caliandra também mergulhou fundo, a convite de Frida. No fundo do mar, Frida era ligeira. Ali, era ela quem assumia a liderança. Com seus quatrocentos e quinze anos, brincava feito uma criança. Rodopiou, exibiu seus dotes de nadadora. Tinha um jeito gracioso de se comportar debaixo d'água, livre do seu peso, de volta ao seu habitat natural. Caliandra jurou para si mesma que nunca mais passaria tanto tempo sem um banho de mar.

Frida parou de nadar e a encarou com uma expressão severa. Com esse tipo de juramento não se brinca. Caliandra confirmou que não era brincadeira. Frida assentiu com a cabeça, o pacto estava feito. Depois dessa viagem elas não retornariam para aquela vidinha insossa, trancafiadas dentro de casa. Caliandra lembrou do filme das duas amigas que viajam num carro conversível. No seu caso, uma tartaruga no lugar da amiga e um motorhome no lugar do conversível. Mas o clima era o mesmo.

Quando botaram a cabeça para fora d'água, já estavam no rasinho. Bastou se levantar e caminhar tranquilamente até a areia, como se o próprio Oceano desse o aval para que saíssem, contanto que voltassem em breve. Seriam sempre muito bem-vindas.

Antes de pisar na areia, Caliandra se abaixou e repetiu um gesto que sua mãe fazia sempre que se banhava no mar. Fez uma conchinha com as mãos, encheu d'água e jogou no topo da cabeça. Depois molhou os pulsos e atrás da nuca. Curvou a coluna numa reverência, bateu os pulsos duas vezes, um contra o outro. Era o seu jeito de se despedir dos seres do fundo do mar, sua mãe dizia. A lembrança veio num flash.

Quando Caliandra deu por si, repetia o gestual com exatidão, sem saber por quê. Para ela, seres do fundo do mar não significavam nada, ao contrário da sua mãe, que os levava muito a sério. *Um dia você vai entender, filha. Essas coisas não se explicam.* Caliandra teve a impressão de ter ouvido a voz da mãe, falecida há tantos e tantos anos. Frida virou o pescoço em sua direção. Anuiu, dando a entender que ela também tinha ouvido. Em seguida, uma onda avançou sobre seus pés e depositou um objeto bem à sua frente, então encaracolou-se para trás. Caliandra se agachou para ver o que era. Parecia um emaranhado de conchas com algas marinhas enroscadas no meio.

Pegou nas mãos. Era um colar. Se bem que "colar" talvez não seja o melhor termo. Parecia um amuleto feito de miçangas que mais pareciam pequeninas pérolas. Imitação de pérola, Caliandra pensou, mas logo em seguida teve dúvida. Ou seriam pérolas de verdade? Eram entrelaçadas com sete búzios com um pingente maior; uma concha aberta, com o interior reluzente: uma fina camada de madrepérola. Havia também delicados fios prateados e dourados como filetes de corais. Reluzia ao sol.

Mais uma vez, Caliandra lembrou-se da mãe, que dizia que do mar nada se leva. Nem mesmo uma conchinha. Em respeito às palavras da mãe, atirou o objeto de volta. Acompanhou sua trajetória, um arco perfeito, que cintilou contra o azul do céu antes de afundar na água, feito um golfinho. Era sua retribuição aos tais seres do mar por aquele mergulho tão revigorante. Mas então o colar voltou.

Do mesmo jeito. Trazido por uma onda que avançou sobre seus tornozelos e o depositou à sua frente. Caliandra tornou a pegá-lo nas mãos. Era lindo demais. Os búzios eram distribuídos com quatro dedos de distância um do outro. Três de cada lado e um na nuca. A concha tinha um desenho tão sofisticado, como se tivesse sido esculpida numa joalheria. Quis pendurar no pescoço, mas em vez de ceder à tentação, resolveu fazer um teste. Atirou-o novamente para bem longe. Dessa vez, deu uma curta corridinha para a frente, para pegar impulso. Atirou com toda a força. O arco da trajetória foi bem maior, e o colar caiu no meio da arrebentação.

Caliandra aguardou.

Frida, ao seu lado, encarava as ondas com uma expressão enigmática.

Caliandra fechou os olhos e se concentrou apenas no chiado das ondas indo e vindo, no pio das gaivotas e na brisa suave que brincava com seus cabelos. As ondinhas continuavam lambendo seus tornozelos. A maré recuando, recuando. Caliandra achou que havia esperado o suficiente. O oceano havia entendido que ela era o tipo de pessoa que respeita a regra de que, do mar, nada se leva.

Despediu-se mais uma vez. Deu três passinhos para trás e se virou. Frida fez o mesmo.

Na caminhada de volta ao motorhome, a tartaruga estava bem mais ligeira. A diferença era visível. Caliandra ficou feliz pelo novo vigor da companheira. Vestiu o short e a regata que havia deixado na parte seca da areia. Avistou Djanira na janelinha do motorhome. A gata estava em pé, com as duas patas apoiadas no vidro e uma expressão de pânico no rosto. Olhava fixamente para além de Caliandra e Frida, para o mar aberto. Foi quando o estrondo cavernoso fez com que ela também se virasse em direção ao mar.

O que aconteceu em seguida foi tão rápido que Caliandra só teve tempo de levar as mãos em frente ao rosto, tampando os olhos numa reação apavorada de quem não quer enxergar a onda de dimensão sobrenatural que avançava pela areia, rumo ao motorhome. A única palavra que lhe veio à mente foi tsunami.

Caliandra viu o motorhome sendo sugado para o fundo do mar, os coqueiros arrancados, embarcações viradas, pontes destruídas, todas as imagens catastróficas de noticiários que ficam impregnadas na memória, nos lembrando de que diante das forças da natureza as construções humanas tombam feito pecinhas de brinquedo.

Caiu de joelhos, trêmula de pavor, tomada pela reverência àquela muralha de água que estancou a dez centímetros do seu rosto. Caliandra era um fio de respiração e nada mais. Cabisbaixa, trêmula e impotente, não se atreveu a olhar para tamanha força, mas sentiu quando o colar foi colocado no seu pescoço. Só então abriu os olhos, ergueu a cabeça e testemunhou um fenômeno que soube, do fundo do coração, que mudaria sua vida para sempre. A muralha d'água recuou, amainando, retrocedendo, sugada de volta para a imensidão do Oceano, levando consigo os indescritíveis seres do fundo do mar.

E eles acenavam tchauzinho para ela.

A história me deixou intrigada. Primeiro, pelo aspecto sobrenatural. Na minha vida, até hoje, nunca presenciei fenômenos como o que Caliandra tinha acabado de descrever. Um "ser" nunca se apresentou para mim, seja do mar ou do fogo ou de sei lá o quê. Mas quanto a isso eu nem questionava porque cada bruxa tem suas habilidades e eu sou uma novata ainda. Mas, mesmo supondo que tudo isso que ela descreveu tenha acontecido de fato, me impressionou o quanto Caliandra estava se superando, vencendo seus medos e sendo recompensada por isso. Interpretei a entrega do amuleto de conchinhas e búzios como um reconhecimento desse movimento mágico que ela estava fazendo, saindo de casa e indo até a Bahia para resgatar um Gato Temporário. Ouvindo a história dela tive um pressentimento de que Bijoux ainda ia provocar revoluções profundas no nosso clã.

15

Bijoux encontrou no trabalho doméstico um remédio para a própria dor. Batata Frita foi seu apoio moral. Ensinou-lhe a mexer na máquina de lavar que fazia em média cinco ciclos por dia, considerando a quantidade de fraldas de bebês. Dodô era uma mulher com consciência ecológica. Abominava fraldas descartáveis. Seus bebês só usavam fralda de algodão. Ela deixava de molho no sol, depois batia na máquina. Não ficavam branquíssimas, mas de que adianta ficar, se logo iam sujar de novo? Bijoux achava nojento. Ele tirava as fraldas da máquina e as pendurava no varal.

Mamãe Dodô havia até construído uma estrutura de madeira, paralela aos fios do varal, para que Batata Frita conseguisse caminhar e pendurar fralda por fralda. A operação era demoradíssima, mas tecnicamente possível. O gato pulava na máquina, pegava uma fralda na boca, escalava a estrutura e atirava a fralda no varal. Ajeitava com a patinha para que ficasse bem estirada. Daí voltava e pegava o pregador. Encaixava dois pregadores por fralda. Um em cada ponta. Voltava para a máquina, pulava dentro e começava tudo de novo.

Algumas bruxas diriam que isso é um uso vexaminoso do Animal Guardião. Batata Frita já nem se importava mais. Na casa da Mãe Dodô a sua ajuda era imprescindível. Ele se sentia útil. Além do mais, era isso ou embalar bebês para que dormissem. Batata Frita achava um tédio ficar balançando bercinho.

Dava sono e ele mesmo acabava dormindo antes do bebê, o que deixava Mamãe Dodô furiosa. Em algumas ocasiões ela o xingou de bicho folgado, termo que o magoou bastante.

Bijoux encontrou na lavação das fraldas uma atividade para desviar os pensamentos de Valquíria. Após a última chamada de vídeo do clã, tinha ficado evidente que ela não o amava mais.

Para Bijoux, dava no mesmo passar o resto de seus dias na babylândia da Mamãe Dodô ou ser despachado de volta para o Disk Katz. De uma forma ou de outra, estava fadado a uma vida miserável, sem amor. Depois da experiência traumática com Valquíria, havia perdido toda a esperança de algum dia ser adotado por uma bruxa. Ele nunca seria o fiel guardião, parceiro da vida toda. Melhor aceitar que simplesmente não havia nascido com essa sorte. Bijoux sofria.

Batata Frita ajudava como podia, ouvindo e aconselhando. Nesses dias de convivência com Batata, Bijoux se deu conta do tanto que não sabia em relação aos Animais Guardiões. No Disk Katz diziam que isso não era importante. As explicações sobre quem são os guardiões, para que servem, de onde vêm e como se conectam com as bruxas a quem vão dedicar a vida eram bem superficiais. Os marqueteiros que conceberam o serviço devem ter imaginado que, caso os GTs tivessem acesso a essas informações, almejariam a posição de guardião. Justamente por isso, as regras do aplicativo desaconselhavam o encontro entre o Gato Guardião e GTs. Por causa dessa regra, Bijoux nunca tinha passado tanto tempo com um guardião antes, e aproveitou para fazer perguntas. No fundo, foi uma ideia infeliz que só reforçou seu sentimento de gato renegado pelo destino.

— Você também era filhote quando chegou aqui? — perguntou a Batata Frita.

— Não, eu era jovem e castrado. Pronto para servir sem me desviar.

— Todos os guardiões são castrados? Ou castradas?

— Sim, quando somos entregues às bruxas das nossas vidas, é sempre nessa condição. Eu, por exemplo, não sei o que é o cio. Não sei o que é o desejo. Tudo que eu sei é servir.

Batata Frita pulou na caixa dos prendedores de roupa e pegou dois na boca de uma só vez. Escalou a estrutura de madeira e fincou um numa ponta e o segundo na outra ponta da fralda. Era admirável a maneira como conseguia fazer isso sem deixar cair no chão. Sinal de muita experiência.

— Você já teve cio? — perguntou Batata Frita a Bijoux, enquanto observava seu atrapalho para fincar o prendedor na linha do varal.

Não era fácil. O prendedor caía no chão a toda hora, e Bijoux tinha de pular, catar na boca e escalar novamente pela estrutura.

— Tive alguns. Eu era gato de rua antes de ser recrutado. Cruzei bastante. Disso, pelo menos, não posso reclamar. Mas eram relações de uma noite só. Depois cada um tomava seu rumo. Nunca me envolvi romanticamente com as gatas de rua. Não havia sentimentos... nada comparado ao que vivi com Valquíria.

Batata Frita não tinha conhecido nem uma coisa, nem outra. Nem sexo, nem amor, mas dizer isso para Bijoux só ia piorar seu lamento. Antes nunca ter conhecido o amor do que sofrer por um amor frustrado, lamuriava Bijoux.

— Como é o cio?

Bijoux arremessou a fralda que estava carregando, caiu bem na linha do varal.

Comemorou. Era a primeira que alcançava a linha de prima.

— É bom, mas é melhor ainda quando acaba — respondeu.

— Hã?

A cara de Batata Frita era de quem não tinha entendido bulhufas.

— Durante o cio nós apanhamos demais. As brigas... os arranca-rabos que rolavam... Você nem imagina. Nós perdíamos a cabeça, ficávamos doidos pra cruzar. Era uma disputa feia pra ver quem pegava quem. Um desespero que toma conta, e a gente vira bicho. Tudo bem, no fim eu me dava bem, mas apanhava feito um cão até conseguir. Não sei se valia a pena. Depois que castram... só daí é possível olhar em retrospectiva e perceber a loucura que eram os períodos de cio. Uma barbárie.

Batata Frita suspirou fundo. Encarou Mamãe Dodô. Ela vinha se aproximando com dois bebês no colo. Arrancou sete fraldas secas do varal.

— Mesmo assim, eu gostaria de ter tido a experiência — disse Batata Frita.

— Eu só queria encontrar um amor de verdade... — Bijoux suspirou, melancólico.

— Talvez você ainda encontre.

— Você já amou alguma vez, Batata?

Batata Frita nunca tinha conhecido o amor enquanto participante direto. Sendo gato da Mamãe Dodô, sempre viveu cercado de amor. Primeiro, quando o marido dela era vivo, e o casal vivia numa eterna lua de mel. Tanto que o homem morreu em meio a uma noite de amor. Batata Frita havia presenciado a cena. Estava empoleirado na janela do quarto, observando os dois em ação após Dodô ter servido a poção que, em teoria, a ajudaria a engravidar. Era tão forte que até borbulhava. Quando Batata Frita viu o líquido escuro e espesso, com carocinhos que podiam ser nacos de placenta ou pimenta do reino ou pedaço de pata de canguru, ele teve uma premonição. Foi tão veemente que ele soube que não era uma simples intuição. Foi uma visão cristalina em que ele viu o marido batendo as botas dez minutos após a ingestão da beberagem. Não deu outra.

Dodô chorou sobre o corpo do marido estirado na cama, completamente incrédula.

— Quer saber a parte mais bizarra?

Bijoux assentiu.

— A primeiríssima reação da Dodô, antes mesmo de lamentar a morte do marido, foi comemorar que a poção tinha dado certo e que ela tinha engravidado. Enquanto o marido ficou lá estirado, com os olhos virados, ela colocou as mãos sobre o ventre e fez um carinho no "feto". Até derramou uma lágrima de emoção. Só depois se virou para ele e notou que tinha algo estranho acontecendo porque o homem não respirava. Só que daí já era tarde.

— Ela não sabe ressuscitar gente? — perguntou Bijoux.

— Oi?!

— A Valquíria ressuscita... — Bijoux suspirou, saudoso. — A Dodô não pensou em pedir ajuda pro clã?

Batata Frita ajeitou uma fralda no varal e olhou para longe, como quem busca recuperar uma lembrança. Balançou a cabeça em negativa.

— Não. Eu não me lembro de nada nesse sentido. Lembro que ela preparou o corpo dele com uns unguentos, vestiu-o com o terno que ele havia usado no dia do casamento e penteou os cabelos dele. O homem tinha uma cabeleira farta. Daí ela abriu uma cova atrás da casa, ao pé de um Jacarandá. Ela o enterrou à meia-noite em ponto, usando seu vestido do casamento. Se bem que no caso dela, não conseguiu fechar o zíper atrás. Mas era simbólico, e como ninguém ia ver mesmo, ela foi com as costas aparecendo. Daí ela entrou na cova junto com ele. Ficou abraçadinha com o defunto até o sol raiar.

Bijoux suspirou.

— É a coisa mais linda que eu já ouvi — comentou.

— Foi comovente mesmo. Quando os passarinhos começaram a cantar e os primeiros raios de sol alcançaram a cova, Dodô pegou a enxada e cobriu com terra. Sabe, quando eu penso na *minha* vida amorosa, essa é a experiência que eu tive. Fui coadjuvante da história deles. Eu vivia no meio deles, sempre junto, sempre acompanhando as noites românticas em que eles ficavam assistindo a filmes juntinhos no sofá, ou cozinhavam juntos no fim de semana. As pequenas coisas do dia a dia. Eram os dois e eu. Não havia esse enxame de bebês. Só nós três. Era tanto amor entre eles que eu me sinto contemplado.

Bijoux encarou Batata Frita, admirado com aquela declaração. Um amor de observador... Ele não se satisfaria com esse tipo de amor. Não tinha a mesma abnegação de Batata Frita.

O guardião prosseguiu.

— Depois que os bebês chegaram, e eu vi como a Dodô se realizou amamentando, trocando fraldas, acalentando, embalando no colo... Eu também fui atravessado por uma espécie diferente de amor, o amor maternal. Existem muitos tipos de amor, sabe? Cada um tem sua própria energia.

Bijoux desacreditou. Deixou uma fralda cair no chão, tamanho seu espanto.

— Você também começou a amar os bebês?!

— De certa maneira, sim. No começo. Eles eram bonitinhos. No começo eram só quatro. Depois pulou pra sete. Depois dez, até que de repente eram treze. Acho que teria continuado, se não fosse pelo clã. Foi a Ludmila que botou o limite de treze.

— Ludmila é uma mulher sensata.

— Eu acho treze um exagero, mas enfim... Foi o acordo possível.

As conversas com Batata Frita e os cuidados com os bebês lhe ajudavam a tirar Valquíria dos pensamentos. A dor no coração de Bijoux ainda era pulsante, mas com os afazeres da casa, ele encontrava maneiras de ocupar a mente com outras coisas. A convivência com Mamãe Dodô era certamente uma fonte de inspiração. Bijoux se perguntava se ele também seria capaz de transmutar seu amor romântico por Valquíria numa outra espécie de amor. Um amor de dedicação. Dodô se dedicava de corpo e alma aos seus bebês. Além das infinitas fraldas, havia a superprodução de leite materno, que era mais do que os trezes bebês tinham condições de consumir.

Seus seios eram maiores do que qualquer par de seios que Bijoux já tinha visto na vida.

Tinham o tamanho de um décimo quarto bebê. Mamãe Dodô usava um ordenhador elétrico para extrair o leite excedente. Armazenava-o em potes, num freezer que ficava na varanda. Depois os vendia pela internet, por um bom dinheiro. Um motoboy vinha toda segunda, quarta e sexta para a retirada. Entregava os comprovantes de envio da remessa anterior e se encarregava de despachar a seguinte. Era um moço serelepe que tinha desejos descarados por Mamãe Dodô. Todo simpático, sempre com um gracejo. Não conseguia tirar os olhos dos peitões enquanto conversava com ela. Mamãe Dodô nem dava trela, interagia com o moço como se ele fosse um bebê com cavanhaque. Ela conversava com todo mundo como se fossem bebês, incluindo Batata Frita e Bijoux.

— Vem cá, Bilú, conta pra mamãe. Você está gostando daqui? O Batata está te tratando bem? Eu vi que vocês ficaram amiguinhos. Conta pra mamãe, Bilú. Conta.

Bijoux havia explicado inúmeras vezes que seu nome era Bijoux. Mas com Mamãe Dodô a telepatia não funcionava. Na verdade, as coisas que ela dizia para Bijoux não eram no sentido de comunicar, mas de tagarelar umas baboseiras para que ele se sentisse amado. Era um balbucio sem propósito. Quando ele respondia em pensamento, ela nem estava mais prestando atenção. Então Bijoux aceitou ser chamado de Bilú, assim como estava aceitando as novas funções de babá de bebê sequestrado.

Mas seria injusto limitar as funções de um Gato Guardião a pegar fralda, pendurar fralda, estirar fralda e embalar bebês. Guardiões também são responsáveis por zelar por suas bruxas, captando sinal de perigo com antecedência. Eles operam como radares sensíveis às ondas energéticas que rondam o campo vibracional da bruxa, inclusive à longa distância. Na prática, isso significa que sentem na pele tudo o que está por vir. Batata Frita não era exceção. Ele sentiu a aproximação do motorhome de Caliandra com cem quilômetros de antecedência. A premonição foi do tipo fulminante.

Batata Frita caiu do varal, estrebuchando no chão.

Bijoux acudiu como pôde, apavorado com a cena. Achou que Batata estava morrendo. Ele se tremia todinho. Soltou um guincho agudo, como uma comunicação do além. Bijoux gelou. Mesmo sem entender o significado daquilo, soube que coisa boa não era.

Mamãe Dodô veio correndo com um bebê amarrado à frente do corpo e outro atrás, caiu de joelhos e pegou Batata nos braços.

Foi a primeira vez que Bijoux testemunhou um contato físico real entre os dois. Até então, havia visto Mamãe Dodô fazendo no máximo um afago no cocuruto dele, numa rara ocasião em que estava com as mãos livres.

Dessa vez, ela encostou a cabeça do Batata junto ao peito e fechou os olhos. Aos poucos os tremores do gato foram cessando até que amainaram para tremeliques esporádicos.

— Calma, Batatinha... calma... Está tudo bem...

Mamãe Dodô o embalou como teria feito com seus bebês. Bijoux notou como **Batata** prolongou os tremeliques enquanto deu, só para curtir um pouco mais daquele colinho, embora os espasmos iniciais já tivessem passado. Mamãe Dodô também notou que agora não era mais uma manifestação real de premonição, mas pura manha. Ela deu uma risadinha e botou Batata no chão. Seu tom de voz, ligeiramente menos maternal.

— Conta, Batata. O que você viu?

Batata compartilhou a imagem que veio à sua mente minutos antes. Contou que Caliandra estava a caminho, determinada a pegar Bijoux de volta, e dessa vez ele não contaria com a ajuda de Valquíria para escapar.

E não é a mesma Caliandra que nós conhecemos. Ela está mudada. Agora ela tem muito poder.

As palavras de Batata Frita deixaram Bijoux de pelos arrepiados.

Ela está mudada.

O que ele queria dizer com isso? Não dava para saber, mas Bijoux pressentiu que não seria uma mudança positiva para ele, e sim uma mudança positiva para a própria Caliandra. Num flash, lembrou-se da maneira insensível como ela havia incutido o espírito do Hélio Zanini dentro do seu corpo, e do jeito como o extraiu sem nem sequer tomar o cuidado de averiguar se o espírito tinha saído completamente. Claro que não tinha saído! Sinal disso é que depois daquilo, Bijoux nunca voltou a ser o mesmo.

Agora ficava se apaixonando por bruxas más como Valquíria. Por causa de Caliandra, estava vivendo as dores de um amor frustrado. E por causa dela, foi despachado para Mamãe Dodô, feito um bebê. Lembrou-se da sua determinação de encontrar uma bruxa que o adotasse e amasse por toda a vida, e do fiasco que foi alimentar esse desejo. Lembrou-se da sua vida pregressa, quando era um GT trabalhando para a Disk Katz, atendendo pelo nome de Élvio, numa existência mais ou menos feliz, e se deu conta de que nem era tão horrível assim. Antes, Bijoux tinha uma existência morna, agora ele sofria por um amor impossível.

Bijoux considerou tudo o que viveu desde o dia em que conheceu Caliandra.

Resolveu que não daria esse gostinho a ela. Ele fugiria antes.

Só reparou na felicidade da Mamãe Dodô, eufórica com a notícia, pedindo que Batata Frita confirmasse a premonição.

— Quer dizer que a titia Cali vai mesmo conseguir chegar até aqui, pra ver a gente, vai?! — perguntou, espantada.

Batata Frita assentiu.

— Ah, mas olha só que coisa boa! Não é não, Batatinha doce? Quando a Mamãe Dodô viu a titia Cali na *live*, a Mamãe Dodô não acreditou. Mas dessa vez ela vai chegar mesmo, né, Batatão? Fala pra mãe? A titia vem mesmo?

Batata Frita assentiu de novo. Respondeu por pensamento que dentro de uma hora ela estaria na porteira. Parecia o próprio Waze, dando a estimativa de tempo.

— Uma hora? Ah, então a mamãe vai fazer um bolinho pra gente! Quem vem fazer bolinho com a mamãe? Quem vem?

Batata Frita fez que sim. Dava tempo.

Bijoux também fazia cálculos. O motoqueiro chegaria em meia hora para pegar a safra de leite do dia. Mamãe Dodô, ocupada com o bolinho para Caliandra, e a lida com seus trezes bebês, não seria empecilho. Era isso: seu tempo ali havia acabado. Era hora de partir. Bijoux entrou na casa e caminhou entre os bercinhos, despedindo-se de cada bebê. Desejou-lhes boa sorte na vida, que em breve retornassem às suas famílias, e que a estada de alguns meses na casa de Mamãe Dodô não acarretasse traumas de infância. Em seu caso, embora fosse um gato crescido, o trauma era irreversível. Mais uma vez, sentiu a pontada dolorida do amor frustrado.

Esfregou-se na perna da Mamãe Dodô, como um gesto de agradecimento por ela tê-lo acolhido num momento tão difícil. Ela media a quantidade de farinha e nem reparou no comportamento de Bijoux. Além disso, um dos bebês estava com dor de barriga e era nisso que ela estava pensando. Bijoux não se importou. Melhor assim, uma despedida sutil.

Já Batata Frita merecia uma despedida formal. Bijoux explicou seus motivos, acrescentando que sentiria saudade daquela amizade. Ele nunca tinha convivido de verdade com um Gato Guardião antes. Sentiu-se honrado por ter sido aceito por alguém tão digno quanto Batata Frita.

— Também vou sentir sua falta, Bijoux. Queria que você ficasse.

Mas Batata sabia que isso era impossível. Não só entendeu a decisão da fuga, como ofereceu ajuda.

Mostrou a Bijoux o melhor lugar para se esconder enquanto o motoqueiro fosse pegar os vidros de leite com Mamãe Dodô. Bastaria pular dentro da caixa de transporte no bagageiro da moto, antes que ele colocasse os vidros de leite dentro.

— Mas ele não vai me ver lá dentro?

Batata Frita garantiu que não. O moço nunca prestava atenção no que estava fazendo.

Enfiava os vidros de leite de qualquer jeito enquanto mantinha os olhos em Mamãe Dodô. Contanto que Bijoux ficasse paradinho, espremido num canto, daria tudo certo.

— Não sei se voltaremos a nos ver algum dia, Batata, mas nunca me esquecerei de você.

— Nem eu de você, Bijoux. Boa sorte — respondeu o Guardião.

Assim foi. Uma despedida triste de dois gatos cujas vidas estavam na mão de bruxas. A sina de um, servir uma única bruxa até morrer. A do outro, passar de bruxa em bruxa por contratações temporárias, sem jamais criar uma conexão duradoura, vivendo sem afeto, sem lealdade, como um gigolô de quatro patas. Um eterno temporário.

Espremido entre os vidros de leite materno, na escuridão da caixa de transporte, Bijoux não ouviu o motor do motorhome quando se cruzaram na estrada. Djanira, deitada no banco do passageiro, não farejou o rastro do GT que estavam perseguindo. Caliandra nem reparou na motoca que passou por ela em sentido contrário. Estava mexendo no som, escolhendo uma trilha especial para aquele trecho final da viagem.

Mamãe Dodô, querendo fazer bonito no tradicional bolo de rolo com recheio de goiabada, não notou a ausência de Bijoux ou o jeito macambúzio de Batata Frita. A dor de barriga do bebê logo passou, e ela o colocou para dormir. Assim, quando Caliandra chegou, apenas sete bebês estavam acordados.

As duas amigas se abraçaram, saudosas de um encontro presencial. Há anos não se viam. Caliandra comeu bolo, tomou café, pegou os bebês acordados no colo, ouviu as confidências de Mamãe Dodô, contando como se sentia realizada cuidando deles sem a preocupação que crescessem e começassem a andar pela casa.

Caliandra contou da sua ousadia em comprar uma moto possante e depois um motorhome, de encontrar coragem para sair de casa após dois anos enclausurada, e como isso lhe dava um senso de empoderamento. A conversa estava animada, o café com bolo evoluiu para uma cervejinha com petiscos. Já era noite quando Caliandra finalmente pediu para ver o GT extraviado que, para surpresa de Mamãe Dodô, não estava mais em canto algum.

16

Três semanas depois, quando Bijoux ouviu chamarem o nome Élvio na sala de recepção do Disk Katz, ele apenas balançou a cabeça, resignado. Élvio era seu nome de nascença. Bijoux foi um fetiche desvairado que não resultou em nada. Élvio estava de volta à sua velha função de bicho fadado a substituir o Gato Oficial até o fim dos seus dias, quando seria dispensado de suas funções e largado num beco sujo de uma cidade grande, sem certezas, sem assistência de saúde, sem teto e sem família. Ele morreria sozinho, esfomeado, provavelmente comido por algum cachorro. Élvio pulou da poltrona e se dirigiu à sala da bruxa que comandava a empresa.

Achou que seria questionado sobre como ele tinha conseguido chegar da Bahia até ali sem ajuda do serviço de transporte de GTs, mas ela nem se deu ao trabalho. Ela o encarou com cara de desprezo.

Desde sua volta para a base do Disk Katz, Bijoux tinha passado por uma inspeção veterinária, tomado vermífugos, comprimidos antipulga e vacinas. Deram-lhe um banho. Seus pelos foram escovados. Seus dentes foram examinados. Concluíram que não tinha nada de errado com ele, mas sua índole estava mudada. Não era o mesmo gato. O problema era de natureza subjetiva.

A Disk Katz tinha uma psicóloga no seu quadro de funcionários, mas era raro que algum gato fosse levado até ela. Seu papel era muito mais protocolar. A dona da empresa achou que pegaria bem ter o nome de uma psicóloga nos panfletos que anunciavam o serviço, para mostrar que os GTs recebiam amparo emocional antes e após as estadias em casas de bruxas. Em todos os seus anos trabalhando para a empresa, Bijoux nunca tinha nem visto a cara da psicóloga, mas após a passagem pelas mãos de Caliandra, Valquíria e Mamãe Dodô, ele concordou com o atendimento. Estava precisando.

A psicóloga pediu que ele falasse sobre o que estava sentindo.

Havia um pequeno divã e uma poltrona. Ele podia escolher. Escolheu o divã. Deitou de costas, numa posição natural para um humano, mas que para um gato causa um efeito estranho, tipo morto. Bijoux disse que se sentia morto por dentro.

A psicóloga pediu que ele explicasse os motivos.

Bijoux então contou tudinho o que havia vivido até aquele ponto, sem poupar detalhes. Falou do seu amor por Valquíria e da sua determinação em encontrar uma bruxa que o adotasse como seu. Explicou que queria ser amado. Queria o "para sempre".

— Mas, Élvio, você entende que você é um Gato Temporário, né...? — perguntou a psicóloga, reticente.

A pergunta o incomodou profundamente. Ele esperava mais de uma profissional da psique felina. Não respondeu.

Apenas pediu que ela o chamasse de Bijoux.

A psicóloga respondeu que isso seria um retrocesso. O importante era retomar a vida, o que significava fazer as pazes com sua verdadeira identidade. Seu nome era Élvio e ele era um Gato Temporário. A psicóloga pediu que se apresentasse novamente, dizendo seu nome e cargo. Ela colocou um espelho na sua frente.

Bijoux olhou para o espelho. Tudo que viu foi um gato frustrado.

— Tire o tempo que precisar. Seja verdadeiro com você mesmo. Só se manifeste quando estiver convencido do que irá dizer.

A psicóloga manteve o espelho erguido à frente de Bijoux enquanto ela mesma olhava para um espelho pendurado na parede atrás do divã. Ajeitou a cabeleira encaracolada, bonita, com fios grisalhos. Enrolou um cacho com o dedo e o afastou do rosto. Depois girou a cabeça de leve, para se admirar de perfil, indiferente à crise do paciente à sua frente.

Bijoux se lembrou de Valquíria, da sua cabeleira farta com os apetrechos de caveirinhas prateadas, os colares com figa, dente de tigre, trevo de quatro folhas, ferradura e mandingas afins sobre a pele nua. Ela tinha um jeito de se admirar no espelho acima da cornija da lareira como ele jamais havia visto. Posicionava-se de tal maneira que impunha a imagem que *ela* queria projetar para os outros. Bijoux deu uma olhadela rápida no espelho da psicóloga. Viu um gato com olhar triste, subnutrido e miserável. Não reconheceu o velho Élvio que tinha ótimas avaliações no ranking da Disk Katz, muito menos o Bijoux que teve a proeza de conquistar o coração de Valquíria, dormir em sua cama e receber seus afagos.

A psicóloga aproximou o espelho do seu rosto. Insistiu para que ele dissesse seu nome e cargo para a imagem refletida.

— Estou esperando...

O gato, que a essa altura não podemos chamar nem de Élvio nem de Bijoux, espremeu os olhos e se concentrou no reflexo. Por um instante, a imagem ficou embaçada. Em seguida clareou. Uma voz determinada anunciou sua identidade.

"Meu nome é Hélio. Sou paciente da Dra. Caliandra. Casado com Cidinha. Pratico ioga por causa de dores na lombar. Sou aposentado. Tenho sessenta e quatro anos."

A psicóloga largou o espelho e se levantou num salto. Afastou-se do gato no divã dando alguns passos para trás até bater as costas contra o tampo da mesa. No chão, cacos de espelho quebrado refletiam inúmeros gatos, todos idênticos, mas nenhum identificável. A psicóloga pegou o celular e chamou a chefe. O gato-que-antes-chamávamos--de-Bijoux só observou. A revelação do Hélio não o abalara minimamente. Ao contrário, tudo nele dava a entender que concordava com a informação fornecida.

Minutos depois a CEO da Disk Katz estava na sala da psicóloga, se inteirando do acontecido. Em termos de magia, ela era muito mais capacitada do que a colega. Resolveu ela mesma fazer o teste. Pediu que o gato se identificasse para um pedaço do espelho quebrado.

"Como eu disse anteriormente, me chamo Hélio. Tenho sessenta e quatro anos. Não estou por completo no corpo desse gato, mas um pouco de mim ficou aqui, depois do procedimento que sofremos. Se vocês não acreditam, podem conferir com Caliandra Mortimer. Vocês devem ter os dados dela no sistema. Foi a última a contratá-lo."

Com um gesto de cabeça, a CEO apontou para o computador, numa indicação clara de que era para a psicóloga acessar o cadastro de Caliandra Mortimer. A mulher acatou sem tirar os olhos do gato. A voz de Hélio chegava por telepatia, porém com uma nitidez assombrosa. Era como se o homem estivesse na sala, junto com elas. Ele prosseguiu.

"Esse gato não tem culpa de nada. Ele serviu de receptáculo. O problema foi na hora da conclusão do procedimento. Sem querer, Dra. Caliandra deixou um pouco de mim nele. Desde então ele não é mais o mesmo."

A voz suspirou.

A CEO perguntou para a psicóloga se ela havia encontrado o registro. Falou sussurrado, tentando disfarçar o que estava fazendo. A resposta veio num aceno de cabeça, como se a psicóloga também não quisesse que o fantasma dentro do gato soubesse.

"Eu enxergo pelos olhos dele."

Quanto mais Hélio Zanini falava, mais as duas se apavoravam. Fantasma não é bem o termo. Estamos falando de uma partícula do espírito humano, mas para elas isso soava como fantasma.

— Liga pra ela — ordenou a chefe

A psicóloga ligou e colocou no viva-voz. Caliandra atendeu com um "alô" cantarolado.

Ao fundo, ouvia-se um afoxé.

Ao ouvir a voz de Caliandra, a visão do gato ficou novamente embaçada. Sentiu uma fraqueza repentina. Sua cabeça foi tombando para a frente, até que ele desmaiou no divã, escorregou e caiu estatelado no chão.

O gato-que-antes-chamávamos-de-Bijoux despertou com a voz de Caliandra.

Abriu os olhos e contemplou a silhueta da bruxa. Ela estava vestida com o macacão preto de látex e as botas de borracha. Sentada na poltrona, com o capacete no colo, ela narrava o episódio que o ex-Bijoux conhecia melhor do que ninguém. Ouvir sua história sendo contada pela perspectiva da bruxa culpada por suas mazelas foi uma experiência quase terapêutica.

— Eu não tinha ideia dos efeitos colaterais — disse Caliandra.

A psicóloga balançou a cabeça num gesto de desprezo.
— Inacreditável... — falou, para ninguém em particular.

Caliandra prosseguiu, explicando que não imaginava que o "resíduo" no corpo de Bijoux era dotado de inteligência.

— Resíduo? — interveio a psicóloga.

Caliandra se corrigiu. Trocou o termo "resíduo" por "resquício", o que não melhorou muito a situação, principalmente porque em seguida a psicóloga perguntou o que ela queria dizer por "inteligência". Caliandra explicou que o resquício nunca tinha se comunicado com ela antes, conforme acabava de fazer ali. Que ele tivesse consciência e capacidade de responder, inclusive simulando a voz de Hélio Zanini, era algo inédito para ela. De novo, voltou a comentar que aquilo era muito estranho, pois o corpo físico do Hélio não se queixava de nenhum tipo de desequilíbrio, como seria esperado. Caliandra prosseguiu dizendo que isso, no entanto, não justificava o incômodo que o resquício estava causando no gato. Desculpou-se pelos danos causados ao GT. Assumiu a responsabilidade. Como justificativa, disse que era um experimento inédito. Não aconteceria uma segunda vez. Mas nesse ponto tanto a psicóloga quanto a CEO já estavam ultrajadas com a frieza de Caliandra. Exigiram que ela levasse o GT Élvio e só o trouxesse de volta quando tivesse resolvido o defeito.

Foi isso o que Bijoux mais guardou dessa conversa, a palavra "defeito".

17

Chegamos enfim no ponto da história em que devo me apresentar formalmente. Meu nome é Fortuna, tenho vinte e três anos e me descobri bruxa aos treze. Não tenho nenhum parente com habilidades mágicas. Ao menos até onde eu sei. Vivi em negação por anos antes de tomar coragem para me assumir. Para ser bem honesta, até os vinte eu relutava. Então, quatro anos atrás, conheci Ludmila num congresso de estudos paranormais e aqui estou, no Clã da Sutileza. Sou formada em jornalismo e trabalho como influenciadora digital. Ganho um bom dinheiro com isso. "Dicas da Fortuna" é o nome do meu canal. Dou dicas de qualquer coisa. Cabelo, maquiagem, planejamento financeiro, oratória, investimentos, roupas, viagens, livros, cremes.

Antes que você pergunte, Fortuna é meu nome de verdade. Tenho uma bisavó que tinha esse nome. Nasceu rica e morreu pobre. Comigo foi o contrário. Sou filha de mãe solo. Solo e guerreira. Ela me criou nem eu sei bem como. Quando paro para pensar, me sinto um milagre. Só sei que minha mãe conseguiu a proeza de fazer faculdade de medicina enquanto eu tinha um ano de idade e ficava no seu colo, assistindo às aulas junto com ela. Sem chorar, sem atrapalhar a classe. Minha mãe conta que eu fui seu maior desafio, e seu maior presente. Quando perguntei o porquê desse nome, e insisti para que respondesse sinceramente, sem a história da homenagem à avó, ela disse que Fortuna nunca teve a ver com o sentido de riqueza, mas de destino. Disse que quando me pegou nos braços pela primeira vez sentiu que todo o seu destino seria determinado por mim.

Eu tinha treze anos quando ela me disse isso. Foi na semana do meu aniversário, numa época da vida em que eu queria, mais do que qualquer coisa, que alguém lesse o meu destino. Eu me sentia tão perdida e confusa por causa dos dons mágicos que afloravam que me agarrei àquela explicação. Desde então botei na cabeça que sou predestinada a um futuro afortunado. Pensar assim me deu a coragem para enfrentar os anos seguintes, quando eu já era bruxa, mas não tinha alguém que me orientasse.

Entrar para o Clã da Sutileza foi um marco na minha vida. Não digo que foi uma decisão fácil. No começo, tive medo. Medo das outras bruxas, das responsabilidades que eu teria de assumir, do comprometimento, medo de desenvolver meus dons e arcar com as consequências. Tinha medo de me deslumbrar, de ficar sem noção, de entrar numa egotrip e perder o senso de realidade. Sendo influencer, sei como é fácil ficar fora de órbita. Estou passando por isso nesse exato momento. Tudo o que mais quero na vida hoje em dia é encontrar um trabalho bem pé no chão. Pois, já que estou abrindo meu coração para vocês, vou dizer a verdade toda. Na maioria dos dias eu me sinto como uma charlatã. Nada do que eu divulgo funciona como eu dou a entender que vai funcionar. Os cosméticos não fazem o efeito prometido, os hotéis em que fico hospedada são caríssimos e eu mesma nunca teria coragem de pagar as diárias que eles cobram; as roupas que parecem lindas nas fotos não são nada viáveis para o dia a dia e as dicas financeiras só funcionam se você tem dinheiro de sobra.

Enfim...

Mas, voltando a Ludmila. Ela me acolheu com tamanha compreensão que fez com que eu mudasse completamente meus conceitos em relação a bruxas. Ludmila, de quem falei pouco até agora, é uma bruxa fascinante, malcompreendida e enigmática. Toda vez que falo de Ludmila, aprendi que o melhor é abrir um parêntese (tudo o que sei sobre Ludmila até o momento atual), pois a cada dia eu descubro novos aspectos da sua pessoa, que podem inclusive invalidar tudo o que eu pensava cinco minutos antes. O que eu sei sobre Ludmila até o momento atual é que ela está me ajudando a encontrar um meio de juntar minhas habilidades de influencer com meus dons, o que me leva ao assunto "meus dons".

Eu tenho uma relação especial com gatos. Desconfio fortemente que esse é meu maior dom. Sei que agora vocês devem estar pensando: *grande coisa, toda bruxa tem uma relação especial com gatos*. Só que no meu caso é mais do que especial. Por enquanto, digo o seguinte: de tudo o que divulgo nos meus perfis, a única coisa verdadeira que eu teria a dizer é sobre gatos. No entanto, eu nunca entro nesse assunto porque isso implicaria em revelar meus dons de vidente, o que iria me expor enquanto bruxa, levando alguns dos meus principais patrocinadores a cancelarem os contratos, acabando com meu ganha-pão. Resumindo, estou passando por um momento em que me sinto perdida, desorientada, e é justamente nesse contexto que Bijoux veio parar aqui em casa, por ordem da Ludmila.

Depois que Hélio Zanini se expressou através de Bijoux, na frente da CEO da Disk Katz, a história ficou séria. Não era mais um caso de multa. Não era só o risco de ter de entregar Djanira para a empresa. Agora a CEO queria que Caliandra devolvesse o gato tal como ele era antes. Inteiro, sem sequelas. Sem enxerto. Caliandra pediu socorro para Ludmila. Afinal, Valquíria não tinha ajudado em nada. Mamãe Dodô, que passou dias com Bijoux em casa, também não. Caliandra já não sabia mais o que fazer. Foi aí que Ludmila me chamou e disse que estava passando o caso para mim. Nem tive tempo para pensar. Ela informou que Caliandra e Bijoux já estavam a caminho.

Os dois chegaram de moto. Ele na caixa de transportes e Caliandra vestida de macacão preto, capacete, feito uma entregadora de pizza num dia de chuva. E, de fato, estava chovendo. Abriu a caixa, ainda no hall de entrada, e Bijoux correu para debaixo do sofá no canto da sala. Estava apavorado, coitado.

— Ele está chateado comigo — explicou Caliandra, enquanto tirava o capacete.

Eu já estava inteirada da história, tinha acompanhado um tanto pelas nossas reuniões virtuais e por trocas de mensagem com Ludmila. Mas até esse dia eu nunca tinha me encontrado ao vivo com Caliandra. Ela era mais baixinha do que eu imaginava, e tinha um jeito meio atrapalhado.

Pediu desculpas por estar ensopada. Por baixo do macacão de motoqueira, vestia um conjunto de moletom surrado. Usava meias com estampa de tartaruguinhas. Tropeçou no próprio macacão enquanto o tirava, em dúvida de onde deixá-lo. Estava todo encharcado. Então eu trouxe uma cesta de plástico e falei que ela podia jogar tudo dentro: macacão, botas e capacete. Assim fez, desculpando-se por toda aquela tralha. Ela também dava umas risadinhas discretas, que eram mais uma bufadinha pelo nariz do que uma risada de fato. Nas *lives*, eu nunca tinha reparado nisso. Ofereci-lhe um par de pantufas, que Caliandra recusou, disse que não queria dar trabalho. Mas eu trouxe mesmo assim. Tenho dezenas de pantufas ainda no plástico, que recebo de brinde. Quando ela se tocou de que não eram as minhas pantufas pessoais, mas pantufas reservas, aceitou.

Caliandra se desvencilhou dos trajes molhados e me cumprimentou com beijinhos. Para mim, ela já era uma espécie de musa entre as bruxas. Eu admirava sua coragem, sua ousadia nos últimos dias, a determinação em pegar Bijoux de volta, mesmo que isso significasse ir até a Bahia. Tudo isso eu disse a ela. Afinal, mesmo que já tivéssemos trocado mensagens antes, era a primeira vez que eu a encontrava pessoalmente.

A mulher me encarou como se eu tivesse perdido o juízo. Então me expliquei. Minha admiração era por ela ter superado o seu maior medo. Caliandra abanou a mão, num gesto de desdém.

— Imagina... Se não fosse a Magda eu não teria conseguido. A Magda que é a poderosa da história. Eu só devo estar sob o feitiço dela. Uma hora passa e eu vou voltar a ser a bruxa entocada de antes — respondeu, com a risadinha bufada.

214

Eu estava tão emocionada em receber uma bruxa do clã em casa que nem tinha me lembrado de convidá-la para entrar. Estávamos no hall do elevador, ainda. Então pedi desculpas e disse a ela que entrasse e ficasse à vontade.

— Você mora aqui sozinha?! — perguntou Caliandra, reparando no ambiente.

Todo mundo pergunta isso quando entra aqui. Estou acostumada. Não é o tipo de apartamento que se vê todo dia. Quando as pessoas pisam aqui, acham que é cenário. Na verdade, boa parte do duplex é de fato cenário. Mas o que mais espanta as pessoas é a associação entre esse duplex de cobertura de luxo e eu. Não combina. Com a minha idade, eu deveria estar morando com mais duas colegas, ou três, ou quatro, num apartamento bem menor, num outro bairro da cidade, com outro tipo de móveis e tapetes e decoração. A maneira como Caliandra andava pelo apartamento, passando a ponta dos dedos no encosto do sofá de veludo, demonstrava tudo isso.

— Quantos anos você tem mesmo?

Respondi que, em idade cronológica, vinte e três, o que não queria dizer muita coisa porque a sensação era de ser muito mais velha do que isso, considerando minha crise existencial. Caliandra só ficou olhando para a minha cara. Depois se acomodou no sofá e botou uma almofada no colo.

— Eu já trabalhei com internet. Quer dizer, isso foi no século passado. Melhor dizendo, no milênio passado. Você nem era nascida.

Assenti com um sorrisinho sem graça. Milênio passado? Claro que eu não tinha nascido. Caliandra soltou uma risadinha.

— Falando assim dá a entender que a internet já existia e eu arrumei um trabalho na área. Não é isso, imagina... Eu ajudei a construir a internet. Nunca imaginei que ia dar nisso! Quem ia imaginar?

Pelo gesto que Caliandra fez ao dizer "dar nisso", ficava evidente que se referia ao meu apartamento, ao sofá, ao tapete felpudo, às pantufas que lhe emprestei e também à minha própria pessoa. Ela só olhava para mim, com um jeito abismado, como se eu fosse uma mistura de Papai Noel com ET.

— Eu também não tinha ideia que meu perfil ia dar nisso. Estou um pouco em crise.

— Que crise o quê! Aproveita! — exclamou, ríspida.

A isso eu não respondi porque a maioria das pessoas não leva a minha crise a sério.

— Aproveita. Ouça o que estou te dizendo. Palavra de bruxa velha e rodada.

Aproveita porque isso não vai durar. Você tem uma poupança? Não vai gastar tudo. Investe esse dinheiro. Guarda no banco. Bota numa reserva financeira.

Respondi que eu investia, sim.

— Não vai me dizer que é naquelas moedas malucas? *Bitcoins*?

— Isso aí.

— Não, não... eu sou bem conservadora. Nem ações, nem bitcoins.

— Ótimo. De tudo o que você ganhar, guarda metade. Metade, entendeu?!

Ela falava de um jeito como se fosse a minha vó. Alguém que me quer bem e está preocupada com o meu futuro. Embora mal nos conhecêssemos, entendi que o que ela me dizia era seríssimo, vindo de uma bruxa experiente que me dava aqueles conselhos sem nenhum interesse pessoal. Também me surpreendeu que estivesse conversando sobre investimentos financeiros com uma bruxa, na sala de casa, sendo que não havia nada de esotérico no que ela dizia. Ao contrário, eram conselhos bastante sensatos. Agradeci. Ofereci-lhe um chá.

Bijoux, ainda enfiado debaixo do sofá no canto da sala, soltou um miadinho.

— Quer água, Bijoux? — perguntei.

Ele respondeu com um miadinho afirmativo. Levei um pote de água fresquinha até ele. Bijoux bebeu avidamente. Aproveitei para perguntar como ele estava.

— Ele parou de falar comigo. — Caliandra suspirou. — Então não sei dizer.

Fiz um carinho no cocuruto dele, que aceitou, virando a cabeça para mim e olhando bem nos meus olhos. Ele tinha um jeito doce. Era mais forte do que eu imaginava. Nas vezes em que eu o tinha visto por vídeo, parecia tão fofo que o imaginava mais molenga. Mas seu tônus era de um gato jovem, forte.

— O problema é que eu nunca mexi com espíritos antes.

— Não é questão de espírito — corrigiu Caliandra.

Explicou que se tratava de uma substância etérea extremamente volátil que, uma vez retirada do organismo humano, só pode ser preservada se armazenada em outro organismo vivo. Peguei um bloquinho para anotar.

— Vamos tomar aquele chá, primeiro — pediu, antes de prosseguir.

Notei que aquele assunto era incômodo para ela. Na cozinha, preparei um chá de pêssego com gengibre, cortesia de um patrocinador internacional. Achei que ela fosse me esperar na sala, mas Caliandra me acompanhou. Sentada numa banqueta, me encarou com um sorrisinho. Fez alguns comentários sobre meus eletrodomésticos, nenhum deles comprados por mim, todos presentes dos próprios fabricantes.

Segurando a xícara entre as mãos, com o olhar perdido na fumacinha que subia em espirais, Caliandra continuou.

— O problema é a aderência. Depois que a substância adere a um organismo vivo, é difícil tirar. A não ser que...

Caliandra interrompeu a frase, tomou um gole de chá e me encarou. Acho que ela queria que eu lesse seu pensamento. Preferi perguntar diretamente.

— A não ser o quê?

Caliandra virou o pescoço em direção ao sofá no canto da sala e baixou o tom de voz.

— A não ser que o organismo deixe de estar vivo.

Engoli meu chá, me controlando para não engasgar, para não esboçar nenhuma reação que revelasse o pavor que tomou conta de mim naquele instante. Eu estava com uma bruxa sentada na minha cozinha, propondo fazer com que Bijoux deixasse de estar vivo. Bijoux, o gato fofo que tinha encantado todas nós, cujos passos acompanhávamos como se fosse um reality show, que teve a proeza de conquistar o coração de Valquíria, coisa que criatura nenhuma jamais conseguiu fazer. Bijoux, o pobre gato obsediado por resquícios aleatórios de hélio-zaninice, que tinha viajado da Bahia até São Paulo pegando caronas! Bijoux, que agora estava acuado debaixo de um sofá, na sala ao lado, certamente acompanhando a conversa, sem ideia do que faríamos dele.

Coloquei a xícara no balcão, mantendo minha melhor cara de paisagem. Inspirei fundo, botei um sorrisinho simpático na cara e fingi que o que eu tinha acabado de ouvir era uma piada boba, sem noção. Dei uma risadinha.

Caliandra riu em resposta, daquele mesmo jeito bufado.

— Lógico que não, né?

— Eu estava brincando com você... — gracejou ela.

Então fez uma cara de má e perguntou:

— Ficou com medo?

Por um instante, tive certeza de que Caliandra havia lido meus pensamentos. Ela enxergou meu medo de bruxas, medo de estar na presença de uma, de estar, pela primeira vez na vida, me envolvendo num ato de bruxaria que demandaria habilidades especiais e muito sangue frio. Deve ter percebido que para mim tudo aquilo era inédito, que nunca antes eu tinha praticado bruxaria pesada, lidado com espíritos, mesmo que ela os chamasse de substâncias etéreas ou seja lá que nome desse a isso, que eu nunca tinha botado a mão na massa, que minha experiência se limitava a participar das chamadas de vídeo do clã e ter alguns sonhos premonitórios bem de vez em quando.

Caliandra deve ter intuído que, no fundo, eu não me considerava uma bruxa como as demais, que me achava uma farsa e que, por mais que Ludmila insistisse em dizer que eu tinha um dom que precisava desenvolver, eu me boicotava o tempo todo. Sempre finjo que não estou me sentindo bem. Simulo dores de cabeça que são provocadas por mim mesma, só para escapar de ter de fazer os exercícios que ela me passa. Tive a impressão que Caliandra farejou a culpa que eu carregava por fugir dos exercícios de Ludmila, por me sentir em dívida com ela, e por nunca ter falado disso com ninguém. Ela deve ter percebido como, em sua presença, eu me sentia acuada, imaginando se teria mesmo coragem de fazer tamanha maldade com Bijoux. A intuição de que ela estava lendo meus pensamentos foi tão forte que minha única alternativa foi devolver a pergunta.

— Por que eu teria medo?

Caliandra colocou a xícara dentro da pia, abriu a torneira e fez menção de pegar a esponja para lavar, quando eu disse que não precisava. Depois eu lavava. Mas ela lavou mesmo assim. Colocou a xícara virada de cabeça para baixo no escorredor de louças. Enxugou as mãos no pano de prato e disse que já estava indo embora. Dobrou-o do jeitinho como estava antes.

— Muito bonita a sua casa — acrescentou.

Bruxas sempre sabem quando uma está mentindo para a outra. Caliandra enxergou meu medo e optou por não comentar, pois se tem uma coisa inadmissível numa bruxa, é o medo. Constrangida comigo mesma, nem insisti para que ficasse mais e me explicasse o que eu deveria fazer com Bijoux. Trovejava. Caliandra vestiu seus trajes de motoqueira, calçou as botas pesadas e fechou o zíper do macacão até o pescoço. Antes de colocar o capacete, disse:

— Vou te dizer algo que alguém disse para mim, certa vez. A sua coragem é do tamanho do seu medo. Por enquanto você só conhece o seu medo, mas no dia em que conhecer a sua coragem... — Caliandra sorriu e seus olhos brilharam. A frase incompleta pairando no ar, e eu ali no hall, ansiosa pelo desfecho.

A bruxa apertou o botão do elevador. As portas se abriram imediatamente. Ela entrou.

— Quando eu conhecer a minha coragem...? — perguntei.

Caliandra soltou sua risadinha.

— Nesse dia, você vai se lembrar de mim — disse, levando a mão até o colar com os sete búzios.

As portas do elevador se fecharam a tempo de ela acenar tchauzinho com as mãos cobertas pela luva de couro. Já não era possível enxergar seu rosto, oculto pelo visor do capacete. Corri para a cobertura do duplex, de onde tenho uma vista fantástica. Vi a moto de Caliandra em alta velocidade, ziguezagueando pelo trânsito, em manobras ousadas. Quem visse, pensaria que era um moleque rebelde sem a menor noção de perigo. Dezoito anos, no máximo.

18

A *ideia de* colocar toda essa história no papel veio do próprio Bijoux. Naquela mesma noite, depois que ele se convenceu de que Caliandra tinha ido embora e não voltaria tão cedo, saiu debaixo do sofá, pé ante pé, espreitando o ambiente. Eu estava no sofá, assistindo à TV, com Blanche Du Bois no meu colo. Ela é minha Gata Guardiã, um amor de gata, mansa feito um coelho. Até se parece um pouco com um coelho. Focinho rosado, pelos brancos e felpudos. Quem olha, não acredita que ela possa ser uma Guardiã. Mas é. Já deu provas disso. Blanche foi quem primeiro reparou em Bijoux se aproximando. Ela virou a cabeça em minha direção, com um olhar de "olha lá", e girou os olhos na direção da poltrona. Bijoux estava sentadinho, nos encarando.

— Oi, Bijoux. Pula aqui.

Dei uma batidinha numa almofada ao meu lado, queria que ele se sentisse em casa. Blanche não se mexeu, mas estreitou os olhos daquele jeito que gatos fazem quando querem esboçar um sorriso amigável. Um movimento sutil, que nem todo mundo nota. Bijoux fez menção de vir, ergueu uma patinha, depois a outra, mas não saiu do lugar. Blanche comentou que achava que ele estava assustado. Desliguei a TV para lhe dar atenção total. Também tirei Blanche Du Bois do meu colo. Ela se acomodou no sofá, com toda a sua atenção voltada a Bijoux. Então eu trouxe um pote de ração para ele, do tipo premium, também cortesia do fabricante. Bijoux cheirou a porção e soltou um gemido de puro deleite antes de se esfalfar. Lambeu os bigodes ao final. Até sua feição melhorou. Comentou que nunca tinha comido nada tão bom e agradeceu.

Então ele me perguntou como poderia me ajudar.

Expliquei que ele não estava ali na condição de Gato Temporário. Podia relaxar. Ele era meu hóspede. Bijoux ficou me encarando, depois deu uma olhada para Blanche Du Bois. Coçou a cabeça. Não estava entendendo nada. Falou que se lembrava nitidamente de ter retornado à base do Disk Katz, de ter passado por uma consulta com a psicóloga, mas depois disso não se lembrava de mais nada. Tinha vagas lembranças de uma viagem de moto. Estava confuso se isso tinha sido com o moço do delivery dos leites maternos envazados ou com... nesse ponto Bijoux se calou e me encarou.

— Foi com Caliandra. Ela te trouxe até aqui — expliquei.

Bijoux deu alguns passinhos para trás, receoso com a minha pessoa. Morri de dó, deu para perceber que ele estava realmente traumatizado com as bruxas do nosso clã. Então Bijoux bateu com o traseiro na poltrona, olhou para os lados, procurando onde se enfiar, mas Blanche Du

Bois interveio e disse que eu era confiável. Não era como as outras.

"Ela não é daquele tipo de bruxa", disse Blanche por telepatia.

"De que tipo ela é?", perguntou ele de volta.

"Nem ela sabe. Eu também não sei. Ela ainda está se descobrindo."

"Hum..."

Bijoux me encarou com um jeito desconfiado. Da minha parte, não falei mais nada porque essa foi a primeira vez que eu acompanhava uma comunicação entre dois gatos, sendo que eu entendia absolutamente tudo que "diziam"! Eu nunca tinha tido uma experiência assim antes, só queria que eles continuassem como se eu não estivesse ali.

"Ela vai te ajudar", comentou Blanche, como que lendo meus pensamentos.

"Como?"

Bijoux realmente não botava fé em mim.

"Ela vai te ajudar. Não sei como, mas foi ordem da Ludmila. Você só precisa confiar nela."

Bijoux virou os olhos para o alto e suspirou.

"*Oh well...*", disse.

Ele sabia inglês também?! Achei aquilo simplesmente maravilhoso.

"*Whatever...*", comentou Blanche Du Bois, em resposta ao meu espanto com o fato de Bijoux saber inglês, mostrando que ela também sabia algumas palavrinhas. Percebi aí que os dois estavam lendo os meus pensamentos, assim como eu "ouvia" a conversa deles.

"*What's her problem?*", perguntou Bijoux, agora obviamente se divertindo com a situação.

"*Just ignore her*", Blanche Du Bois respondeu num tom bem blasé, mas eu não me importei.

Os dois seguiram conversando sobre coisas de gato, as regras da casa, horários, uso da caixinha de areia, lugares onde era aceitável dormir e lugares estritamente proibidos, até que Bijoux perguntou por que Ludmila havia escolhido a bruxa mais inexperiente do clã para ajudar. Pareceu-lhe uma decisão descabida. Quanto a isso, ele tinha razão.

Mas Blanche foi rápida na resposta.

"Porque, na verdade, é você quem vai ajudá-la."

Bijoux e eu nos encaramos, os dois com a mesma pergunta em mente. Essa não era a primeira vez em que Blanche Du Bois tinha uma premonição. Conforme aconteceu das outras vezes, dita a frase profética, ela tombou de lado e caiu num sono profundo que não tem nada a ver com o sono dos gatos. Parecia que tinha desmaiado. Bijoux ficou preocupado, mas eu o tranquilizei, dizendo que estava tudo sob controle. Ela despertaria dentro de quatro ou cinco horas, sem qualquer recordação do que havia acabado de dizer. Fora essa amnésia pontual, estaria ótima. Bijoux aceitou a explicação com um leve movimento de cabeça, numa expressão de "Se você está dizendo...".

Depois disso ficou um climão entre nós dois. Um olhando para a cara do outro, nos perguntando o que deveríamos fazer, quem deveria ajudar quem e, principalmente, *como*.

Minha intuição não é tão aflorada como a de Blanche Du Bois. Também não chega aos pés da intuição das minhas colegas de clã. Sempre questiono demais, acho que são minhocas da minha cabeça, duvido dessa coisa que chamam de *feeling* e à qual as bruxas dão tanta importância. Me parece subjetivo demais. Como vou confiar num pensamento que vem do nada, sem fundamento e sem autoria? A expressão "seguir a intuição" nunca fez o menor sentido para mim. É como dizer para seguir o vento. Sou o quê, agora? Uma borboleta?

Apesar de tudo isso, nesse dia fui tomada por um impulso urgente que me assustou. Bijoux me encarava, sentado na poltrona, sem se mexer, sem piscar, sem mover um fio de bigode, feito uma minidivindade egípcia materializada na minha sala, com uma missão para mim. Seu olhar vidrado dava a entender que, se eu falhasse, ele faria picadinho de mim.

Eu já não ouvia mais seus pensamentos, apenas uma ordem para que eu ligasse o computador. Por meia hora, fiquei no celular, ignorando-o, incomodada com sua presença, fingindo que não era comigo. Quis acreditar que a ordem não era para mim. Nem sequer era uma ordem de verdade. Ligar o computador para quê? Fiz uma selfie e postei, só por força do hábito, para ganhar tempo, sei lá. Até incluí Bijoux ao fundo. Chuva de likes. Ele é fotogênico, preto feito uma pantera, num contraste forte contra o couro branco da poltrona. Ficou bonito.

Então, o que começou com uma ordem para que eu ligasse o computador, ficou estranhamente específica.

Ligue o computador e abra o Word.

Continuei no celular, respondendo aos comentários.

Abra um arquivo novo. Espaçamento 1,5 com fonte Calibri, tamanho 12. Faça backup. Isto não é intuição.

Os comandos eram de uma especificidade que não tinha nada a ver com a fragilidade da intuição. Continuei ignorando. Em vez de ligar o computador, mandei mensagem para Caliandra. Disse que tinha adorado a visita e que havia sido um prazer conhecê-la pessoalmente. Depois mandei mensagem para Ludmila, contando que Bijoux já estava aqui. As mensagens eram mais para matar o tempo, pois tenho certeza que Ludmila já estava a par de tudo e Caliandra ia desdenhar de uma mensagem tão protocolar.

Estava prestes a mandar uma terceira mensagem para Magda, quando o celular travou. Só que não de um jeito que basta reiniciar e ele volta a funcionar. Ele não reiniciava. Nem tirando a bateria, nem colocando no carregador, nem dando uns tapas. Não saía da tela preta enigmática que só fazia refletir a imagem de Bijoux, sentado na poltrona, com cara de minidivindade saída das pirâmides do Egito com a obstinação de me fazer levantar do sofá e ir para o computador, abrir o tal arquivo de Word com as especificações de formatação. Então eu fui.

Abri um arquivo novo. Escolhi a fonte "Calibri", que eu nunca usava, por sinal, e coloquei no tamanho "12" com o espaçamento solicitado. Digitei:

Pronto. E agora?

O cursor piscou feito um coração pulsante, não no ritmo normal que imita o tique-taque do ponteiro de um relógio, mas bem mais acelerado, feito uma crise de taquicardia. Mantive os dedos nos teclados e a coluna reta, lutando contra um peso nas pálpebras. Em seguida, meus olhos foram se fechando contra a minha vontade e por mais que eu tentasse abri-los, todo esforço foi em vão.

Então veio um formigamento na ponta dos dedos. Senti minhas mãos tremelicando. Os dedos vibravam sobre o teclado a ponto de batucarem nas teclas, fazendo um chiado gostoso de chuva. Letrinhas caíram feito gotas, sem que eu pudesse ler se caíam em formação de sílabas aleatórias, palavras, caracteres soltos, se tinha pontuação ou sentido. Foi prazeroso e fácil. Eu respirava profundamente, desfrutando de uma oxigenação benéfica do cérebro, toda a minha atenção concentrada num ponto entre as sobrancelhas, ciente de que meus dedos trabalhavam por si, guiados por uma inteligência desconectada de mim.

Não sei quanto tempo depois, ao abrir os olhos tudo que vi foi uma chuva de bolinhas brancas sobre um fundo preto, como se minha pressão tivesse caído. Aos poucos minha visão foi voltando. A tela do computador provocou uma leve ardência nos meus olhos. Tornei a fechá-los, ainda sem entender o que estava acontecendo, mas certa de que era uma coisa boa. Uma felicidade aflorou de repente.

Recuperada da vertigem, me deparei com um relato de Bijoux, em primeira pessoa, contando tudo o que havia acontecido com ele nas últimas semanas.

Ele estava no meu colo, com a cabeça encostada na minha barriga, o corpo relaxado, numa posição tão aconchegante que não tive coragem de me mexer. Salvei o arquivo e voltei para o comecinho do texto. Reli tudo o que, então eu entendi, ele havia "ditado" para mim.

Tive apenas de corrigir alguns erros de ortografia e inserir a pontuação. Bijoux não entendia o uso de vírgulas, travessões, quebra de parágrafo e também se confundia com a conjugação de alguns tempos verbais. Fora isso, o relato me pareceu coerente com tudo o que eu havia visto e ouvido do clã. Seria prudente conferir alguns fatos, mas isso era fácil. Eu podia falar diretamente com Caliandra e Valquíria, as duas bruxas citadas até onde ele havia "ditado".

Trabalhando na revisão do texto, anotando as informações que eu achei que demandariam mais explicação, tive um gostinho do que deve ser o ofício de uma escritora de livros de ficção. Se eu mesma não estivesse envolvida na história, com o autor deitado no meu colo, acharia que era uma ficção de alguém com excesso de imaginação e falta de senso de realidade. Talvez considerasse a história completamente absurda. Mas com o autor ali, dando seu testemunho, como poderia contestar? Estava honrada por ter sido escolhida para colocar sua história no papel. Fiz um carinho em seus pelos.

Bijoux respondeu com um ronronado forte de gato feliz.

Perguntei-lhe se poderíamos encerrar o expediente e continuar no dia seguinte. Ele quis saber quantas páginas de Word havíamos escrito. Eram dez páginas. Bijoux considerou bom para um primeiro dia de trabalho. Concordou em continuar no dia seguinte. Pediu que eu fizesse um backup do arquivo nas nuvens. Achei engraçado.

— Você sabe que não é literalmente nas nuvens, né Bijoux? É só o nome de um aplicativo.

O gato só me olhou com uma cara de desdém. Até hoje não sei se ele entende direito para onde vão os arquivos salvos. Mas isso não importa. Entendi que a partir daquele momento eu seria sua ghost writer. Esclareço também que, se nesses trechos estou inserindo minhas opiniões pessoais, é com autorização dele. Já estamos na página 229 e ele achou que poderia me ceder a palavra um pouco. A isso eu lhe agradeço, Bijoux. Mas antes que eu abuse do meu privilégio de narradora, vamos seguir para o próximo capítulo e entender o que acontecia no clã enquanto Bijoux e eu firmávamos nossa parceria.

19

No clã, o assunto do momento era a busca da nova bruxa. Ludmila havia encontrado a candidata que atendia a todos os requisitos para ocupar a posição de sétima bruxa do "Clã da Sutileza". Havia um procedimento derradeiro, que no fundo era mais protocolar do que qualquer outra coisa. Em breve a selecionada seria apresentada a nós. Acredito que, mais do que qualquer outra, eu era quem estava mais empolgada com a chegada de uma nova companheira. Isso significava que eu deixaria de ser a novata. Eu e ela estaríamos mais ou menos no mesmo grau de desenvolvimento mágico, e poderíamos aprender juntas.

Mas junto com a boa notícia veio uma cobrança. Ludmila demandou que o assunto Hélio Zanini estivesse resolvido até lá. Não queria que a nova bruxa chegasse ao clã no meio do quiproquó envolvendo resquícios espirituais em GTs. De preferência, que não tivesse nenhum GT entre nós quando a hora chegasse. Que tudo já estivesse resolvido. E a bruxa encarregada de dar um jeito nisso era eu.

Bijoux, deitado no meu colo, acompanhou minha conversa com Ludmila.

— Sim, entendi perfeitamente — respondi.

Senti Bijoux se encolhendo, trêmulo. Fiz um carinho nas suas costas. Eu mesma estava igualmente tensa. Não tinha ideia de como proceder, mesmo assim, sei lá o que deu em mim, que garanti a ela que a coisa estaria resolvida. Ainda acrescentei um "pode confiar, Ludi".

Desliguei o computador e fui com Bijoux até a poltrona perto da janela, onde batia um sol gostoso. Era seu lugar favorito do duplex. Perguntei-lhe sobre Hélio. A abordagem foi de um jeito bem casual, não como uma bruxa querendo exorcizar o infeliz na marra, mas como uma amiga, acarinhando seus pelos, num tom descontraído. Porém, a verdade é que, a essa altura, Hélio Zanini tinha virado uma espécie de carrapato nojento que já estava me dando nos nervos.

Bijoux respondeu que gatos são criaturas resilientes. Estava aprendendo a conviver com a presença.

"É como uma dor de dente que vai e vem. Às vezes ele passa dias sem incomodar. Mas de repente vem aquela pinçada forte, e nos lembramos que ainda está lá."

— Você não sente saudades da Cidinha? — perguntei, era um jeito de chamar por Hélio.

Mas Bijoux não respondeu. Saltou do colo e foi para a cobertura, feito um gato comum. Pensei em ir atrás e insistir um pouco mais no assunto Cidinha, mas no fundo eu me sentia meio doida agindo assim.

Naquela noite, de novo Bijoux pediu que eu abrisse o arquivo de Word para que ele continuasse a me contar sua história. Assim fiz e tivemos uma longa sessão de escrita. Eu, de olhos fechados, ouvindo o que ele me transmitia, ciente de que meus dedos teclavam palavras no arquivo. De tanto em tanto, eu abria os olhos só para salvar. Nesse momento, ele parava de ditar. Depois continuávamos. Naquela segunda sessão, percebi que eu tinha mais autonomia. Conseguia até inserir vírgulas conforme ele ditava, o que já adiantava bastante o processo. Tentei também levantar a questão Zanini, para ver se surtia algum efeito, mas sem sucesso. Ele me ignorou por completo.

Trabalhamos até a hora da chamada de vídeo do clã. Convidei-o a continuar no meu colo, mas Bijoux declinou. Saltou fora e se escondeu na lavanderia. Só voltou para a sala depois que eu tinha desconectado. Explicou que não queria ver a cara, nem ouvir a voz de Valquíria. Ela, mesmo sabendo que Bijoux estava comigo, nem perguntou por ele, nem mesmo por educação. Era como se nem se lembrasse da sua existência.

Na *live*, só falamos sobre os preparativos para a recepção da nova bruxa. Ninguém mais tocava no nome de Bijoux. O que isso significava? Que todas confiavam plenamente em mim para resolver o problema? Ou que tinham tirado o corpo fora e estavam dedicadas a questões mais interessantes?

Naquela noite eu mal preguei o olho. Fiquei ouvindo a conversa entre Blanche e Bijoux, mesmo não querendo. Enquanto os dois ficaram papeando na sala, feito velhos amigos, eu, no quarto, ouvia tudinho. Foi de enlouquecer.

Blanche Du Bois falava sobre sua vida como Gata Guardiã. De um modo que deu a entender que não era a maravilha que Bijoux imaginava.

"Talvez você seja mais feliz como GT mesmo...", lamuriou Blanche.

Ela reclamava que eu a usava para minha autopromoção nas redes sociais, que perturbava suas sonecas para ficar fazendo selfies, simulando um carinho que era só para aparecer nas fotos. Fez um dramalhão, pintando sua vida como se fosse uma existência de exploração da sua imagem.

"Ao menos você tem a chance de conhecer bruxas poderosas de verdade que bancam sua magia, ao contrário de certas pessoas que eu conheço", disse ela.

Bijoux me defendia, dizendo que eu ainda era nova e estava "em desenvolvimento".

Foram as palavras que ele usou. Disse para Blanche ter paciência, pois acreditava que um dia eu também me tornaria uma grande bruxa, com uma tremenda sintonia com gatos.

"Você é uma privilegiada, Blanche", falou, melancólico. "Ela está escrevendo a minha história. Tem sido muito terapêutico para mim."

"Quer saber o que eu acho? Acho que, de novo, você está servindo de cobaia. Ela tem segundas intenções."

Nesse ponto os dois se calaram.

Fiquei me perguntando se eles sabiam que eu conseguia ouvir. Também não sabia se liam meus pensamentos o tempo todo, ou só quando eu me direcionava a eles. Bruxas mais no controle dos seus dons conseguem liberar ou bloquear seus pensamentos, conforme desejam. Eu não tinha esse poder. Eu sequer sabia se Bijoux lia o que eu escrevia, ou se ele tinha como conferir se aquilo que me ditava estava sendo transcrito corretamente.

Na maior parte do tempo era uma comunicação bem confusa que acabava por reforçar minha síndrome de picareta. Eu tinha muitas dúvidas se aquilo que eu "ouvia" da conversa deles procedia ou se era coisa da minha imaginação. Havia momentos em que eu jurava que era real. As palavras chegavam como se fosse uma transmissão de rádio. Em outros momentos, quando os dois desembestavam a falar bobagens, eu tinha certeza de que era viagem minha. Adoraria poder discutir tudo isso em terapia, mas Ludmila havia me proibido de comentar assuntos sobrenaturais com minha psicanalista. Ela disse que se eu precisasse falar com alguém, que procurasse a Magda.

Eram cinco da madrugada. Magda já estaria acordando para cuidar dos bichos. Liguei.

Se não ligasse, eu ia perder o juízo de vez.

Magda atendeu prontamente, como se o horário não fosse em nada absurdo, e tampouco a minha aflição. Até deu risada quando eu me desculpei, explicando que a questão de conversar com bichos era muito nova para mim.

— Imagina, mana... supernormal — disse ela, de um jeito tão banal que por um instante eu até acreditei que fosse normal mesmo.

E como se não fosse nada de mais, Magda me convidou para ir até a fazenda, dizendo que tomaríamos um lanche e conversaríamos com tranquilidade. Achei simpático o convite, tirando o fato de que a fazenda ficava em Goiás e isso implicaria em fazer uma viagem longa num momento em que eu andava superatarefada. Expliquei que eu precisava resolver a questão Zanini. De preferência, nas próximas horas, e eu não sabia por onde começar. O que eu deveria fazer? Espremer o gato? Optar por um Bijoux não vivo, conforme Caliandra havia sugerido? Levar Bijoux até Hélio Zanini e esfregar um na cara do outro? Nesse ponto fui perdendo as estribeiras. Estava realmente nervosa com a pressão de exorcizar o bicho.

— Caaaaaalma, Fortuna — Magda arrastou o "a" como se fosse um mugido. Ao menos foi assim que soou.

Ela então se corrigiu, explicando que eu não precisaria me deslocar fisicamente até a fazenda.

— Cê deve ter um espelho de corpo inteiro, não tem?

Isso eu tinha. Toda bruxa que se preze tem um espelho de corpo inteiro em algum canto da casa, mas entre ter o espelho e atravessá-lo, há uma diferença. Eu nunca tinha nem tentado. A ideia me apavorava. Sinceramente, achava perigosíssimo.

— Cê tem medo de se cortar?! — Magda soltou uma gargalhada esculachada.

Eu tinha medo de me cortar, de não voltar, de ir parar no lugar errado, sendo que algo me dizia que esse lugar seria um umbral apavorante. Tinha medo de ficar presa na tal dimensão intermediária, de enlouquecer, de me machucar e, caso eu conseguisse voltar depois, de retornar com sequelas. E se danificasse algum órgão? E se eu tivesse um ataque de labirintite? Lógico que não falei nada disso para ela, apenas respondi que não sabia como fazer.

Magda deve ter adivinhado que, mais do que falta de conhecimento técnico, eu tinha várias ressalvas. Ela me interrompeu, disse para eu deixar de mi-mi-mi e que ia me instruir passo a passo. Acrescentou que seria um excelente exercício para que eu ousasse mais na minha evolução mágica. Encerrou a conversa dizendo que eu era muito acomodada em relação à minha magia pessoal.

A travessia foi agendada para meio-dia em ponto. Saber que eu atravessaria num horário de incidência máxima de luz me tranquilizou um pouco. Esse detalhe não tinha sido à toa. Me deu um senso de equilíbrio. Magda recomendou que eu me vestisse de branco e tomasse um banho de sal grosso antes. Mandou que estivesse em jejum e descalça. Não era para usar nada de joias ou bijuteria. Nem piercing. Também pediu que uma hora antes eu tirasse todos os aparelhos eletrônicos das tomadas e desligasse o celular. Segui as instruções à risca.

Aproveitei para escrever um bilhete explicando o que eu estava fazendo. Caso eu não retornasse, deveriam entrar em contato com Magda ou Ludmila. Deixei anotado o contato das duas. Grudei cartão bilhete na porta da geladeira. Destranquei a porta da frente, para que o corpo de bombeiro não precisasse arrombar, caso algo desse errado. Também configurei meu e-mail com aviso de notificação de férias, um jeito de deixar uma pista de que eu tinha "viajado".

Por fim, revisei meu testamento, coisa que costumo fazer a cada seis meses, e atualizei algumas cláusulas. Deixei o testamento em cima da mesa da sala para facilitar para quem viesse tratar da parte burocrática. O tempo todo tentei me convencer de que eram medidas de segurança, e que tudo daria certo. Faltando quinze minutos para meio-dia, me sentei num almofadão, em posição de lótus, de frente para o espelho de corpo inteiro.

Estava sem maquiagem. Acho que isso me deixa com cara de doente, mas tudo bem. Não ia cismar com isso.

Fechei os olhos e fui entrando em estado meditativo, quando senti Bijoux se acomodando no meu colo. Delicadamente, coloquei-o ao meu lado, mas ele voltou. De novo, tirei-o do meu colo. Ele voltou e disse que ia junto. Aquilo me irritou. Magda não tinha falado nada quanto a levar gato junto. Fui enérgica e o enxotei. Bijoux estava quebrando totalmente minha concentração, e eu não podia me arriscar a atravessar desconcentrada. Ele voltou de mansinho e parou ao meu lado, olhando para a minha cara, porém sem pular no colo.

— Isso, fica aí.

Blanche Du Bois, sentada na poltrona dela, apenas observava, quieta. Se estava se comunicando com Bijoux, fazia-o daquela maneira sigilosa que eu não conseguia alcançar. Em dúvida do que fazer, mantive os olhos fechados, conforme as instruções. A essa altura eu já tinha perdido a noção do tempo e não saberia dizer se faltavam cinco minutos, um minuto ou poucos segundos para o meio-dia.

Tive medo de abrir os olhos e calhar de ser meio-dia em ponto, o que significa que eu atravessaria de olhos abertos, e talvez ficasse cega. Meu coração disparou. Tive certeza de que ia infartar, mas mesmo assim me mantive paralisada. Pois agora o medo era de me mexer na hora errada e ficar com a coluna travada, ou com torcicolo, ou com o ombro deslocado. A instrução de manter a mente tranquila já tinha falhado total e, quando dei por mim, estava sendo ejetada para fora do corpo, envolta por um redemoinho, com Bijoux no colo.

Caí sentada num pasto. Havia cavalos. Não muito perto. Estavam pastando ao longe, mas eram grandes e um deles relinchou. Apalpei o chão e me levantei rápido. Na linha do horizonte, avistei um búfalo. Meus joelhos tremeram tanto

237

que tive de voltar ao chão, acho que numa tentativa de me enfiar num buraco, mesmo não havendo um ali.

Obviamente, eu não sabia o que estava fazendo.

Apalpei meu corpo. Foi um alívio constatar que estava tudo no lugar. Braços, pernas, pés, mãos. Meus cabelos ainda estavam na cabeça. Meu nariz. Apalpei bem meu nariz. Foi reconfortante ver as extremidades todas encaixadas no lugar. Vi também Bijoux, mas ele logo saiu saltitando, feito um esquilo alegre, em direção ao búfalo.

Quis chamar por ele, mas tive medo de gritar e atrair a atenção do animal. Tentei chamar por pensamento, sem sucesso. Ainda no chão, sem coragem de me mexer, ouvi um toque de berrante. Senti um calafrio. Então vi, ao longe, Magda montada no búfalo, cavalgando em minha direção. Nem sei se esse é o verbo correto. Só sei que ela estava montada no animal e ele vinha a galope, com ela em cima, na maior naturalidade.

Magda sorria.

Conforme o animal se aproximou, não pude resistir ao impulso de cobrir o rosto com as mãos e me encolher mais.

Ela gritou algo como "Eia!", interrompendo o som do galope pesado. Só senti o bafo quente e o odor diferente de tudo o que eu conhecia. Abri os olhos e deparei com os dois a poucos centímetros de mim. Bijoux, agora novamente ao meu lado, cumprimentou Magda. Ela saltou do lombo do búfalo para pegá-lo em seus braços. Os dois conversaram um pouquinho, enquanto fui me recompondo devagar, até conseguir me levantar do chão.

Bijoux estava tão bem acomodado nos braços de Magda que quem visse teria a impressão de que eles se conheciam a vida toda. Ele estreitou os olhos numa expressão de relaxamento, enquanto ela acariciava seu cocuruto. Para Bijoux, a fazenda, o pasto, o búfalo e a própria Magda representavam um ambiente de acolhimento e segurança. O mesmo não podia ser dito em relação a mim. Meu corpo tremia. Eu só queria voltar para o meu apartamento. Embora eu estivesse ali, era óbvio que meu corpo não estava.

Não sei como explicar isso de um jeito que faça sentido, mas a densidade de tudo o que era material estava errada. Meu corpo, a terra onde eu pisava, o capim, minhas roupas, meus cabelos e minhas mãos. Tudo era rarefeito, frágil. Parecia que tudo poderia se esfarelar num piscar de olhos. Tive medo de cair, só que era mais do que cair no chão. A queda não seria minha, mas do solo em que eu pisava. Era frágil demais, podia simplesmente afundar feito areia movediça. Apavorada com essa possibilidade, não consegui dar um passo para a frente nem para trás.

Magda me estendeu a mão. Disse para que eu me apoiasse nela. Numa tentativa de me acalmar, disse que eu podia ficar tranquila porque meu corpo físico não estava ali de fato. Continuava no apartamento, em segurança. Claro que isso só me deixou mais apavorada. Pedi que ela me levasse de volta imediatamente.

Bem devagarinho, Magda deu um passo para a frente. Parecia um mímico de rua andando, movimentos lentos e exagerados. Ela me incentivou a fazer o mesmo. Um passinho apenas. Ergui a perna, fechei os olhos, respirei fundo e imitei seu movimento. O chão em que pisei cedeu, meu pé afundou. Não vou dizer que era como caminhar em nuvens, porque nunca tive essa experiência. Seria lindo poder dizer, mas não vou romantizar.

Foi como caminhar numa poça de lama, só que sem a sujeira. A agonia era a mesma. Nada ali era firme, nada era concreto, nada transmitia a menor segurança. Caminhando dessa maneira, atravessamos o pasto, com o búfalo e Bijoux nos acompanhando. Bijoux, muito à vontade naquele ambiente, até dando uns pulinhos, tentando alcançar borboletas que cruzavam o nosso caminho. O lugar era empesteado de borboletas, de todas as cores e tamanhos. Um detalhe que deveria ajudar a compor um visual encantado. Em outras circunstâncias, deixaria tudo lindo e mágico. Imagino que qualquer outra pessoa que não eu teria achado a experiência muito bela e mágica. Eu não conseguia. Só prestava atenção em onde estava pisando, me agarrando com toda a força ao braço de Magda, concentrada em me acalmar nem sei bem como.

Enfim chegamos na casa da fazenda, onde havia uma mesa posta esperando por nós. Conforme prometido, havia um lanche e café. Magda explicou que tudo era produção local. As frutas, geleia, o pão, o café. Mas enquanto ela se esforçava para passar uma impressão de normalidade, eu só me perguntava como poderia comer qualquer coisa daquela mesa se meu corpo não estava ali. Magda me entregou uma xícara de chá e pediu para eu tomar. Disse que era de camomila. Produção local também. Ia me fazer bem.

Tomei e não senti o líquido descendo pela minha garganta embora, estranhamente, tenha sentido o gosto e um efeito calmante imediato. Muito mais calmante do que um chá de camomila comum comprado no mercado. Num piscar de olhos, eu estava calma. Sentei na cadeira da varanda. Mesmo não sentindo a firmeza da madeira do assento e muito menos do contato das minhas costas no encosto, relaxei. Quando Magda me ofereceu uma torrada com geleia, aceitei. Derreteu na boca feito algodão doce, desses de parque de diversões.

Ao final do lanche, eu já estava me sentindo bem melhor. Quando, ao longe, enxerguei duas girafas caminhando, muito esbeltas, não me sobressaltei e nem interrompi o que estava dizendo para comentar o fato. O mesmo aconteceu quando vi um leão chegando tão de mansinho que quando ele escalou uma árvore toda retorcida e ficou ali deitado, era como se eu estivesse assistindo a cenas de um documentário na televisão, num cenário de realidade virtual, certamente muito convincente, mas sem o perigo real. Tudo naquele ambiente era tão sereno que nos raros momentos em que meu senso crítico voltava, eu me perguntava se era realmente daquele jeito ou se era porque eu estava numa dimensão paralela, e não no ambiente propriamente dito. Mas esses questionamentos duravam milésimos de segundo. Logo minha atenção voltava ao que Magda estava dizendo.

Ela falava sobre o motivo que me levou até ali: minhas dúvidas em relação à comunicação com gatos, e entre gatos. Para mim, uma dúvida séria pois, caso não fosse real, e sim fantasias da minha cabeça, significava que eu estava ficando doida.

Expliquei tudo em detalhes a ela, com o máximo de clareza possível naquelas circunstâncias. Porém, o tempo todo, enquanto eu me explicava, Magda manteve um sorrisinho no rosto, como que achando engraçada a minha agonia.

— Não é engraçado... — falei, por fim, um pouco chateada.

O sorrisinho foi se abrindo numa expressão de felicidade radiante. Magda disse que estava feliz por mim, minhas dúvidas eram saudáveis. Sinal de que eu tinha senso crítico, e aí estava a fonte da minha credibilidade.

— Fortuna, cê é uma bruxa moderna e isso é bom! Se você tem dúvidas em relação à sua capacidade de ouvir a conversa entre gatos, faça testes. Pede pra eles confirmarem. Fala que cê precisa de provas concretas. Gatos também são desconfiados. Mais até que o cê!

Magda tomou um gole de chá e me encarou com uma expressão séria.

— Mana, cê tem alma de gato.

Tem momentos na vida em que uma frase nos acerta feito uma lança. Essa me causou um arrepio na espinha, mesmo minha espinha não estando ali. Magda sabia do que estava falando. Com cinco palavrinhas ela matou a charada da minha magia. Se eu sabia disso? Sabia daquele jeito inconsciente. Eu mesma nunca teria conseguido colocar de um modo tão simples e direto. Bijoux, sentado na muretinha da varanda, pulou no meu colo e encostou a cabeça na minha barriga. Acariciei suas costas.

— Num é toda bruxa que tem essa conexão com eles. Não como a que cê tem — prosseguiu.

Tomei coragem e disse que em certos momentos eu tinha a nítida impressão de que estava psicografando as palavras de Bijoux, principalmente quando ele se deitava no meu colo enquanto eu escrevia. Contei que chegava a ficar meio sonolenta, minhas pálpebras pesando, pesando, sem que meus dedos parassem de digitar. Quando dava por mim, havia escrito páginas e páginas de uma história que eu mesma nunca tinha vivido.

Magda ouviu com uma expressão que dava a entender que tudo que eu contava era encantador. Nem um pouco estranho, insano ou impossível, mas maravilhoso. Ela segurou nas minhas mãos e me encarou de um jeito sério. Disse que era isso mesmo, a verdadeira magia acontece quando nos esvaziamos de nós mesmas.

— A magia acontece *através* de nós, percebe? Num é nada que fazemos de propósito. Nós só nos colocamos à disposição. Daí o dom mágico vem. É o que cê faz quando se senta ao computador pra escrever. É o que eu faço, aqui, cuidando desses bichos todos. Eu nunca entendo como consigo, de onde tiro energia, como eu sei do que cada um deles precisa, mas trabalhando com eles, sempre dá certo. Se isso num é magia, eu num sei o que é.

Essa era uma questão para a qual eu mesma nunca tive resposta certa, mas conversando com Magda me convenci de que magia era algo bem mais involuntário do que eu poderia imaginar. Eu estava completamente equivocada achando que precisava aprender a *fazer* magia. Cancela o verbo *fazer*. A magia aconteceria através de mim sem que eu precisasse *fazer* coisa alguma. Magia, eu entendi ali, não tem nada a ver com ações deliberadas. Magia é entrega.

Naquela tarde também entendi que o medo que tantas vezes me impediu de mergulhar mais fundo nos mistérios da bruxaria não era um inimigo que eu deveria combater. O medo podia ser um bom aliado.

Eu não queria mais ir embora dali. Magda tinha uma presença tão grandiosa, tão acolhedora. Ela era a generosidade em pessoa. Quando, ao longe, avistei um elefante com um filhotinho, meus olhos marejaram, pois eu sabia que tinham sido resgatados de um passado indigno. Talvez tivessem sido animais de circo. Agora estavam ali, numa fazenda abençoada no interior de Goiás, aos cuidados de uma das pessoas mais amorosas que conheço. Era tamanha vastidão à minha volta, que tive a sensação de que minha jornada no caminho da bruxaria estava apenas começando. Isso me encheu de entusiasmo, e quando o sol foi se pondo, e no lugar de passarinhos veio o brilho dos pirilampos, Magda disse que estava na hora de voltarmos. A travessia deveria ser feita às dezoito em ponto.

Num canto da sala havia um imenso espelho de moldura de madeira escura. Magda tomou Bijoux no colo e sussurrou algumas palavras em seu ouvido. Dessa vez, não consegui entender. Nem mesmo quando ele respondeu. Não me importei. A essa altura, ela havia ganho o meu respeito. Era a primeira vez, desde que entrei para o clã, que senti que estava na melhor companhia possível.

— Já já a gente vai se ver, na apresentação da nossa nova mana. Nem vai dar tempo de sentir saudades — disse.

Então Magda me pediu um favor: que nessa ocasião eu levasse Bijoux junto. Prometi que levaria.

A travessia de volta foi suave. Magda disse para eu encostar a palma da mão no espelho e empurrar. Com Bijoux no colo, assim fiz. O espelho se dissolveu ao contato dos meus dedos. No instante seguinte eu estava sentada em posição de lótus, no tapete do meu apartamento, com Bijoux no colo e Blanche Du Bois na poltrona.

Quando encarei o espelho da sala do meu apartamento, por uma fração de segundo vi Magda do outro lado, acenando adeus. Então pisquei e tudo que vi foi meu próprio reflexo.

Havia algo de diferente na minha feição. Eu me achei mais bonita. Mesmo sem maquiagem, com os cabelos molhados pelo orvalho da fazenda, algumas folhas de bambu grudadas na barra do vestido e os pés sujos de lama.

20

𝒟esde a visita à fazenda, eu estava me sentindo mais à vontade na minha condição de bruxa, escrevendo esse relato com Bijoux no colo, intercalando minhas palavras com as que eram ditadas por ele.

A essa altura, Bijoux havia se tornado praticamente meu chefe. Eu, uma espécie de secretária-redatora-ghost writer. Ele estava empolgado com a nossa parceria, com urgência de contar logo a sua história, até que, durante uma dessas sessões de escrita, ele parou de ditar e pediu desculpas pelo que faria em seguida. Foi muito rápido, tanto que não tive tempo de reagir. Só lembro que aconteceu enquanto eu bocejava. Os olhos momentaneamente fechados. Lembro que foi nesse instante que ouvi o espirro de Bijoux sincronizado com meu bocejo. Ele espirrando, eu bocejando.

Atos involuntários, sem consequência alguma, se não fosse pela sincronia. Pois, com aquele espirro certeiro, mirado em direção ao meu rosto, a substância etérea do Hélio Zanini foi transferida para dentro de mim.

Saltei da cadeira.

Bijoux correu para debaixo do sofá.

Meu corpo pinicava por fora, queimava por dentro. Uma mistura de alergia com febre.

Corri para a cozinha, entornei um copo d'água, fiz gargarejo, cuspi. Mas só expeli água. A coisa ainda estava em mim. Corri para o banheiro, enfiei o dedo na garganta. Tentei a todo custo vomitar o troço. Caí no choro, fui tomada por um ataque de tremedeira.

Forcei tanto para vomitar que minha laringe começou a doer demais. Bebi mais água. Hélio queria que eu o levasse para casa. Fiquei com muito medo. Mandei mensagem para Magda, explicando tudo. Ela respondeu rápido. Disse para eu chamar um Uber e ir imediatamente para a clínica da Caliandra. Assim fiz. Durante o caminho todo, ficamos ao telefone, numa chamada de vídeo. Magda me passava as instruções. Mandou que eu olhasse para ela, que mantivesse minha atenção apenas nela, que não olhasse para os lados, para a rua, que ficasse com ela. Embora uma parte de mim quisesse olhar para fora, para a rua, para trás, obedeci. Era a parte que não tinha nada a ver comigo e que não estava nada à vontade no meu corpo. Magda pediu para o motorista ir mais rápido. Quando ele ignorou a ordem, acho que por não ter entendido que era com ele, só apontei a tela do celular e mostrei a imagem de Magda ao lado de um touro, num descampado. Ele olhou de canto de olho. Tomou um susto. Magda, enfática, disse que estava falando com ele, sim, e que ele precisava acelerar pois eu estava tendo uma crise. Então ele me encarou pelo espelhinho retrovisor e deve ter enxergado sinais da crise na minha feição. Dez minutos depois, nem eu sei bem como, chegamos na clínica da Caliandra. Ela já estava esperando na calçada. Ajudou-me a sair do Uber e me conduziu até a maca.

Acordei não sei quanto tempo depois, me sentindo zonza. Caliandra me serviu um chá de não sei o quê, e gradualmente fui entendendo onde estava e por quê. A tontura diminuiu.

— Ele já se foi — disse ela, segurando na minha mão.

Olhei à minha volta, para o alto, acho que numa esperança ingênua de ver um fantasminha voando. Sei lá o que eu esperava ver. Caliandra, adivinhando meus pensamentos, explicou que, enquanto eu estava adormecida, Hélio Zanini apareceu na clínica por causa de uma súbita dor na lombar que o deixou completamente travado. Aproveitou o ensejo para concluir o transplante. Eu estava tão grogue que não questionei. Ela disse para eu tomar o chá até o fim. Tomei.

Caliandra seguiu falando de como estava feliz por tudo ter terminado bem. Agora Bijoux voltaria a ser um gato comum, Hélio Zanini estava cem por cento Hélio Zanini e ela já não se sentia em dívida com ninguém.

— Obrigada, Fortuna. Você foi corajosa. — Caliandra deu um tapinha nas costas da minha mão. Ajudou-me a descer da maca.

Não entendi o "corajosa". Corajosa seria se eu tivesse feito de propósito. Tudo o que fiz foi colocar Bijoux no colo e...

Recapitulando o que tinha acabado de acontecer, foi ficando evidente que eu tinha sido usada por Bijoux. *Ele* é que expeliu Hélio Zanini para dentro de mim num momento de vacilo meu.

As pecinhas foram se juntando, conforme meus pensamentos se organizavam e eu voltava a mim.

— Como foi mesmo que você conseguiu fazer com que o Hélio Zanini viesse pra cá? — perguntei para Caliandra, pois essa parte me pareceu difícil de acreditar.

No momento exato em que eu vinha de Uber, ele também chegou por causa de uma súbita dor na lombar? Achei coincidência demais.

Foi aí que Caliandra me encarou de um jeito diferente. Não mais com aquela combinação de benevolência e dó. Mas com um sorriso sarcástico.

— Tudo bem, acho que você merece saber.

Caliandra pediu que eu a acompanhasse até seu escritório. Tive de me apoiar em seu braço. Embora já estivesse alerta, senti uma leve tontura ao caminhar. Ela me olhou de esguelha. Notei uma cumplicidade que veio acompanhada da mesma risadinha. Aquilo fez com que eu me sentisse melhor, mais bruxa. É estranho dizer isso, mas não tem outra maneira de explicar. Foi como se, ao voltar do "desmaio" ou da cirurgia, após ter servido de veículo de transferência entre Bijoux e Hélio Zanini, eu tivesse evoluído um tanto enquanto bruxa. O jeito como Caliandra olhava para mim indicava isso. Ela estava orgulhosa de mim.

O escritório ficava na parte de trás da clínica. A porta estava trancada. De dentro do sutiã, Caliandra puxou uma chave tetra. Abriu a porta, fez um gesto para eu entrar primeiro. Havia quadros com bonitos desenhos da coluna vertebral. Num canto, um esqueleto, desses de faculdade de medicina. Havia também um armário de madeira que ocupava a parede toda, de ponta a ponta. Continha várias gavetinhas e portas de vidro, feito um antigo móvel de boticário. Cada gavetinha era rotulada com um nome, e estavam organizadas por ordem alfabética. Caliandra abriu a gavetinha de Hélio Zanini. Puxou uma caixinha retangular. Então sentou-se atrás da mesa e indicou uma cadeira, onde me sentei. Havia uma formalidade nos seus gestos. Ela colocou a caixinha em cima da mesa. Empurrou-a em minha direção. Fiquei na dúvida se era para abrir, achei melhor esperar.

Caliandra perguntou se podia confiar em mim. Mantinha os olhos fixos nos meus, com uma seriedade que eu só tinha visto uma vez na vida, quando Ludmila perguntou se eu queria entrar para o clã. Na ocasião, soube que a única resposta possível era a verdade pura, caso contrário haveria consequências sérias. Nesse caso também, e no instante em que Caliandra perguntou, a resposta me veio à mente antes que eu pudesse considerar. Foi instintivo: sim, ela podia confiar em mim cegamente. Entendi, por pura intuição, que a Caliandra à minha frente era uma bruxa sensível, inteligente e discreta, e essa combinação de habilidades me interessava muitíssimo.

— Sim, pode confiar — respondi.

Num movimento de mão, ela sinalizou que eu abrisse a caixinha. Abri.

Dentro, encontrei um embrulho em papel de seda amarelado. Com todo o cuidado, retirei-o da caixa. O formato era de pamonha. Estava, inclusive, amarrado com uma cordinha. Desfiz o nó. Abri as folhas do papel de seda até chegar no boneco de um homem de meia-idade, careca, com uma barriguinha de cerveja e pernas arqueadas. Estava de cueca, feita de um pedacinho de veludo. O corpo, em si, era feito de tecido rústico, o estofamento devia ser de espuma.

— Posso? — perguntei, antes de pegar o boneco nas mãos.

Caliandra assentiu.

Virei o boneco de costas e apalpei. O zíper que começava no pescoço e ia até o cóccix era quase imperceptível. Dei uma olhadinha para Caliandra e de novo ela assentiu. Abri o zíper e lá estava, o esqueleto em perfeição absoluta, com todos os ossinhos. Um trabalho impecável. Bem de leve, passei o dedo sobre o fêmur do boneco. Notei que não era feito de plástico.

— Isso é osso de verdade?

Caliandra explicou que para a magia funcionar tinha de ser osso de verdade, acrescentou um "obviamente". Então eu repeti.

— Sim, obviamente...

Quis perguntar onde ela tinha arranjado um femurzinho daquele tamanho, mas ela se antecipou, poupando-me da pergunta ridícula. Explicou que ela esculpia os ossinhos a partir de ossos maiores. Pensei nas pessoas que pedem ossos no açougue para dar para seus cachorros roerem. Preferi concluir que Caliandra teria conseguido sua matéria-prima da mesma maneira. Se não fosse isso, preferia não saber.

— É uma espécie de departamento de marketing — explicou, apontando para as gavetinhas. — Quando preciso que os clientes venham até mim, abro a gavetinha, escolho o cliente e lhe dou um motivo para vir.

Caliandra soltou uma risada bufada e me encarou, acho que esperando que eu a acompanhasse no riso, mas eu não entendi nada.

— Vou te mostrar. Não com o Hélio, coitado. Vamos pegar a...

Caliandra rolou a cadeira até o armário e puxou uma gaveta onde estava escrito Ana Cristina Araújo. Desembrulhou a boneca e abriu o zíper nas suas costas.

— Ela tem problema na cervical.

Com a ajuda de uma pinça, Caliandra juntou duas pequeninas vértebras da cervical e apertou bem apertadinho.

— Pronto. Agora olha só o que acontece.

Ela puxou uma gaveta, tirou uma ampulheta. Botou-a no centro da mesa, ao lado do corpo da Ana Cristina. A areia cor-de-rosa escorreu num delicado filete pelo funil do vidro, num movimento elegante, gostoso de acompanhar. Então o celular da Caliandra tocou e ela colocou no viva-voz.

— Oi, Ana Cristina, querida! Quanto tempo... Como você está?

Em resposta veio um gemido de dor excruciante.

— Ana Cristina? Está tudo bem? — perguntou. — Não estou conseguindo te entender.

Pegando novamente a pinça, Caliandra manipulou os ossinhos da cervical da boneca e a Ana Cristina original conseguiu dizer que precisava marcar um horário urgente, o quanto antes. Caliandra respondeu que, por sorte, estava livre. Ana Cristina respondeu que estava a caminho. Fim da ligação.

— Pode embrulhar — disse a bruxa, enquanto se levantava e guardava o boneco do Hélio Zanini de volta à gavetinha correspondente.

Embrulhei a tal da Ana Cristina Araújo com o máximo de cuidado, entendendo que qualquer movimento brusco poderia paralisar a coitada. Entreguei-a para Caliandra, segurando com as duas mãos. Ela tomou o embrulho, colocou-o na caixa e fechou a gaveta. Perguntou se eu gostaria de ficar para acompanhar a consulta. Ela poderia dizer que eu era sua estagiária, mas declinei. Já tinha visto o bastante. Já me sentia recuperada e em condições de voltar para casa sozinha. Com destaque para "sozinha".

21

Três dias depois, Caliandra me mandou mensagem oferecendo carona para o sítio da Mamãe Dodô. O encontro presencial em que a nova bruxa do clã seria apresentada estava marcado para sábado à noite. O combinado é que chegaríamos na sexta-feira e ficaríamos até domingo. Caliandra ia de motorhome. Disse que tinha espaço de sobra para mim, Bijoux e Blanche Du Bois. Mas eu preferi ir sozinha. Amo dirigir em estradas. Dirigindo, organizo meus pensamentos, converso comigo mesma, vou me preparando.

Bijoux e Blanche, no banco de trás, estavam eufóricos. O gato não parava de falar sobre Batata Frita. Queria muito que Blanche o conhecesse.

"Ele é *o* cara! O melhor amigo que eu tive na vida. Muito gente boa."

"Mais que eu?...", Blanche respondeu com um muxoxo enciumado.

Desde que Bijoux tinha ido para casa, os dois não se desgrudavam. Ele se corrigiu.

"Igual você. Meus melhores amigos *forever*, você e Batata."

Agora eu conseguia acompanhar a conversa dos dois sem grandes crises. Estava aprendendo a ouvir até o ponto em que me interessava e depois simplesmente parar de prestar atenção. Não eram mais vozes na minha cabeça, obsediando dia e noite, como antes.

— Você já participou de um encontro de bruxas antes, Bijoux? — perguntei, olhando pelo espelhinho retrovisor.

Bijoux fez que não com a cabeça.

"Mas sei que vai ser bombástico", acrescentou.

Se ele nunca tinha participado antes, de onde tirava a ideia de que seria bombástico? E de onde Bijoux tirava a palavra "bombástico"?

Bijoux estava diferente. Mais descontraído, solto e animado.

"Quero conhecer a Ludmila pessoalmente. Quero agradecer por tudo o que ela fez por mim. Ela é a minha nova musa", acrescentou.

Aqui cabe explicar que depois de resolvida a questão do resquício de Hélio Zanini, Caliandra mandou um relatório para Ludmila a fim de que o processo todo ficasse registrado e o assunto pudesse ser encerrado. Só que isso levantou uma questão: a devolução de Bijoux para o Disk Katz. Ele se recusou a voltar. Após o episódio do Hélio Zanini, Bijoux disse que preferia ser jogado na sarjeta a continuar trabalhando como GT. Sendo meu hóspede, fiquei numa situação delicada. Eu jamais o jogaria na sarjeta. Por outro lado, se eu ficasse com ele, era questão de horas para o Disk Katz vir atrás de mim. Eles já estavam ameaçando tirar Djanira de Caliandra, conforme estava especificado no contrato. Isso gerou uma grande discussão no clã. Magda foi a primeira a defender a liberação contratual de Bijoux. Caliandra logo concordou.

No fundo, acho que ela tomou consciência dos danos que havia causado à psique dele. Mamãe Dodô, com seu coração de manteiga, se juntou a elas. Valquíria disse que por ela tanto fazia. Quanto a mim, eu só queria o que fosse melhor para ele. Se Bijoux queria abandonar o Disk Katz e ficar comigo, eu o acolheria de braços abertos. Blanche também.

Ludmila contabilizou nossos votos e disse que daria um jeito.

Horas depois, postou no grupo que o assunto estava resolvido. Ela havia quitado a multa e Bijoux estava livre de qualquer vínculo com a Disk Katz. Como ela conseguiu isso jamais saberemos. Só posso creditar tal poder de influência ao fato de Ludmila ser Ludmila. Ela também é empresária. Tem contatos, tem suas articulações secretas. O importante é que Bijoux estava liberado, feliz e no banco de trás do meu carro, sem que isso acarretasse em qualquer tipo de perigo para nenhum de nós. Para mim, isso era suficiente.

Até esse dia eu nunca nem imaginei que gatos pudessem ser tão alegres e animados. Bijoux era o otimismo em forma de gato após sua liberação contratual. Pulava pela casa, rolava pelo chão, virava de barriga para cima com as pernas para o alto. Parecia um cachorrinho abobado. Com a novidade da viagem para o sítio de Mamãe Dodô, a alegria virou um descontrole de emoções. Ele estava fora de si de felicidade.

Viajávamos ao som de Ludmilla, a pedido dele. Tentei explicar a ele que a Ludmilla com dois L não era a mesma do nosso clã, mas ele e Blanche, no banco de trás, cantavam e requebravam tanto que nem consegui fazer com que me ouvissem. Eu me sentia a motorista de um ônibus da excursão da escola. Dizer que a viagem foi tranquila seria absurdo. Os dois quase me enlouqueceram, insistindo a todo momento que queriam pular para o banco da frente para mexer no som do carro. Bijoux até se ofereceu para ser copiloto. Disse que conhecia o caminho. Blanche, entrando na onda, reclamava que queria sentir a brisa do mar. Quando enfim chegamos, assim que desliguei o ar-condicionado e desci o vidro os dois saltaram pela janela e zarparam sítio adentro. Bijoux na liderança e Blanche em sua cola. Passaram reto pela casa, foram em direção ao quintal e saltaram para a copa de um cajueiro imenso, lindo como só um cajueiro de casa de bruxa pode ser.

Mamãe Dodô me recebeu na porteira. Trajava um vestido de verão vermelho e rosa, todo esvoaçante. Calçava um par de rasteirinhas com pedrinhas douradas. Ela me puxou para junto dos seus peitões e me deu um abraço demorado, depois me olhou com toda a atenção. Comentou que pessoalmente eu era ainda mais bonita. Eu estava cansada da viagem, ansiosa com o encontro, mas tudo isso passou no instante em que ela segurou na minha mão e disse que todas já estavam ali, esperando por mim. O almoço já ia ser servido.

Com seu braço enganchado no meu, saímos andando em direção à casa, como duas velhas comadres. Mamãe Dodô era toda roliça, suas mãos, seus pés gorduchos, suas bochechas cheias e seus impressionante peitões. Tínhamos nos visto ao vivo apenas uma vez antes, na cerimônia da minha apresentação ao clã. Na ocasião, mal nos falamos. Eu estava tensa demais, e passei a maior parte do tempo em transe.

Dodô explicou que cada uma de nós teria sua própria cabaninha onde ficaria hospedada. Seria apenas um lugar para dormir e deixar nossas coisas, pois passaríamos o dia todinho juntas. Ela estava tão animada quanto Bijoux, ou até mais que ele. De novo, senti aquele clima emocionante de excursão de escola.

Perguntei pelos bebês.

— Estão dormindinhos. Só acordam na segunda-feira, tadinhos. — Ela tinha um jeito de falar meio maluco, acompanhado de barulhinhos estilo nheco nheco, acho que por passar tanto tempo falando com bebês.

Apenas a olhei de canto de olho. Antes que pudesse dizer qualquer coisa, ela se explicou dizendo que havia cantado uma bela de uma cantiga de ninar pra eles. Continuei sem entender. Ela se aproximou de mim e sussurrou, com jeito de criança que acaba de aprontar.

— A Mamãe Dodô conhece umas cantigas poderosas.

Assenti, sem saber bem o que dizer. Fiz cara de paisagem, entendendo que era cantiga estilo sossega-leão versão mirim. Só queria que as palavras "sequestradora de bebês" sumissem da minha mente antes que ela percebesse o que eu pensava de tudo aquilo.

Por sorte, bem a tempo avistei Caliandra, Magda, Valquíria e Ludmila sentadas em torno de uma mesa na varanda da casa. Ludmila estava na cabeceira. Caliandra e Magda de um lado. Valquíria, sozinha, do outro, com uma cadeira vazia ao seu lado. Mamãe Dodô se sentou na cabeceira oposta à Ludmila, e eu entendi que meu lugar seria ao lado de Valquíria.

Pelo menos ela estava vestida. Usava um short de vinil preto com top de gola alta, muito estiloso e sensual. Em vez das tradicionais botas, sandálias de salto alto cujas tiras cruzavam em ziguezague até a altura dos joelhos. Era seu modelito para o calor do interior da Bahia. Os cabelos estavam presos num coque alto e, no pescoço, as tradicionais correntes com amuletos: figa, dente de tigre, trevo de quatro folhas, ferradura e sete caveirinhas. Estava de óculos escuros que impediam que víssemos seus olhos. Ela me cumprimentou com três beijinhos, sem abraço.

Caliandra e Magda, com quem eu tinha mais intimidade, me cumprimentaram com abraços e gritinhos de boas amigas que se reencontram. Fiquei realmente feliz por vê-las. Principalmente porque ao lado delas eu me sentia mais à vontade. Ludmila, num elegante vestido de linho branco, modelo reto e básico, um palmo abaixo do joelho, só me estendeu a mão, muito formal. Usava uma gargantilha preta, estilo choker e um cinto preto, bem fino, por cima do vestido. Um toque moderno e simples, mas que destoava total do ambiente de sítio, Bahia, calor.

Caliandra e Magda estavam de shorts, chinelo e camiseta regata. A camiseta da Magda dizia "100% vegana" em letras garrafais brancas contra um fundo verde. A camiseta da Caliandra era uma taidai azul, roxa, púrpura e lilás. No pescoço, o impressionante colar com os sete búzios. Bastava olhar para ela para adivinhar quem era a dona do motorhome estacionado na entrada.

A mesa estava uma perdição, com um borbulhante xinxim de galinha, acompanhado de arroz de coco, feijão-

-fradinho e farofa de camarão. Tudo servido em panelas de barro, com uma seleção de diferentes tipos de pimenta em cumbuquinhas de cerâmica. Sendo que, à frente de Magda, em porções individuais, Mamãe Dodô tinha colocado os mesmos pratos, só que em versão vegana.

Ela fez um sinal para que nos servíssemos, enquanto ficou em pé, ajudando a passar os pratos, oferecendo um pouquinho disso e daquilo, conferindo se todas tinham se servido de todas as iguarias.

O cheiro era divino. Sem a menor cerimônia, fomos nos servindo. Ainda me sentia um pouco encabulada por estar ali, na presença delas. De início, nem achei que seria capaz de apreciar a refeição. Mas bastou a primeira garfada para que isso mudasse. Tentar descrever a comida de Mamãe Dodô seria ingênuo da minha parte. Não dá para descrever. Era simplesmente a coisa mais deliciosa que eu já tinha provado na vida. Ludmila então propôs um brinde. Encheu nossos copos com um refrigerante natural feito pela própria Dodô, à base de guaraná, a fruta mesmo, do seu pomar. Um luxo!

— Um brinde ao Clã da Sutileza!

Nossos copos se tocaram enquanto mantínhamos os olhares cravados umas nas outras. Encarando minhas colegas, notei que eu, ao menos, não conseguia captar nadinha do que estavam pensando. Nenhuma telepatia, nenhuma premonição, nenhuma mensagem oculta. Sinceramente, achei bom.

Quando baixamos nossos copos, Valquíria aproveitou para alcançar uma cumbuquinha do que parecia ser pimenta do reino. Só que antes que ela encostasse na cumbuca, veio um grito.

— Na-na-ni-na-na! — Mamãe Dodô exclamou com seu jeito infantilizado de falar.

Ela pegou outra cumbuca, a da pimenta dedo-de-moça, e entregou para Valquíria.

— Pra Quiqui, a boa é essa aqui — disse.

Valquíria agradeceu com um aceno de cabeça, com jeito de quem não tinha gostado nem um pouco de ser chamada de Quiqui. Pegou uma das pimentas, enfiou a pontinha na boca e mordeu. Achei corajoso.

A cumbuca com a pimenta do reino, Mamãe Dodô entregou para Ludmila.

— Essa a mamãe preparou especialmente pra Ludi.

Ludmila salpicou os grãozinhos sobre o prato e misturou com a comida, como eu também teria feito, só que, no meu caso, numa quantidade bem menor.

— Pra Cali, minha amorequinha, a jalapenho — disse Dodô, pegando mais uma cumbuquinha.

Caliandra levou as mãos à frente do rosto, assustada.

— Será, Dodô?! Tem certeza?

Mamãe Dodô foi até o prato de Caliandra, e espalhou a quantidade que ela achava adequada para ela.

— Prova, minha filha — disse.

Caliandra misturou com a comida, deu uma garfada e levou até a boca. Fechou os olhos, mastigou e soltou um gemido de puro prazer.

Seus olhos brilhavam. Suas bochechas ficaram rosadas. Ela abanou a mão na frente da boca, com jeito de quem ia precisar tomar um balde d'água. Só que em vez disso, deu mais uma garfada e comentou que ia querer levar o vidro inteiro quando fosse embora.

260

— Pra nossa maga, Magda, uma malagueta porreta!

Vendo a reação da Magda à tal da malagueta porreta, quis me enfiar debaixo da mesa. Ela deu um pulo da cadeira, soltou um berro e abanou os braços como se seu corpo inteiro estivesse pegando fogo. Depois pediu mais.

— E pra bebê Fortuna, vamos ver...

Mamãe Dodô simulou um mistério, mais de brincadeira, pois só restava uma cumbuca na mesa.

Eu ia aproveitar a reticência para dizer, bem educadamente, que não tenho o hábito de colocar pimenta na comida, mas Dodô foi mais rápida.

— Pra Fortuninha, uma pimentinha amiga... a pimenta de cheiro, que só vai te fazer bem. Confia na mamãe, confia.

Provei.

Acho que pela maneira como ela falou, pelo olhar das colegas, por querer confiar no discernimento da Dodô, provei.

O efeito foi gostoso. A tal pimenta de cheiro apenas fez com que o sabor da comida ficasse ainda mais acentuado, e o que já estava uma delícia antes, ficou inebriante. A cada garfada eu fechava os olhos para degustar aquela maravilha. Seguimos comendo lentamente. No máximo, trocávamos olhares que diziam tudo. Se alguma vez eu vi poderes mágicos aplicados a alimentos, foi ali, na mesa da Mamãe Dodô. Sem que ninguém tivesse dito nada, era evidente que estava aberta a sessão de bruxaria. Uma felicidade foi tomando conta de todas nós. Meu constrangimento inicial desapareceu por completo. Eu estava contente demais por estar ali, tendo o privilégio de provar aquela comida, na companhia daquelas mulheres, para três dias de muitos ensinamentos.

Terminado o almoço, Ludmila puxou uma pasta de dentro da sua bolsa e entregou a programação do encontro para nós.

Eis:

Encontro para Incorporação da Sétima Bruxa do Clã da Sutileza

Programação

DIA 1 – Sexta-feira – Lua Cheia

12h30 – almoço

13h30 às 15h – horário livre. Sugerido que nesse intervalo cada participante leve seus pertences para suas acomodações e arrume suas coisas para que não tenha que se preocupar com isso depois.

15h às 17h – banho de cachoeira para descarrego energético.

18h às 24h – ritual de harmonização do clã com condução de Ludmila.

DIA 2 – Sábado – Lua Cheia

7h às 9h – ioga matinal com condução de Valquíria.

9h às 10h – café da manhã.

10h às 12h – oficina de culinária prática com condução de Mamãe Dodô.

12h30 – almoço.

13h às 14h – horário livre.

14h às 17h – Oficina de Transferência de Substância Etérea com condução de Caliandra.

17h às 18h – banhos energizantes para o ritual noturno.

18h às 00h — *ritual de apresentação da Sétima Integrante (nome a ser revelado na ocasião) com condução de Magda.*

DIA 3 — Domingo — Lua Cheia
7h às 9h — louvação ao Astro Sol com condução de Valquíria.
9h às 10h — café da manhã.
10h às 12h — leitura de búzios, tarô e oráculos em geral.
12h30 — almoço.
13h às 14h — horário livre.
14h às 18h — contação de história com condução de Fortuna.
18h — ritual de encerramento.

— Algum comentário? Dúvidas? — perguntou Ludmila, as mãos apoiadas em cima da mesa, dedos cruzados e coluna reta.

Não sei o que as outras acharam. Para mim a programação pareceu superintensa e bem engessada. Achei que não daria tempo para tudo aquilo e senti falta de mais tempo de confraternização, mas fiquei quieta. Até ler as palavras "contação de história com Fortuna" eu tinha esperança de que Ludmila não me incluísse na programação, por eu ser a mais novinha, inexperiente, sei lá o que pensei. Mas lá estava, documentado, oficial.

— Achei perfeito — comentou Valquíria. — Nada a acrescentar.

Mamãe Dodô comentou que sentiu falta do lanche da tarde e da janta. A isso Ludmila respondeu que caso alguém sentisse necessidade de comer na parte da tarde, podia fazê-lo nos horários livres, mas ela não ia mexer mais na programação. Caliandra e Magda só cochicharam alguma coisa entre elas. Quando Ludmila pediu que compartilhassem com o grupo, Magda abanou a mão e soltou um "Deixa pra lá".

— Excelente, então podemos selar a programação fazendo um pacto de fogo.

Ludmila sacou uma vela vermelha e um isqueiro da bolsa. Acendeu a vela e a colocou no centro da mesa. Ergueu a folha com a programação e a colocou sobre a chama.

Disse:

— Na presença do fogo eu selo este acordo.

Valquíria foi a próxima a esticar a folha que tinha em mãos sobre a vela acesa.

— Na presença do fogo eu selo este acordo — repetiu.

E assim fizemos, uma por uma.

— Perfeito! Então é isso. Vejo vocês às dezoito em ponto, no Círculo do Poder.

Ludmila levantou-se da mesa, uniu as mãos à frente do peito, tombou a cabeça para a frente num gesto de agradecimento pelo almoço e saiu andando.

— Oxi! Ela não vai nem tirar o prato da mesa?! — perguntou Mamãe Dodô, indignada, já fazendo menção de ir atrás de Ludmila.

Só não foi porque Valquíria a segurou pelo braço a tempo. Pediu que esperasse. Dodô se conteve e, no instante seguinte, eu mal pude acreditar no que estava vendo. Todos os pratos, talheres, guardanapos, travessas, copos e jarras foram se soltando do topo da mesa e pairando graciosamente em direção à cozinha. Ludmila, afastando-se de nós, gesticulava as pontas dos dedos acima da cabeça.

Seus movimentos eram delicados, como se ela nos acenasse um tchauzinho. A última a levitar foi a toalha de renda branca. Porém, em vez de seguir os demais itens, ela se chacoalhou no ar e voltou a pousar na mesa. A julgar pelas expressões das minhas colegas, elas também nunca tinham visto nada igual antes. Não na vida real. Cheguei a me perguntar se era efeito da pimenta de cheiro. Não era. Uma travessa de vidro com a sobremesa pairava acima das nossas cabeças: um delicioso quindão, acompanhado de um providencial café preto, bem forte.

22

Para chegar à cachoeira fizemos uma caminhada de vinte minutos por uma trilha plana e sombreada. Mamãe Dodô foi na frente. Explicou que no seu sítio tudo tinha de ser bem acessível por causa dos bebês.

— Ah, pena que vocês não vão poder brincar com os meus filhinhos. São uns gucci gucci.

Como nenhuma de nós lamentou o fato de os bebês estarem dormindo, Dodô não insistiu no assunto. Ludmila tinha ficado para cuidar da nova bruxa cujo nome ainda não sabíamos. Dodô deixou escapar que as duas estavam no sítio há uma semana. A novata, resguardada numa cabaninha, reclusa, recebia uma alimentação especial, sem sal.

Ouvindo Dodô contar dos pormenores sobre a alimentação especial, lembrei que quando eu mesma entrei para o clã, poucos meses antes. Para mim, não teve reclusão prévia. Achei curioso. Quis saber mais. Valquíria explicou que esse era um procedimento até comum. Com ela também tinha sido assim, com o detalhe que, durante a sua semana de reclusão, ela teve de fazer banhos de lama todos os dias.

— Cada bruxa demanda um tipo de ritual de iniciação. Não é o mesmo procedimento para todas — explicou Valquíria, já tirando as roupas para dar um mergulho no lago ao pé da cachoeira.

Valquíria foi a primeira a se jogar na água. Mamãe Dodô, Caliandra, Magda e eu nos sentamos nas pedras, enquanto admirávamos a desenvoltura da colega. Ela escalava a parede de pedras feito um lagarto. Entrou debaixo da cascata e soltou um grito de estourar os tímpanos, uma espécie de uivo. Parecia estar em seu habitat natural. Então mergulhou do topo de uma pedra e nadou até nós. Disse que os banhos de lama foram necessários por causa da sua vida pregressa. Aguardamos, certas de que ela ia se explicar melhor, mas deixou por isso mesmo, e ninguém teve coragem de pedir detalhes.

Magda contou que, no seu caso, ela teve de ficar amarrada ao tronco de uma árvore durante quarenta e oito horas. Quando Mamãe Dodô perguntou por quê, ela deu de ombros e entrou debaixo da cascata. Percebi que ninguém ali estava disposta a dar detalhes sobre seu ritual de iniciação, a começar por mim. Mamãe Dodô apenas comentou que o seu ritual aconteceu quando ela era muito jovem, os tempos eram outros. Naquela época, as coisas eram mais radicais, e ela teve de ser enterrada viva. Passou um par de horas debaixo da terra, sem respirar. Depois, quando saiu, era outra pessoa. Caliandra disse que passou pelo mesmo procedimento, só que quando saiu estava furiosa. Então foi amarrada no tronco de uma árvore, que nem Magda. Só que no seu caso isso também não ajudou em nada. Ludmila só considerou que ela estava pronta depois que a enfiou num barril de água até o pescoço. Ela ficou submersa em conserva por três dias. Aí, sim, estava no ponto.

Na minha vez de entrar debaixo da cascata, perdi o fôlego por alguns segundos, tamanha a força da queda d'água. Não consegui gritar, feito minhas companheiras, mas senti o mesmo choque revigorante. Na caminhada de volta, ficamos em silêncio, andando em fila indiana, cada uma concentrada em seus pensamentos. Imagino que cada uma revivendo as lembranças da sua iniciação. As minhas ainda eram bem nítidas e eu não fazia questão nenhuma de compartilhá-las, nem mesmo com vocês. Lamento, mas espero que compreendam.

Magda sacou uma flauta de bambu da mochila e foi tocando uma musiquinha relaxante. Aos poucos, notei que caminhávamos mais devagar, mais próximas umas às outras. De novo, Mamãe Dodô me deu o braço. Em seguida veio Caliandra, que segurou na minha mão esquerda, alinhando-se a nós. Valquíria ia na frente. Ela preferiu não dar o braço a ninguém, mas fez uma coisa curiosa. Em vez de caminhar, começou a gesticular suavemente as mãos ao lado do corpo, sobre a cabeça, acompanhando o ritmo da flauta. Fez uma dança bonita, delicada, feito uma sílfide guiando nosso caminho.

Teríamos uma hora livre pela frente. Poderíamos ir cada uma para a sua cabaninha, mas preferimos nos sentar em roda, onde continuamos em silêncio, embaladas pela suave melodia da flauta da Magda. No meio da roda, lenhas empilhadas em forma de cone. Em torno, uma circunferência delineada por um conjunto de pedras grandes, de formas arredondadas.

Pedras sem arestas, lisas e muito bonitas. Entre uma pedra e outra, um espaço de dois palmos. A circunferência tinha sido desenhada com uma precisão admirável. Concluí que ali era o tal do Círculo do Poder a que Ludmila havia se referido. Sentadas ali, cada uma apoiou as costas numa pedra e fechamos os olhos, embaladas pela flautinha da Magda.

Acho que caí em sono profundo. Só pode ter sido isso, pois quando abri os olhos já era noite. Minhas colegas estavam vestidas com o tradicional vestido azul-escuro, de mangas compridas e decote em "V". Cada uma com seu talismã pessoal. Todas prontas para o início do ritual. O meu vestido estava no chão, bem à minha frente, junto com meu lenço vermelho. Eu me troquei ali mesmo, sem coragem de sair do círculo. Ludmila, sentada do lado oposto de onde eu estava, assentiu com a cabeça, sinalizando que eu agia bem. Assim que amarrei o lenço na cabeça, faíscas estalaram no interior da pilha de lenha. Labaredas de fogo crepitaram e Ludmila anunciou:

— Minhas irmãs, está aberto o nosso trabalho.

Ela prosseguiu explicando o conceito por trás do ritual de harmonização do clã. O intuito era que eliminássemos possíveis arestas que pudesse haver entre nós. Limpar nosso emocional para que, quando a sétima bruxa chegasse, estivéssemos todas plenas, vibrando na mesma sintonia.

Ludmila pediu a Valquíria e Caliandra que se levantassem. As duas acataram. Caliandra, com seu talismã de pérolas, conchas e búzios. O objeto reluzia feito prata à luz do luar. Valquíria com sua adaga embainhada no quadril, numa cinta de couro afivelada por cima do vestido.

Ludmila então fez um aceno de mão para que as duas se aproximassem. Assim fizeram, e ela mesma se levantou. Havia uma formalidade nos seus movimentos. À nossa volta, tudo que ouvíamos era o coro dos grilos e o coaxar dos sapos. Ludmila abriu os braços, tombou a cabeça para trás, fitou os olhos na Lua e, num gesto abrupto, empurrou Valquíria e Caliandra para dentro da fogueira.

Fechei os olhos e soltei um berro. Foi involuntário, quando vi já tinha berrado. Mamãe Dodô, ao meu lado, pegou na minha mão e sussurrou que estava tudo bem. Disse que eu deveria olhar.

Lentamente, afastei as mãos da frente do rosto. Valquíria e Caliandra se estapeavam em meio ao fogaréu. No entanto, ao que tudo indicava, não queimavam. Em vez disso, as labaredas formavam um círculo em torno das duas. Elas berravam e se xingavam, não por causa do fogo, mas por questões pessoais. Puxavam os cabelos, cuspiam uma na cara da outra e se engalfinhavam feito dois animais. Valquíria segurou a cabeça de Caliandra entre as mãos e fincou os dentes em sua nuca. Depois Caliandra agarrou Valquíria pelos cabelos e açoitou seu corpo com toda a força, enquanto uivava. Houve chutes, coices, socos, arranhões.

Houve momentos em que não consegui mais saber quem era quem. Temi pelos vestidos, que seriam estraçalhados. Temi pelo amuleto de Caliandra. Encolhida, temi pelo instante em que Valquíria fosse puxar a adaga e degolar Caliandra bem ali, na nossa frente. Foi difícil demais ficar olhando. Porém, em momento nenhum Valquíria recorreu à adaga. E o colar de Caliandra permaneceu junto ao seu peito, intacto, por mais improvável que isso possa parecer.

Magda, sentada a poucos metros, marcava o ritmo da luta com toques de tambor num ritmo dramático, cada vez mais acelerado, quase frenético. Os golpes foram ficando mais violentos, e para mim foi ficando impossível continuar assistindo àquilo até que Ludmila gritou:

— Chega!

As labaredas diminuíram. Valquíria e Caliandra se retiraram da fogueira. Aprumaram-se. Aparentemente, não haviam se machucado. Pelo menos não fisicamente. Nenhum arranhão, nenhum rasgo nas vestimentas, nenhum fio de cabelo fora do lugar.

Ludmila pediu que as duas se abraçassem. Assim fizeram. Valquíria retornou toda vaidosa para o seu lugar, e Caliandra deu uma requebradinha cômica, que fez com que todas caíssemos na risada.

— Mais alguém? — perguntou Ludmila.

Magda botou o tambor de lado e se levantou. Disse que, avaliando bem, ela também tinha mágoas guardadas em relação a Caliandra. Achou um desaforo que ela tivesse contratado um GT e, pior, feito o que fez com Bijoux.

Caliandra, que tinha acabado de se sentar, levantou-se e foi de novo até a fogueira. Ludmila empurrou as duas para o meio das labaredas. Nova rodada de pancadaria. O estilo de luta de Magda era diferente do de Valquíria. Mais chutes, cotoveladas, soco no rosto. Achei que ela estava pegando pesado, e Ludmila interrompeu depois de pouco tempo.

— Chega!

As duas saíram do fogo e se abraçaram. Caíram numa gargalhada descontrolada. Magda ergueu as mãos para os céus e agradeceu aos astros por não ter mais mágoa nenhuma no coração.

— Mais alguém? — perguntou Ludmila.

Eu não ia bater em ninguém, nem que me obrigassem, mas Mamãe Dodô se levantou. Disse que, honestamente, também estava magoada com Caliandra. Bijoux era um querido que não merecia ter passado por tudo o que passou. Ela também queria se livrar desse rancor e lá foram as duas para a pancadaria incendiária.

— Mais alguém? — perguntou Ludmila, assim que elas saíram de mãos dadas como velhas amigas.

Quando dei por mim, estava em pé.

— Eu — falei, para meu próprio espanto.

— Pois não, Fortuna. Ela é toda sua.

Caliandra se aproximou da fogueira com a dignidade de uma lutadora profissional. Eu a segui. Meu rancor era real, só não sabia se era tão forte a ponto de bater numa senhora que tinha idade para ser minha mãe. Percebendo meu vacilo, Ludmila me empurrou para dentro da fogueira.

Eu nunca tinha agredido alguém antes, ao menos não fisicamente. Mas o clima dentro da fogueira era tão acalorado que a ira tomou conta de mim e eu meti um tapa bem dado na cara de Caliandra. Lembrei da pinça que ela usou para machucar a cervical da coitada da sua paciente. Lembrei de Bijoux acuado debaixo do sofá da minha sala, da sua carinha de coitado por um amor não correspondido.

Lembrei do ritual de desmanche da Valquíria, e da triste história de amor entre ela e Bijoux. Lembrei de tudo o que Bijoux sofreu por esse amor. Olhei para Caliandra e tudo que desejei foi que ela parasse com esse tipo de atitude, que tivesse mais consciência dos seus poderes mágicos, e o tapa, de alguma forma, disse tudo isso. Ela não revidou.

Nossa luta terminou aí. Quando saímos da fogueira, senti um imenso carinho por ela. Tudo o que eu via em Caliandra era uma bruxa determinada a fazer melhor. Ela havia entendido a intenção do meu tapa.

— Já?! — disse Ludmila.

Nós duas assentimos com a cabeça ao mesmo tempo. Voltamos aos nossos lugares. As chamas da fogueira amainaram, dando lugar a um fogo amigável que estava ali apenas para nos aquecer, nada mais.

Havia uma adrenalina boa no ar. Magda pegou novamente o tambor. Ludmila sacou um pandeiro e Mamãe Dodô pegou um cavaquinho. Valquíria sentou bem pertinho de mim, deu um tapinha na minha perna e começamos a cantar juntas. Um cântico para a Lua Cheia. As palavras vieram facilmente, de tanto que eu já tinha ouvido os áudios que eram postados no nosso grupo.

O toque final foi de Caliandra, que chegou com uma sanfona branca, linda demais, com brilho de madrepérola. Nossa banda estava formada. O repertório de cânticos da Valquíria era infindável. Nossas vozes se encaixaram perfeitamente. Ela puxava o cântico e eu seguia. Nossos troncos balançavam de levinho, sincronizados, ao ritmo da música, como se dançássemos de corpo inteiro. Podíamos ficar ali até o sol raiar. A cantoria nos conectou com tal perfeição que já não havia diferença entre nós. Éramos um clã.

23

Em circunstâncias normais, tenho dificuldade para acordar antes das dez da manhã. Na cabaninha, no sítio de Mamãe Dodô, assim que ouvi o cantar dos primeiros passarinhos saltei da cama, lavei o rosto e peguei a trilha que levava à casa da Dodô. No caminho, me dei conta de que não tinha penteado os cabelos. Não tinha nem lembrado de me olhar no espelho ou escovar os dentes. Dei uma arrumadinha nos cabelos com os dedos mesmo e segui andando.

A manhã estava linda. O sítio estava envolto em brumas. Seria um dia quente. Pensei na cachoeira. Em seguida, avistei Valquíria. Assim como eu, ela estava com o vestido azul do clã. Deve ter dormido com ele. Eu dormi. Ao me ver, ela me deu a mão e seguimos andando juntas. Foi a primeira vez que a vi sem maquiagem. Sua aparência me surpreendeu. Ela tinha um aspecto doce, de menina. Não havia nada, nadica de sensual na sua aparência. Era como se ela tivesse tirado férias de si mesma, e por um instante quis muito ser sua amiga.

Quando chegamos à varanda da Dodô, me surpreendeu ver que as demais também estavam com o vestido azul. Até o domingo à noite, ninguém sentiu vontade de vestir outra coisa que não o vestido do clã. Ninguém mexia no celular. Aliás, nem andávamos mais com o celular. Se a programação estava acontecendo dentro dos horários previstos no cronograma de Ludmila, não dava para saber, pois não olhávamos as horas. O café da manhã emendou com uma deliciosa prática de ioga, conduzida por Valquíria, que emendou naturalmente com a Oficina de Culinária Prática com Mamãe Dodô, numa condução sutil, digna de um Clã da Sutileza.

A cozinha da Mamãe Dodô era o maior cômodo da casa. Toda feita de tijolinho à vista, era metade coberta e metade avarandada. Na parte avarandada ficava o fogão e o forno à lenha. A parte coberta continha generosos balcões com banquetas, de modo que todas pudemos nos acomodar confortavelmente. O ambiente era bem-iluminado graças a cinco janelões. De qualquer lugar que você estivesse na cozinha, tinha-se uma vista linda do sítio. Suas panelas, tão reluzentes que podiam servir de espelho, ficavam penduradas em ganchos. Também havia diversos potes de vidro com todo tipo de grão, tempero e guloseimas. Só senti falta de eletrodomésticos como liquidificador, processador, batedeira, o básico para quem tem treze bebês em casa. Não que eu soubesse o que é isso...

Mamãe Dodô começou a oficina explicando que há anos ela tinha deixado de picar legumes, raízes ou folhas. Isso passou a ser função do seu personal, ela acrescentou com um sotaque engraçado.

Daí ela abriu os braços e, com um tom de voz cerimonioso, disse:

— Nesse momento, a mamãe tem prazer de lhes apresentar meu querido guardião, meu personal, meu gucci gucci, meu pituquinho braço direito, meu companheiro de todas as suas sete vidas, meu bebê de bigodes, o querido e amado pau-pra-toda-obra... Batata Frita!

Aplaudimos a entrada do gato gordo e amarelo. Ele era igualzinho Bijoux havia descrito. Seu jeito de andar, muito macio, lhe dava uma aparência de bicho de pelúcia. Imaginei que tinha aprendido a andar assim para não acordar os bebês. O modo como se esfregou nas pernas de cada uma de nós era uma maneira carinhosa de cumprimento felino. Seu ronronado era alto e forte, apesar da sua idade. Estava evidentemente orgulhoso pelas palavras ditas por Mamãe Dodô.

Batata Frita saltou para um cadeirão de bebê posicionado bem na frente da bancada central. Subiu nas patas traseiras. Trocou olhares com Mamãe Dodô.

— Podemos começar, Batata? — perguntou.

Batata Frita assentiu.

Do janelão da cozinha, seis gatos acompanhavam a apresentação. Somente nessa hora senti falta do celular. Daria uma foto superbonitinha, seis gatos sentados lado a lado, todos olhando na mesma direção. Lá estavam Blanche Du Bois e Bijoux. Pareciam emocionados com a ocasião, mal se mexiam. Ao lado deles, um gato esquisitíssimo, sem pelo, de pele cinza meio azulada, que logo reconheci como Sphynx, o guardião da Valquíria. Ao seu lado, Djanira, da Caliandra. Depois vinha a gata da Ludmila. Reconheci pela coleira que imitava um colarzinho de pérolas. Era toda mignon, pelos pretos e lustrosos, muito estilosa. O último só podia pertencer a Magda. Tinha o mesmo jeito selvagem e parecia muito mais um lince que um gato.

Mamãe Dodô colocou uma cenoura na frente de Batata Frita e deu um passinho para o lado, para que todas pudéssemos ver. O gato então se virou para nós, ergueu as patas dianteiras, fez uma careta e mostrou as unhas. O detalhe era o tamanho. O triplo do comprimento das unhas de um gato comum. Numa velocidade espantosa, Batata Frita arranhou a cenoura, arrancando toda a casca com a perfeição de um autêntico chefe de cozinha. Em seguida, picou-a em fatias fininhas com alguns poucos movimentos das garras afiadas. Passando a pata no apoio do cadeirão, empurrou a cenoura ralada para dentro da tigela que Mamãe Dodô acabava de pegar. Fez o mesmo com um pepino, uma beterraba, rabanetes, couve, tomate e, para finalizar... com uma cebola!

Na hora da cebola não resistimos à tentação de aplaudir. Batata Frita era rápido, eficiente e, milagrosamente, não soltava pelos no processo. Mamãe Dodô fez questão de nos passar as tigelas para que conferíssemos. Limpinho. A cada alimento picado, os gatos no janelão comemoravam com uma sinfonia de miados animados. A salada para o nosso almoço estava pronta. Só faltava temperar.

— O tempero é a mamãe quem faz porque Batata sempre exagera no sal, né, seu danadinho? — disse, fazendo um cafuné no cocuruto dele.

Batata Frita deu de ombros, encabulado.

Mas a demonstração não parou aí.

— Agora, tchan tchan tchan tchan! O momento mais esperado... a sobremesa!

Feito uma apresentadora de programa de televisão, Mamãe Dodô perguntou a Batata Frita o que ele achava de fazer uma salada de frutas bem refrescante.

De novo, Batata Frita ergueu as patinhas e ejetou as enormes unhas para fora. Mamãe Dodô trouxe mangas, maracujá, maçã, cupuaçu, carambola, melão, laranja, banana, um abacaxi e para terminar, uma melancia! Foi um momento de suspense. Batata conseguiria abrir a melancia?

Ele precisou se concentrar. Tomou fôlego, vergou as costas para trás e num movimento surpreendente, jogou todo o peso do corpo. Fincou as unhas em pontos estratégicos da melancia, rachando-a no meio. Não apenas conseguiu abri-la, como cavou seu conteúdo de modo que ela servisse de suporte para a salada. Mais uma vez, tudo isso sem soltar um pelo sequer, tudo limpíssimo.

Aplaudimos em pé. Os gatos na janela miaram numa demonstração da mais sincera admiração. Mamãe Dodô e Batata Frita agradeceram, inclinando o corpo para a frente.

— Agora vai lá, bebê. Mostra pros seus amiguinhos como é que você faz — disse ela.

Na janela, os seis gatos se olharam, perplexos. Acho que não imaginaram que eles também teriam de aprender a executar aquelas proezas. Na verdade, a Oficina de Culinária Prática era muito mais para eles do que para nós. Mamãe Dodô é que teve a esperteza de não anunciar isso de cara.

Bijoux foi o primeiro a saltar do parapeito e se juntar a Batata Frita. Via-se, pelo seu jeitinho, que estava ávido para aprender também. Mamãe Dodô trouxe mais seis cadeirões de bebê e os colocou lado a lado, grudados no balcão da cozinha. Ela pediu a Batata Frita que aproveitasse o ensejo para já ir preparando o caldo de sururu que seria servido à noite. Ele assentiu e nós nos retiramos, deixando a cozinha para eles.

Depois do almoço, usamos o horário livre para tirar uma soneca em redes armadas em círculo num refrescante bosque perto da cachoeira. Ludmila não ficou com a gente o tempo todo. De vez em quando ela se ausentava para ir cuidar da Sétima Integrante. Nossa curiosidade só aumentava, mas havia um acordo táctico. Não falávamos sobre isso. Não especulávamos. Cada uma guardava suas suspeitas para si.

A oficina de extração de espíritos, com Caliandra, foi sem dúvida a mais aguardada do encontro. Ela começou nos corrigindo. O nome não era "extração de espírito", e sim Transferência de Substância Etérea. Caliandra discorreu longamente sobre os motivos por que desgostava do termo "espírito".

Resumindo, era por todas as conotações que vêm junto com a palavra. Ela não queria que pegássemos fama de exorcistas. Substância Etérea era um nome que ela considerava seguro para evitar interpretações equivocadas. Segundo o que contou, ela mesma ainda estava pesquisando o assunto para entender qual a diferença entre alma, espírito, personalidade, identidade e energia vital. Substância Etérea englobava tudo isso, além de ficar muito mais no terreno da ciência que do espiritismo.

— Deu pra entender? — perguntou Caliandra, por fim.

Concordamos mais para que ela encerrasse a parte teórica e fosse logo para a prática. Eu tinha certeza que, no fim, todo mundo ia continuar falando "espírito" mesmo. O nome "substância etérea" não ia pegar. Estava na cara.

— Agora precisamos de uma voluntária. Quem se prontifica?

Ninguém levantou a mão.

— Na verdade, duas. Uma doadora e uma receptora.

Nos fizemos de desentendidas.

Caliandra respirou fundo, como que tentando inspirar paciência.

— Pode ser qualquer criatura viva. Um gato, por exemplo.

De novo, silêncio. Se ela não teve coragem de usar a sua Djanira para o experimento, lá no comecinho da confusão toda, por que achava que ofereceríamos os nossos guardiões?

— Ah, já sei! — exclamou, com jeito de quem estava tendo uma ideia genial. — Podemos usar o Bijoux. Ele pelo menos já está acostumado.

Em resposta veio um veemente e sincronizado "não".

— BIJOUX, NÃO! — gritamos, todas ao mesmo tempo.

Mamãe Dodô então levantou o braço.

— Eu posso pegar um bebê, se vocês quiserem.

Valquíria e Ludmila acharam a ideia ótima. Eu fui contra. Magda também não gostou.

Caliandra achou que tudo bem, garantiu que não haveria dano algum.

Mamãe Dodô se levantou e foi para o quarto pegar um bebê. Eu e Magda nos olhamos, incrédulas. Éramos minoria. Ao mesmo tempo, nenhuma de nós teve coragem de oferecer nossos Gatos Guardiões. Foi, no mínimo, constrangedor quando Dodô voltou com um bebê lindinho, com carinha de sono, a cabecinha encostada no seu ombro. Era o próprio retrato da inocência. Fiquei bem apreensiva.

— Ele vai ser doador ou receptor? — perguntou Caliandra, colocando o bebê deitado em cima do balcão da cozinha.

Tive a impressão que, para ela, se fosse bebê, gato, rato de laboratório, era tudo igual.

Mamãe Dodô respondeu que preferia se o bebê fosse o doador.

— E para receptora...? — Ela deixou a pergunta pairando no ar, encarando uma a uma.

Ergui o braço.

— Fortuna?! — por um instante Caliandra pareceu surpresa, mas logo seus olhos brilharam. — Perfeito! Venha pra cá, por gentileza.

Tudo que eu posso dizer para justificar a minha coragem foi que a visão do bebê estendido no balcão da cozinha mexeu comigo de um jeito como eu nem podia imaginar. Eu não ia deixar um pobre bebê sequestrado passar por uma extração de espírito sozinho, nas mãos da maluca da Caliandra. Eu receberia o espírito do coitado e cuidaria como se fosse a minha própria vida. Eu não podia deixar que aquele espiritozinho tão inocente fosse enxertado em qualquer outro corpo que não o meu. Acho que foi uma bela exposição da minha parte. Com meu gesto, no fundo eu estava dizendo que não confiava plenamente nas minhas companheiras, não quando o assunto era tão delicado quanto a vida de um bebê.

— Parabéns pela coragem, Fortuna — disse Ludmila.

Acho que ela leu meus pensamentos. O elogio me pareceu um jeito elegante de desfazer a impressão geral.

Caliandra então pediu que eu me deitasse no outro balcão, rente à janela. Imagine o ambiente de uma transfusão de órgãos. A disposição era mais ou menos essa.

O que aconteceu em seguida não vou conseguir narrar porque, no minuto seguinte, eu estava inconsciente.

Quando voltei a mim, senti uma leve tontura e desorientação espacial. Vi o rosto de Caliandra. Ela segurava um pêndulo na frente do meu rosto. O pêndulo girava em sentido horário.

— Fortuna? Você me ouve? — perguntou.

Fiz que sim com a cabeça.

— Onde você está? — continuou.

Olhei à minha volta. As cinco colegas estavam em pé, em torno da maca, me encarando. O bebê estava no colo da Mamãe Dodô, amarrado num *sling*, e parecia bem. Segurava um chocalho colorido de plástico.

— Ele está bem? — perguntei.

Mamãe Dodô fez um carinho em sua cabeça e assentiu. O bebê de fato parecia inteiro.

Caliandra repetiu a pergunta.

— Fortuna, querida, você consegue dizer onde você está?

Respondi que estávamos no sítio de Dodô, para um encontro do clã, para a apresentação da Sétima Integrante. Todas suspiraram com alívio. Senti a boca seca, pedi um copo d'água. Entornei de uma vez, depois apalpei meu corpo. Pernas, braços, barriga, rosto. Estava inteira. Em seguida, Caliandra me entregou um espelho e eu contemplei minha imagem. Esfreguei os olhos.

— Está tudo bem, Fortuna? — perguntou Ludmila.

Aparentemente, estava. Sentei-me na maca.

Magda me entregou uma cumbuquinha de amendoins. Recomendou que eu comesse alguma coisa salgada. Comi e fui voltando a mim. Desci da maca, botei os pés no chão e estalei o pescoço. Não, não havia nada de estranho comigo. O procedimento tinha dado certo nos dois sentidos: inserção e extração.

— Posso segurar o bebê um pouquinho? — perguntei.

Minhas colegas se entreolharam e eu não consegui adivinhar o que pensaram nesse momento. Ninguém disse nada. Todas se voltaram para Ludmila, que deu de ombros.

Ela repassou a pergunta para Caliandra.

— Não vejo por que não — respondeu a bruxa.

Mamãe Dodô me entregou o bebê e eu o apertei bem junto ao peito. Senti seu cheirinho, seu corpo macio se aconchegando contra o meu. Olhei nos seus olhinhos e vi sua expressão curiosa. Ele segurou no meu dedo indicador. Brinquei com ele um pouquinho. Um bebê feliz, em paz. Não havia estrago algum ali. Devolvi-o para Mamãe Dodô e retornei ao meu lugar. Minhas companheiras também.

Depois disso, notei que havia uma austeridade no ar. Um peso. O clima descontraído de horas antes havia se desfeito por completo. Agora todas ali dominavam o processo de extração dessa misteriosa substância etérea que nos torna o que somos. Nunca vou saber o que aconteceu comigo enquanto servi de receptáculo do espírito do bebê. Só sei que entre minhas colegas não havia a descontração de antes da oficina.

Ninguém comentou o que desejaria fazer com o conhecimento adquirido, ao contrário das mil ideias que surgiram após a oficina de culinária da Mamãe Dodô. Ninguém falou em tentar aquilo em casa. Nem mesmo Valquíria. Da minha parte, não tive a menor vontade de descobrir o porquê. Cada uma retornou à sua cabana, todas pensativas e, suponho eu, ligeiramente assustadas.

24

À medida que nos aproximávamos do momento de conhecer a Sétima Integrante, uma a uma foi sucumbindo ao desejo de especular sobre como ela seria. Estávamos curiosíssimas, ao ponto em que simplesmente ficou impossível não tocar no assunto. Assim começou o boato de que seu Animal de Poder já havia se apresentado.

Aconteceu enquanto estávamos no banho de cachoeira, nos preparando para o ritual que aconteceria logo mais. Segundo Magda, a informação vinha da própria Ludmila, que acabou comentando com ela, pois estava perplexa demais e precisava contar para alguém.

Antes de espalhar a informação, Magda tentou se explicar. Lembrou a todas nós que em um clã não pode haver segredos, por isso ela precisava repassar a informação. A justificativa era bem estapafúrdia, mas concordamos rapidinho, implorando para que falasse logo.

No entanto, aqui preciso abrir um parêntese e dizer que não é bem assim. Temos segredos, sim. Mas essa regra é bem maleável. É usada de acordo com os interesses da ocasião. Pronto, fecho parênteses.

Magda apoiou o braço no meu ombro e no ombro da Mamãe Dodô, que estávamos paradas ao seu lado. Inclinou a cabeça para a frente. Seguindo seus movimentos, eu fiz o mesmo e apoiei o braço no ombro de Valquíria, que estava à minha esquerda. Assim fizemos, uma a uma, feito um time de vôlei.

— Ludmila falou que bruxa nenhuma do nosso clã teve um animal de poder como esse antes. É diferente de tudo o que ela já viu, e é muito, muito, muito poderoso — sussurrou.

— Poderoso em que sentido? — perguntei.

Magda balançou a cabeça. Isso era tudo o que ela sabia. Apenas acrescentou que há tempo não via Ludmila tão abalada.

Ou seja, o tipo de boato que em vez de dar alguma pista sobre a personalidade da novata, apenas nos deixou mais ansiosas. Que a novata chegasse ao clã já tendo encontrado seu Animal de Poder era algo admirável. Eu demorei três meses para descobrir o meu, e mesmo assim, tive de pedir ajuda para Ludmila. Magda havia passado por três Animais de Poder antes de descobrir qual era o verdadeiro. Animais de Poder são um mistério complicado. Muitas bruxas optam por jamais revelar para quem quer que seja. Outras, como Caliandra, não têm pudor algum em revelar.

Tanto é verdade que todas nós conhecíamos Frida, das *lives* ou mesmo pessoalmente. Uma tartaruga simpática, sábia, tão íntima de todas nós que era quase uma integrante do clã. Magda, com seu búfalo, também. Era praticamente impossível separar a imagem de Magda do búfalo forte, de olhar intenso, com seu porte impressionante.

Se a sétima bruxa ia revelar seu Animal de Poder para nós ou não, cabia apenas a ela decidir. A meu ver, mais importante do que a natureza do animal em si é a decisão de exibi-lo ao clã ou não. Isso, sim, diz muito sobre a bruxa. O fato de eu mesma não querer dizer mais nada sobre isso e sobre o meu Animal de Poder em particular também diz bastante sobre mim. Portanto, encerro esse assunto aqui.

Até para bruxas experientes como Caliandra, que estava no clã há mais de trinta anos, o ritual de apresentação de uma integrante é sempre uma emoção. O modo como cada bruxa é apresentada é único. Cada ritual tem suas particularidades e nunca dá para saber o que vai acontecer. A única exigência que deve ser cumprida em todos os rituais, independentemente de qualquer coisa, é que aconteça numa noite de Lua Cheia.

Dizer que a Lua estava no seu ápice não revela muita coisa. Era bem mais que isso. Ela estava cheia, imensa e vermelha. Tão imensa que dava um pouco de medo, como se o universo em si estivesse um pouco fora do eixo. Foi estranho, bem estranho. Eu estava tão ansiosa que cheguei no Círculo do Poder meia hora antes. Foi a única vez em que liguei o celular para ver as horas. E essa foi uma grande bobagem, pois a Sétima Integrante já estava lá. Sozinha.

Sentada no chão, à frente da fogueira que seria acesa no momento certo, ela estava coberta por um tecido azul-

-escuro, da mesma cor dos nossos vestidos. Não deixava revelar nadinha do seu corpo. Em volta do círculo havia tochas. Estavam acesas, de modo que ela, sim, me enxergava nitidamente.

— Boa noite, Fortuna — disse a voz vinda de dentro da cabaninha de tecido, uma espécie de burca.

— Boa noite — respondi, sentando-me o mais longe possível.

Não que ela me desse medo, mas achei que seria o mais respeitoso. Havia algo em sua voz e na sua postura ereta que inspirava respeito.

Minha vontade era me levantar e só voltar depois que as demais estivessem ali. Seria a meia hora mais longa da minha vida. Senti-me uma idiota por ter tido a brilhante ideia de chegar antes. Ao mesmo tempo, me deu muita vontade de puxar papo.

A fim de me acalmar, fechei os olhos, pousei as mãos sobre as pernas, numa posição de lótus, tentando calar meus pensamentos e não atrapalhar a colega que devia estar tentando se concentrar também.

— Falta muito? — perguntou.

Respondi que estava sem relógio, mas que achava que uns vinte minutos, aproximadamente.

Ela espirrou. Uma, duas, três vezes. Espirros fortes.

— Saúde — falei.

Ela agradeceu e reclamou do pano. Falou que estava atacando sua rinite.

— Vou arrancar esse troço — disse.

Respondi que tudo bem. Eu podia me virar de costas e ficar de olhos fechados. Assim fiz.

Ela agradeceu.

287

Permaneci em silêncio, toda a minha atenção voltada a ela. Quer dizer, às suas necessidades. Caso precisasse de algo, eu estava ali, atenta. Esperei que ela dissesse mais alguma coisa, mas não. Tudo que ouvi foi um longo suspiro, seguido por um cantarolar. Ela cantava baixinho, uma melodia bonita, embora eu não entendesse as palavras. O tipo de cantarolado tranquilo, de quem está à vontade. Era tão suave e agradável que eu mesma fui relaxando.

Uma imagem se formou na minha mente, tão nítida que foi como se eu estivesse vendo sua figura através de um par de olhos na minha nuca. Só que a figura era chocante demais para ser verdadeira. Descartei de pronto. Em seguida, ouvi um farfalhar vindo do bosque, e o cantarolado cessou.

— Você ouviu isso? — perguntou.

— Ouvi. Acho que são elas. Você quer se cobrir?

Ela respondeu que sim. Depois disse que eu já podia me virar.

De novo, tudo o que vi foi a cabaninha de tecido azul-escuro. O som do farfalhar foi ficando mais alto e do meio do mato surgiram Bijoux e Blanche Du Bois. Os dois correram em minha direção. Blanche pulou no meu colo. Aninhou-se, enquanto Bijoux ficou parado, toda a sua atenção voltada para a figura encoberta. Ele se aproximou de fininho, intrigado.

— Vem, Bijoux — chamei. — Vem. Não atrapalha ela, não.

Bijoux rondou a sétima bruxa. Esfregou a cabeça nas suas costas. De onde eu estava, dava para ouvir seu ronronado. Um ronronar como eu nunca tinha ouvido antes. Não em Bijoux.

A novata permaneceu imóvel. Não interagiu com ele. Talvez não pudesse. Ao longe, ouvimos passos e vozes.

Eram as demais, se aproximando. Estava na hora. Blanche se acomodou no meu colo e, assim como Bijoux, se pôs a ronronar. As bruxas entraram em fila. Ludmila, Valquíria, Magda, Mamãe Dodô e Caliandra. Cada uma acompanhada do seu Gato Guardião. Todas foram se sentando em seus tapetes, ao redor da fogueira. Cada Guardião se acomodando no respectivo colo. Bijoux, observando o movimento, não teve dúvida. Ergueu o tecido azul e adentrou a cabaninha.

A cerimônia começou com imensas labaredas de fogo incendiando a madeira empilhada. Ludmila entoou alguns cânticos para a lua cheia. Foi inevitável olharmos para cima, seguindo a mensagem dos cânticos. Surpreendi-me ao perceber que a vermelhidão inicial se desmanchava rapidamente. Sem a mancha vermelha, o luar veio com força total. Uma luminosidade tão forte, que quando voltei a encarar a sétima bruxa, pude ver perfeitamente o contorno do seu corpo através da transparência do tecido azul. Uma a uma, cada bruxa do clã foi desviando o olhar da Lua para ela, e com todos os olhares focados nela, o tecido escorregou por suas costas, revelando a sua imagem.

Era exatamente a imagem que eu tinha vislumbrado antes. A imagem que eu desconsiderei por achar absurda demais. Mas ali estava. Uma menina. Treze anos, no máximo.

Ela abriu um sorriso encantador. Seus olhos reluziram. Olhos expressivos, azuis bem clarinho. Seu rosto era redondo feito um sol desenhado por uma criança. Bochechas rosadas e cabeça raspada. Seu olhar, determinado e amoroso, passou por cada uma de nós enquanto ela mantinha um sorrisão que parecia que ia estourar numa risada a qualquer instante. Da minha parte, foi amor à primeira vista. Era encantadora.

Bijoux, perfeitamente encaixado no seu colo, era o próprio Gato Guardião. Postura altiva, olhar alerta, elegante como sempre foi, mas agora de um jeito mais maduro. A maturidade de quem encontrou seu propósito na vida. Ali estava uma bruxa que já chega com seu Animal de Poder e seu Guardião, pois de uma coisa ninguém teve dúvida: Bijoux era, desde já, seu Gato Guardião.

Ela não esperou pela condução de Magda.

Não esperou orientação alguma. Segurando Bijoux no colo, levantou-se num salto sem precisar do apoio das mãos. Um movimento admirável, pois seu porte físico não era nada atlético. Era rechonchuda. Forte. Ombros largos e bem alta para a idade. Até fiquei em dúvida. Talvez tivesse me enganado. Olhando melhor, estava mais para quinze ou dezesseis anos. Mas a dúvida logo se desfez quando ela passou por cada uma de nós se apresentando, muito simpática, nos cumprimentando com beijinhos como se estivesse chegando numa festinha do colégio.

E assim, de um jeito totalmente natural e descontraído, ficamos conhecendo Antonely, treze anos, a mais nova integrante do Clã da Sutileza.

Parecia que a menina tinha nascido consciente dos seus dons, tamanha a sua desenvoltura. Obviamente, a questão da idade não era um problema para ela. Por trás da aparência jovem, havia uma alma antiga. Quando ela abriu a boca para cantar os cânticos de louvação, o efeito foi arrebatador. A potência da sua voz era tocante. A nós só coube seguir seu tom, seu ritmo e a sua vibração. Uma força jovem chegava ao nosso clã! Nas horas seguintes, conforme a Lua subia no céu estrelado, baixou sobre nós um rejuvenescimento astral.

O ritual, que estava marcado para terminar à meia-noite, varou noite adentro, embalado por música, dança e drinques maravilhosos trazidos por Mamãe Dodô. Virou uma grande festa. Houve comida, dança em roda, pula-fogueira, brincadeira de esconde-esconde, mais dança, jogo de adivinhação, pega-pega, mais comida boa, dança de ciranda, cabra-cega e momentos de devaneio puro. Fazíamos aquilo que nos desse na telha, sem a menor consideração pela condução da Magda, pois ela mesma nem lembrava mais disso. Magda teve a sabedoria de conduzir sem conduzir, dando todo o espaço para que Antonely se expressasse livremente, como bem quisesse.

Uma única coisa ocorreu conforme planejado, inclusive no horário exato, que foi a Cerimônia de Juramento do Bijoux. O único momento formal em que todas ficamos em silêncio. Em pé, formamos uma roda em torno de Antonely e Bijoux. Magda recitou as palavras que selavam o pacto que os dois firmariam ali. Como Gato Guardião, Bijoux jurou dedicar todas as suas vidas, todas quantas ainda lhe restavam, a Antonely.

Jurou acompanhá-la e protegê-la em todos os momentos, todos os dias, por todos os meses e anos vindouros. Jurou atender a todas as suas ordens, sempre fiel, leal e diligente. Antonely, em retribuição, jurou alimentá-lo, acarinhá-lo, zelar por ele e jamais castigá-lo independente do que acontecesse. Jurou amor eterno, um complemento que não fazia parte do ritual do pacto, mas que ela quis acrescentar. Bijoux jurou o mesmo.

Com um bastão, Magda riscou um círculo em volta deles, no chão de terra. Bijoux saltou para os braços de Antonely e durante um tempo eles ficaram aninhados, de olhos fechados, ele com a cabecinha encostada no ombro dela, recebendo um gostoso cafuné. Blanche, Sphynx, Batata Frita, Djanira e os guardiões de Ludmila e Magda se juntaram ao círculo. Blanche se virou para mim e me encarou com um olhar que era uma mistura de emoções. Havia saudade, mas também uma alegria imensa por ver seu amigo querido realizando o grande sonho da sua vida.

Não precisei de mais do que aquelas poucas horas na companhia de Antonely para ter certeza de que Bijoux havia encontrado a bruxa perfeita para ele. Uma bruxa encantadora e de bom coração. Uma bruxa digna de ser a *sua* bruxa.

25

A programação de Ludmila já tinha ido para as cucuias. No domingo acordamos tarde, tomamos um café da manhã bem sossegado, recheado de um papo delicioso, com uma conversa emendando na outra, várias confissões e revelações, como uma turma de amigas que se reencontra depois de um tempão. Ninguém ousava levantar da mesa. Bules de café e sucos de caju, croissants, tapiocas e bolos de fubá chegavam levitando graças aos fantásticos acenos de Ludmila.

Pulamos a sessão de ioga com Valquíria e, quando percebemos, já era meio-dia. Ninguém queria nem saber de almoço. Ludmila então ergueu a mão, perguntando se podia fazer uma sugestão. Isso, por si só, já foi engraçado, considerando que ela nunca antes tinha pedido nossa permissão para nada. Magda e eu só trocamos olhares de cumplicidade. Mais que engraçado, era uma evolução e tanto no nosso clã.

Ludmila então disse que não queria encerrar nosso encontro sem que eu tivesse feito minha sessão de contação de histórias. Para minha surpresa, todas concordaram. Insistiram, apoiaram e mostraram uma empolgação sincera em ouvir o que eu tinha a dizer. Até os gatos vieram correndo. Sete gatos que saem correndo do meio do mato, cada um saltando para um colo, todos interessados em ouvir também. Bastou ver suas carinhas ansiosas para saber que Bijoux havia contado a eles sobre o nosso combinado.

Da mesma maneira como contei esta história que vocês agora têm em mãos, contei às minhas colegas tudinho o que havia acontecido com Bijoux. Do instante em que Caliandra o contratou pelo Disk Katz até que ele chegasse até mim e me pedisse que fizesse esse relato. Contei sobre nosso jeito diferente de escrever, com ele me ditando as palavras numa comunicação sutil que eu aprendi a decodificar. Contei como foi o processo da nossa escrita, e acabei compartilhando um pouco de como funciona a minha magia pessoal.

Dentro de poucas horas Bijoux iria embora com Antonely, colocando um ponto final na nossa parceria, e aquele relato foi uma espécie de ritual de encerramento para mim. Agradeci a ele por ter me dado uma oportunidade tão transformadora. Pois foi ali, contando a sua história, que eu tive um insight. De repente percebi que minha carreira como influenciadora digital tinha chegado ao fim. Quando eu voltasse para casa, ia começar a trabalhar com algo completamente diferente. Entendi, tintim por tintim, o que eu precisava fazer com meus dons. Nada disso eu contei para o clã. Mas fui tomada por uma emoção tão avassaladora, que meu agradecimento a Bijoux terminou em lágrimas.

Estávamos todas emocionadas. Todas tocadas pela história de vida de Bijoux. Uma história que, na verdade, estava prestes a começar.

Valquíria ergueu o braço. Disse que queria pedir desculpas a Bijoux. Com palavras que me soaram como verdadeiras e de coração, desculpou-se por tudo. Baixou os olhos e não teve coragem de nos encarar. Bijoux, num típico ataque de fofura, foi até ela, esfregou sua cabeça em suas mãos e depois voltou saltitando para o colo de Antonely.

Da parte dele, tudo bem. Estava perdoada.

O sentimento da despedida foi o oposto do que eu senti quando cheguei naquele sítio. No lugar de ansiedade, felicidade. No lugar da tensão da expectativa, uma saudade que já começava a bater. No lugar do medinho, uma coragem boa. E no lugar do receio, amor.

Quando nos encontramos na porteira, cada uma com a mala feita e seus trajes normais do dia a dia, bateu uma impressão curiosa. Os trajes normais não me pareceram nada normais. Esses eram o disfarce. O normal era o vestido comprido azul-escuro, de tecido especial, fresco no calor e quente no inverno.

Antonely vestia um macacão vermelho, de malha, que lhe caía muito bem. Usava um colar de contas coloridas. Seu estilo próprio era bem descolado e moderno.

Nas costas, uma mochila. Nos pés, coturnos vermelhos com cadarço pink.

Ela sacou o celular e disse que seu pai já estava chegando. Foi só então que me dei conta do tanto de coisas que ainda não sabíamos a respeito dela. Onde morava? Tinha irmãos e irmãs? Onde estudava? Como tinha sido localizada por Ludmila? Mas sabíamos que teríamos inúmeras oportunidades para conhecê-la melhor porque agora ela era uma de nós.

Mamãe Dodô abriu a porteira. Seus olhos estavam marejados. Ela disse que, se dependesse dela, sequestraria todas nós. Uma piada de gosto duvidoso, mas que causou uma gargalhada geral mesmo assim.

Foi aí que Caliandra ergueu o braço, pedindo licença para dizer "uma coisinha".

— Desculpa, mas eu preciso falar.

— Pois não, Caliandra. — Ludmila fez um gesto de mão, indicando que ela prosseguisse.

Só que Caliandra ficou parada, inspirando e expirando profundamente, sem se pronunciar. Apenas encarava Antonely, enquanto balançava de leve a cabeça, como quem quer anular os próprios pensamentos, como que refutando, lutando contra, numa agonia explicita que logo deixou o clima muito tenso, ao ponto em que não pôde mais segurar e disse:

— Eu tenho dúvidas em relação a você.

Não parou aí.

— Acho que Ludmila se enganou a seu respeito e tenho certeza que ela sabe disso.

Por um instante, Ludmila não reagiu. Engoliu seco. Trouxe a mão junto ao pescoço.

Inspirou fundo. Perguntou:

— Alguém mais acha isso?

Valquíria ergueu o braço.

Em seguida, Mamãe Dodô também ergueu o braço. No caso de Mamãe Dodô, com o olhar baixo. Parecia encabulada, mas manteve o braço erguido. Enxugou uma lágrima.

Antonely só nos encarava, sem acreditar nos próprios olhos.

— Mais alguém acha isso? — perguntou Ludmila, perplexa.

Magda e eu nos encaramos. Mantivemos os braços ao lado do corpo. Porém, estranhamente, nenhuma de nós conseguiu ir em defesa da menina. Neutras, pegas de surpresa. Para mim, Antonely era uma bruxa perfeita, segura de si, jovem, poderosa, diferente de tudo o que conhecíamos, mas obviamente bruxa!

De onde vinha aquela dúvida? E por que eu não consegui, nesse momento tão crucial, dizer o que eu pensava? Magda, por sua vez, levou as mãos à frente do rosto, fechou os olhos e se virou de costas. Acho que envergonhada, e igualmente impotente.

— Mas, eu não entendo... — protestou Antonely. — Por quê? O que foi que eu fiz?

Ludmila então se aproximou da menina. Pediu que ela lhe desse a mão. Olhou bem nos seus olhos. Foi assustador ver que Ludmila estava até mais abalada do que nós.

Ela tremia.

— Eu preciso te pedir desculpas, mas também tenho dúvidas em relação a você.

Bijoux, parado ao lado de Antonely, soltou um gemido dolorido de partir o coração.

— Como assim?! Por que isso? — Antonely quis saber, com razão.

Ludmila baixou a cabeça, não conseguiu responder.

Foi aí que Magda interveio. Tomou o lugar de Ludmila, segurou nas mãos de Antonely e sussurrou algo em seu ouvido. Antonely só fazia que não com a cabeça.

— Calma, querida, deixa eu explicar até o fim — insistiu Magda.

Ela seguiu sussurrando, e quanto mais falava, mais Antonely recusava.

— Não, não... de jeito nenhum.

Magda continuou explicando. Antonely, resistente.

Na estradinha de terra, avistamos um jipe branco. Estacionou na frente da porteira. Os vidros eram fumê, não dava para ver dentro.

Antonely não quis ouvir a explicação de Magda até o fim. Soltou-se das suas mãos e correu para o carro. Entrou, bateu a porta sem se despedir de nós. Durante um tempo, o carro ficou apenas ali parado. Um tempo que pareceu uma eternidade. Ninguém se mexeu. Ninguém ousou ir até lá conversar com o pai da menina. Apenas ficamos ali, caso ele resolvesse vir falar conosco. Achei que viria.

Mas tudo o que aconteceu foi que o vidro do banco de trás desceu por completo. Ainda não dava para enxergar dentro do carro. Tudo o que vimos foi Bijoux, passando correndo por nós, e saltando para dentro. O vidro se fechou, o jipe deu meia-volta e partiu pela estradinha.

Eu sei que vocês vão querer arrancar os cabelos se eu concluir esta história desse jeito, mas o relato termina aqui, pois para narrar o que aconteceu em seguida vou precisar tomar um belo fôlego. A história de Antonely merece um livro à parte. Assim são as bruxas do nosso clã. Cada uma merece um livro à parte.

Agradecimentos

Este livro só nasceu porque há muito tempo, numa escola em Porto Alegre, uma aluna me perguntou por que eu nunca tinha escrito uma história sobre bruxas. Respondi a verdade. Porque faltava a ideia para sustentar o livro. Embora eu adore o assunto, existem milhares de livros sobre bruxas. Como é que eu poderia contribuir para tudo o que já foi escrito a respeito delas? No fundo, era isso que me impedia de escrever. Faltava a sacada. Em todo caso, fiz uma promessa àquela menina. E eu nunca me esqueço das promessas que faço. Prometi que um dia eu escreveria. Então, o primeiro agradecimento é para essa leitora especial (cujo nome eu deveria ter anotado num caderninho) que me fez essa provocação. Aqui está. Espero que, por algum caminho mágico, este livro caia nas suas mãos e que neste momento você esteja de olhos arregalados, dizendo:

— Era eu!

Sim, é você. Agora você já deve ser adulta, mas mesmo assim, torço para que esteja lendo, e agradeço demais por, tantos anos atrás, você ter tido a coragem de erguer o braço e feito a pergunta.

Também preciso agradecer a todos os gatos e gatas que já passaram pela minha vida e me ensinaram a amá-los e venerá-los. Xandara, que me acompanhou durante os melhores anos da minha adolescência: obrigada por ter conseguido conquistar um lugar na nossa casa, em Campinas, numa época em que gatos não eram bem-vindos. Eddie, que fez faculdade de jornalismo comigo, que atravessou o oceano num voo de dez horas, e se comportou como uma lady durante todo o caminho, obrigada por ter sido minha companhia durante uma fase tão intensa e importante da vida. Valentina, que me acompanhou durante meus primeiros anos como escritora, deitadona em cima do meu monitor enquanto eu escrevia, na época em que monitores eram trambolhos barulhentos e quentinhos. Obrigada por ter sido um incentivo para que eu abandonasse meu emprego fixo só para poder ficar mais tempo com você naquela quitinete barulhenta em que vivíamos. Depois, obrigada por ter tido a coragem de se mudar comigo para um sítio onde você descobriu a existência de vacas, árvores e ratinhos. Você foi da gata da quitinete para a selvagem do sítio. Testemunhar a sua transformação foi uma inspiração para que eu também acreditasse que a vida pode ser grandiosa.

Agradeço especialmente aos meus gatos atuais, Jeeves e Porfíria, que me acompanharam durante todo o processo de escrita deste livro. Muitas vezes me interrompendo porque queriam água ou comida. Mas na maioria das vezes aninhados no meu colo, acompanhando a revisão do texto e impedindo que eu me levantasse para ir fazer outra coisa. Vocês são meus mestres zen.

Também não posso deixar de agradecer a uma gata muito maluca, chamada Doris Day, que criou uma revolução em nossas vidas. Sua passagem por aqui foi breve, mas foi com você que eu testemunhei, na prática, a magia dos gatos pretos. Obrigada por ter contribuído com tanta ousadia para a minha escrita.

Mas este livro não estaria em suas mãos se não fosse também por alguns seres humanos. Fábio Mantegari, que um dia se lembrou de mim e me mandou um e-mail perguntando se eu tinha algum livro na gaveta. Por sorte, eu tinha, e foi assim que o livro chegou até a Galera. Seguindo a ordem em que as coisas aconteceram, agradeço a Raissa Letierre, que fez o papel de cupido editorial misterioso. Você é muito sacana com seus joguinhos misteriosos, mas se não fosse, não teria a menor graça. Obrigada, amiga. Graças a você eu acreditei até o fim. Agradeço também à minha agente, Lúcia Riff, que entrou em campo no meio de uma tempestade digna de filme de terror, com direito a raios que me faziam pular da cadeira e quedas de conexão muito aflitivas. Foi assim o nosso primeiro encontro, e eu logo entendi que estava me conectando com forças mágicas reais. Obrigada por ser minha fada madrinha.

E assim eu chego finalmente na Rafaella Machado, a quem agradeço imensamente por ter acreditado no livro. A história do Bijoux chegou até você bem naquele momento em que você estava resgatando um gato preto com um passado trágico. Então, obrigada ao Faraó, que ajudou a consolidar essa ponte entre a gente. Desde o início, eu sabia que este livro só poderia ser publicado pela Galera, e fiquei radiante quando você entendeu isso também. Eu escrevi o texto, mas se não fosse essa poção mágica poderosa que só a Gal sabe preparar, não estaríamos aqui.

À Stella Carneiro, querida. Agradeço por ter me recebido na editora, por ter me dado o tour da maravilhosa máquina de fazer livros, por ter me editado e por esta linda edição que temos aqui! Você entendeu tudo.

Agradeço à Caroline Veríssimo, por ter feito a capa mais linda possível, por sua sensibilidade e rapidez. Você foi a escolha perfeita.

Também preciso agradecer às amigas e escritoras Ivana Arruda Leite e Maria José Silveira, que me acompanharam como fiéis escudeiras na escrita dos primeiros capítulos. Riram, se divertiram, me incentivaram e contribuíram com ideias preciosas. Escrever junto com vocês é um privilégio e uma honra.

Por fim, agradeço a todas as mulheres que estão na minha vida, na forma de amigas queridas, mas que no fundo, no fundo, são bruxas poderosas que me inspiram. Vocês são muitas, graças às deusas, e se você leu esta parte e pensou "acho que sou uma delas", pode ter certeza de que é.

E já que estou no embalo, agradeço à minha família, que sempre me apoiou e prestigiou a cada livro lançado, enchendo a livraria nas tardes de autógrafo e comprando meus livros para dar de presente aos amigos. Agradeço pela contribuição genética que fez de mim quem sou! E agradeço a Luis Fragoso, alma gêmea da vida, por me dar os empurrões certos, na hora certa, dizendo o que tem de ser dito e impedindo que a insegurança tome conta.

Termino agradecendo a você que leu até aqui. Não teria graça nenhuma esse trabalho todo se não fosse por esse encontro. Você aí, com este livro na mão, num tempo futuro, e eu aqui, nos últimos dias do ano de 2023, com os olhos cheios d'água, escrevendo as palavras finais desta obra que tanto amo.

Este livro foi composto na tipografia Minion Pro,
em corpo 11,5/15, e impresso em
papel off-white no Sistema Cameron da
Divisão Gráfica da Distribuidora Record.